LEE CHILD

# ZEIT DER RACHE



Reader's Digest

DEUTSCHLAND · SCHWEIZ · ÖSTERREICH

Die Kurzfassung in diesem Buch
erscheint mit freundlicher Genehmigung
des Autors und des Verlags.

ZEIT DER RACHE:
Die Originalausgabe *The Visitor* erschien bei Bantam Press, London

Nach der Übersetzung von Rüdiger Hipp

Cover, S. 3 und Kapitelvignetten: Images Colour Library; Joseph
Nettis/Courtesy of Stock, Boston; Fotomontage von John Calvert



Printed in Germany

ISBN 3 87070 991 X

LEE CHILD

# ZEIT DER RACHE

Reader's Digest **BESTSELLER**

Wissen ist Macht, heißt es. Je mehr Wissen, desto mehr Macht. Angenommen, du würdest die Gewinnzahlen im Lotto kennen. Du hättest nicht bloß Vermutungen, und sie wären dir auch nicht im Traum eingefallen, du wüsstest sie vielmehr tatsächlich. Was würdest du tun? Du würdest zur Annahmestelle rennen. Du würdest die Zahlen auf dem Schein ankreuzen. Und dann würdest du gewinnen.

Angenommen, du wüsstest, welche Aktienkurse an der Börse steil nach oben gehen werden. Wir reden nicht von einer Vermutung, einem Trend oder einem Tipp. Es geht vielmehr darum, dass du es ganz genau weißt. Was würdest du machen? Du würdest deinen Aktienmakler anrufen. Du würdest kaufen. Später würdest du verkaufen, und dann wärst du reich.

Angenommen, du möchtest jemanden umbringen. Dann müsstest du im Voraus wissen, wie du das anstellen sollst. Manche Methoden sind besser als andere. Die meisten haben ihre Nachteile. Also machst du dir dein Wissen zunutze und erfindest eine neue Methode. Du denkst dir den perfekten Mord aus.

Du planst alles ganz sorgfältig. Gut vorbereitet zu sein ist sehr wichtig. Aber das ist für dich eine Selbstverständlichkeit, inzwischen hast du ja Erfahrung. Die eigentlichen Schwierigkeiten kommen nachher. Wie kannst du dafür sorgen, dass du ungestraft davonkommst? Du nutzt dein Wissen. Du weißt, auf was die Bullen besonders achten, und deshalb hinterlässt du keine Spuren. Du lässt dir vorher alles ganz genau und ganz sorgfältig durch den Kopf gehen.

Jack Reacher saß in Tribeca, einem Stadtviertel von New York City, in einem Restaurant allein an einem Tisch. Er betrachtete die Rücken von zwei Männern, die etwa sechs Meter von ihm entfernt standen, und überlegte, ob es reichen würde, wenn er sie verwarnte, oder ob er noch einen Schritt weiter gehen und ihnen die Arme brechen müsste.

Es war eine Frage der Dynamik. Zur Dynamik von New York gehörte, dass ein neu eröffnetes italienisches Restaurant wie dieses ziemlich leer blieb, bis der Gastrokritiker der *New York Times* darüber berichtete oder irgendeine Berühmtheit zwei Abende hintereinander dort gesehen wurde. Aber weder das eine noch das andere war bis jetzt passiert, und das Lokal war nach wie vor schwach besucht. Es war deshalb genau richtig für einen Mann wie Reacher, der in der Nähe der Wohnung seiner Freundin zu Abend essen wollte, während diese Überstunden machte.

Zur Dynamik der Stadt gehörte auch, dass ein neuer Geschäftsbetrieb früher oder später von Typen wie den beiden, die Reacher gerade beobachtete, aufgesucht wurde. Sie kamen meist im Auftrag von jemandem, der regelmäßig 300 Dollar die Woche dafür bekommen wollte, dass er darauf verzichtete, seine Jungs mit dem Auftrag loszuschicken, die Bude mit ihren Baseballschlägern kurz und klein zu hauen.

Die beiden Burschen standen Seite an Seite an der Bar und sprachen leise mit dem Besitzer, einem kleinen, nervösen Mann, der zurückwich, bis er mit dem Rücken an die Kassenschublade stieß. Er hatte die Arme abwehrend vor der Brust verschränkt. Reacher konnte seine Augen sehen. Sie ließen Erstaunen und Angst erkennen.

In dem hohen Raum, der gut zwanzig Meter lang und ebenso breit war, musste früher mal eine Fabrik untergebracht gewesen sein. Und jetzt befand sich hier also ein italienisches Restaurant von der Sorte, bei der vorn 300000 Dollar für avantgardistisches Dekor investiert werden und wo man dann auf einem großen Teller sieben oder acht handgemachte Ravioli-Täschchen serviert bekommt, die eine Mahlzeit darstellen sollen. Das Lokal hieß „Mostro's", und angesichts seiner bescheidenen Italienischkenntnisse überlegte Reacher, ob dieser Name etwas mit „monströs" zu tun haben könnte. Er war sich aber nicht sicher, worauf sich die Bezeichnung in einem solchen Fall beziehen sollte. Bestimmt nicht auf die Größe der Portionen. Aber das Essen war schmackhaft und das Lokal sehr ansprechend. Reachers unmaßgeblicher Meinung nach war das Restaurant dabei, sich einen guten Ruf zu erwerben.

Aber das hatte sich anscheinend noch nicht herumgesprochen. Heute Abend war außer Reacher nur noch ein Paar hier, fünf Tische von ihm entfernt. Der Mann war mittelgroß, hatte rötlich blonde Haare, einen blonden Schnurrbart und trug einen hellbraunen Anzug. Die Frau war schlank und dunkelhaarig. Sie hatte einen Rock und eine Jacke an. Beide waren etwas über dreißig. Sie sprachen nicht viel miteinander.

Dafür redeten die beiden Typen an der Bar umso eifriger. Sie beugten sich vor und sprachen dabei schnell und eindringlich. Beide trugen identische dunkle Wollmäntel. Reacher konnte ihre Gesichter in dem Spiegel hinter dem Spirituosenregal sehen. Olivfarbene Haut, dunkle Augen. Vermutlich Syrer oder Libanesen. Der Kerl rechts machte eine weit ausholende Handbewegung. Es war nicht schwer zu erkennen, was er damit andeuten wollte: wie ein Baseballschläger die Flaschen zertrümmert. Der Restaurantbesitzer wurde blass.

Der Typ links tippte auf seine Uhr, wandte sich um und machte sich auf den Weg. Sein Partner richtete sich auf und folgte ihm. Er fuhr mit der Hand über den nächstbesten Tisch und wischte einen Teller auf den Boden hinunter, wo er auf den Fliesen zersprang. Der rötlich blonde Mann und die dunkelhaarige Frau schauten weg. Mit erhobenem Kopf und siegessicherer Miene gingen die beiden Burschen zur Tür. Reacher sah ihnen nach. Dann kam der Restaurantbesitzer hinter der Bar hervor, kniete nieder und griff mit den Fingern nach den Scherben.

Reacher ging zu ihm. „Alles in Ordnung?“

Der Mann zuckte mit den Achseln und schob die Stücke zu einem Häufchen zusammen.

Reacher breitete seine Serviette neben sich auf einer Fliese aus und legte die Scherben darauf. „Wann kommen die wieder?“, erkundigte er sich.

„In einer Stunde“, antwortete der Besitzer.

„Wie viel verlangen sie?“

Der Mann lächelte verkniffen. „Ich kriege einen Rabatt, weil ich eben erst angefangen habe. Zweihundert die Woche und vierhundert, sobald das Geschäft besser läuft."

„Wer waren diese Typen?", fragte Reacher mit leiser Stimme.

„Italiener waren sie nicht. Einfach Rabauken."

„Darf ich Ihr Telefon benutzen?"

Der Besitzer nickte.

„Kennen Sie ein Büroartikelgeschäft, das abends geöffnet hat?"

„Am Broadway, zwei Blocks von hier."

Reacher erhob sich und ging hinter die Bar. Er nahm den Telefonhörer, wählte eine Nummer und wartete, bis am anderen Ende abgenommen wurde.

„Ja bitte?", meldete sie sich.

„Hallo, Jodie."

„Hallo, Reacher. Was gibt's?"

„Bist du bald fertig?"

Sie seufzte. „Nein, das wird die ganze Nacht lang dauern. Die Rechtslage ist kompliziert, und ich muss schnellstens eine Stellungnahme abgeben. Tut mir wirklich Leid."

„Ist schon in Ordnung", erwiderte Reacher. „Ich habe noch was zu erledigen. Und dann fahre ich wieder zurück nach Garrison."

„Okay, pass auf dich auf!", entgegnete sie. „Ich liebe dich."

Reacher legte auf und kehrte zu seinem Tisch zurück. Er schob vierzig Dollar unter sein Espressotellerchen, schlüpfte in seinen Mantel und ging zur Tür. „Viel Glück!", rief er dem Restaurantbesitzer zu.

Der Mann nickte verhalten, und das Paar an dem Tisch weiter hinten schaute Reacher nach. Er stellte seinen Kragen hoch und trat ins Dunkel hinaus. In dem Büroartikelgeschäft am Broadway kaufte er einen kleinen Etikettierapparat und eine Tube Superkleber. Dann machte er sich auf den Weg zu Jodies Apartment, wo sein Geländewagen in der Tiefgarage abgestellt war.

Reacher fuhr die Rampe hinauf, bog auf den Broadway ein und kehrte zu dem Restaurant zurück. Davor angekommen, verlangsamte er die Fahrt und blickte durch die Fenster. Die Tische waren jetzt alle frei, und der Besitzer saß hinter der Bar auf einem Hocker. Reacher fuhr bis zur Einmündung der Gasse, die zu den Türen der Küche führte, und parkte dort im Halteverbot. Er stellte den Motor ab, machte es sich bequem und wartete.

Die Dynamik der Großstadt. Die Starken terrorisieren die Schwachen. Sie machen das so lange, bis einer kommt, der noch stärker ist. Jemand wie Reacher. Eigentlich hatte er keinen Grund, einem Mann zu helfen, den er kaum kannte. Aber er konnte sich auch nicht einfach davonstehlen. Das hatte er noch nie getan.

Er holte den Etikettierapparat aus seiner Tasche. Es ging nicht nur darum, die beiden Typen zu vertreiben. Noch wichtiger war, dass sie glaubten, da stünden andere dahinter. Vor einem Einzelgänger hat niemand Angst, weil man ihn stets durch zahlenmäßige Überlegenheit kleinkriegen kann. Was wirklich Eindruck macht, ist eine Organisation. Reacher lächelte und begann, weiße Buchstaben auf die blauen Plastikstreifen zu stanzen. Als er damit fertig war, legte er die Streifen auf den Beifahrersitz. Dann schraubte er die Tube Superkleber auf und drückte den Plastikdorn der Verschlusskappe in die Aluminiumfolie, um den Kleber verwendungsfähig zu machen. Im Anschluss schraubte er die Kappe wieder auf und schob Tube und Etiketten in seine Tasche. Dann stieg er aus, stellte sich ins Dunkel und wartete.

Die Dynamik der Großstadt. Seine Mutter hatte sich vor Großstädten gefürchtet. Die seien gefährlich, hatte sie ihm gesagt. Die seien voller Furcht einflößender Gestalten. Als Teenager war er überzeugt gewesen, dass die Furcht einflößenden Typen immer hinter ihm her waren. Dann war ihm schlagartig klar geworden: Nein, ich bin der Furcht einflößende Typ. Es war wie eine Offenbarung gewesen. Er hatte mit 15 aufgehört zu wachsen. Da war er schon 1,96 Meter groß und 90 Kilo schwer gewesen. Wenn er sein Spiegelbild in Schaufenstern betrachtet hatte, hatte er die Bestätigung gefunden: Ich bin ein Riese. Die Leute haben Angst vor mir. Von da an hatte er gewusst: Auf jeden Großstadtmenschen, vor dem er sich fürchten musste, kamen 999 andere, die vor ihm noch viel mehr Angst hatten. Aus diesem Wissen machte er eine Taktik, und das Selbstvertrauen, das von nun an in seiner Haltung zum Ausdruck kam, verstärkte die Wirkung, die er auf die Leute hatte. Die Dynamik der Großstadt.

Die beiden Burschen trafen pünktlich in einem schwarzen Mercedes ein. Sie parkten den Wagen beim nächsten Häuserblock und stiegen aus, öffneten die hinteren Türen, holten Baseballschläger heraus und schoben diese unter ihre langen Mäntel. Dann schlugen sie die Türen zu und stolzierten den Gehweg entlang.

Reacher trat aus dem Dunkel. „Kommt in die Gasse, Jungs“, sagte er.

Aus der Nähe sahen die beiden jung aus. Sie mussten unter dreißig sein. Offene Hemden, Seidenkrawatten und Anzüge, die aus keinem Versandhauskatalog stammten. Mit der linken Hand, die in der Manteltasche steckte, hielt jeder von ihnen seinen Schläger fest.

„Wer zum Teufel bist du?“, fragte der Kerl, der rechts von Reacher stand.

Dieser musterte ihn. Bei Partnern ist derjenige der Dominierende, der als Erster spricht. Der muss zuerst erledigt werden. Reacher trat nach links und vollzog dabei eine leichte Drehung, um den Gehweg zu blockieren und die beiden in die Gasse zu lenken. „Der Geschäftsführer“, antwortete er. „Wenn ihr das Geld abholen wollt, bin ich die richtige Adresse.“

„Okay, aber nicht in der Gasse“, sagte der Typ nach einer Weile. „Wir machen das drinnen.“

Reacher schüttelte den Kopf. „Das ist nicht der Sinn der Sache, mein Freund. Wir bezahlen euch schließlich dafür, dass ihr das Restaurant von jetzt an nicht mehr betretet, stimmt's?“

Sie schauten ihn an, schauten einander an und wandten sich dann der Gasse zu. Offenbar hatten sie keine Bedenken. Große, selbstsichere Burschen mit Schlägern unter ihren Mänteln. Zwei gegen einen. Reacher trat beiseite, als wollte er ihnen höflichkeitshalber den Vortritt lassen. Die beiden gingen voran.

Reacher knallte dem Kerl rechts von sich den Ellbogen gegen die Schläfe. Der Mann ging zu Boden, als wäre unter ihm eine Falltür aufgegangen.

Der andere zog den Baseballschläger unter seinem Mantel hervor und holte aus. Doch er schwang zu weit nach hinten und hielt den Schläger zu tief.

Reacher packte den Schläger mit beiden Händen, stemmte den

Griff in die Höhe und brachte den Typ damit aus dem Gleichgewicht. Er versetzte ihm einen Tritt, entriss ihm den Schläger und drosch auf ihn ein. Der Mann sank auf die Knie und schlug mit dem Kopf gegen die Wand. Reacher drehte ihn mit dem Fuß auf den Rücken, kauerte nieder und drückte ihm den Schläger gegen die Kehle, während er mit der linken Hand eine Tasche nach der anderen durchsuchte. Er fand eine automatische Handfeuerwaffe, eine dicke Brieftasche und ein Handy.

„Wer hat euch geschickt?", fragte er.

„Mr Petrosian", keuchte der Typ.

Der Name sagte Reacher nichts. Er setzte jedoch ein erstauntes Lächeln auf. „Petrosian? Das kann doch nicht dein Ernst sein!" Er sagte das so höhnisch wie möglich, als stünde Petrosian bei seinen Bossen auf der Liste lästiger Rivalen so weit unten, dass er überhaupt nicht mehr zählte. „Wir haben Petrosian etwas mitzuteilen", setzte er sanft hinzu.

„Was denn?"

Reacher lächelte erneut. „Du wirst der Bote sein. Bleib jetzt ganz still liegen!"

Er holte die Streifen und den Kleber aus seiner Tasche. Dann strich er Klebstoff auf einen der Streifen und drückte diesen auf die Stirn des Mannes. MOSTRO'S HAT BEREITS SCHUTZ stand auf dem Etikett.

„Still liegen!", befahl Reacher noch einmal.

Er nahm den Schläger und drehte damit den anderen Mann um, sodass dieser mit dem Gesicht nach oben lag. Reacher drückte eine schöne Portion Klebstoff auf das zweite Etikett und presste es auf die Stirn des Mannes. FINGER WEG VON UNSEREM GEBIET! war auf diesem Etikett zu lesen. Bei der Durchsuchung der Taschen fand Reacher eine automatische Handfeuerwaffe, eine Brieftasche, ein Handy und die Autoschlüssel. Er quetschte den restlichen Inhalt der Tube auf die Handflächen des ersten Burschen und drückte sie fest zusammen. Chemische Handschellen.

Reacher zog den Mann hoch und warf dem anderen die Autoschlüssel zu. „Ich glaube, das Fahren solltest du übernehmen", sagte er. „Grüßt Mr Petrosian von uns. Und jetzt verschwindet!"

Die beiden taumelten aus der Gasse.

Bei den Handfeuerwaffen handelte es sich um 9-mm-Berettas des Typs M-9. Das war die militärische Ausführung. Genauso eine hatte Reacher 13 Jahre lang benutzt. Auf beiden Pistolen waren die Seriennummern abgefeilt worden. Er nahm die Berettas im Dunkeln auseinander und warf die Schlagbolzen, die Magazine und die Patronen in die Mülltonne, die bei den Küchentüren stand. Danach streute er Sand in die Mechanik und drückte den Abzug, bis dieser klemmte. Dann warf er den Rest der Berettas ebenfalls in die Mülltonne. Mit einem der Baseballschläger zertrümmerte er anschließend die Handys. Die Stücke ließ er liegen.

In den Brieftaschen befanden sich Kreditkarten, Führerscheine und insgesamt etwa 300 Dollar Bargeld. Reacher steckte die Scheine zusammengerollt in seine Hosentasche und kickte die Brieftaschen in eine Ecke. Dann ging er in das leere Restaurant. Gedankenverloren saß der Besitzer hinter der Bar. Er schaute auf, als Reacher einen Zehndollarschein aus dem gestohlenen Bündel zog und auf die Bar legte.

„Für den zerbrochenen Teller. Die haben sich's anders überlegt."

Reacher wandte sich um und ging hinaus. Das Paar aus dem Restaurant stand auf der anderen Straßenseite auf dem Gehsteig und beobachtete ihn. Er stieg in sein Auto und reihte sich in den Verkehr ein. Einen Häuserblock weiter warf er einen Blick in den Rückspiegel und sah, wie die dunkelhaarige Frau an den Straßenrand trat und ihm nachschaute.

GARRISON liegt etwa 90 Kilometer nördlich von Tribeca am Ostufer des Hudson. An einem Herbstabend stellt der Verkehr kein Problem dar. Die breiten Alleestraßen sind leer, und man kann so schnell fahren, wie man sich traut. Reacher wollte aber nicht in Schwierigkeiten geraten und wählte ein Tempo, bei dem er nicht auffiel.

Nach einer Stunde und 17 Minuten bog er in seine Auffahrt. Als die Scheinwerfer zur Garage schwenkten, erfassten sie zwei Wagen, die davor standen. Reacher trat auf die Bremse. Die Scheinwerfer der beiden Autos gingen an und blendeten ihn, und im selben Moment war im Rückspiegel ein greller Lichtschein zu sehen. Als er den Kopf zur Seite wandte, sah er, wie bewaffnete Personen auf ihn zurannten.

Eine Gestalt trat an sein Auto. Eine Hand kam hoch und klopfte neben seinem Kopf an die Scheibe. Es war eine Frauenhand. Als der Strahl einer Taschenlampe auf sie gerichtet wurde, war zu erkennen, dass sie sich um ein glänzendes goldenes Abzeichen wölbte. Es zeigte einen Schild, auf dem ein Adler hockte. Reacher starrte auf das Abzeichen. BUNDESBEHÖRDE FÜR ERMITTLUNGEN war dort zu lesen. FBI. Die Frau drückte den Schild an die Scheibe und rief: „Motor abstellen und beide Hände auf das Lenkrad legen!"

Reacher tat es. Als die Tür geöffnet wurde, ging die Innenbeleuchtung an, und der Lichtschein fiel auf die dunkelhaarige Frau aus dem Restaurant. Der rötlich blonde Mann mit dem blonden Schnurrbart stand neben ihr. Die Frau hielt das FBI-Abzeichen in der einen Hand und in der anderen eine Waffe, die auf Reachers Kopf gerichtet war.

„Schön langsam aussteigen." Die Frau trat zurück und zielte dabei weiter auf seinen Kopf. Reacher schob die Beine nach draußen und erhob sich.

„Umdrehen!", befahl die Frau. „Legen Sie die Hände auf das Fahrzeug!"

Reacher gehorchte. Er spürte, wie er abgetastet wurde, wie seine Brieftasche und das gestohlene Geld aus seiner Hosentasche geholt wurden. Jemand beugte sich in sein Auto und zog den Schlüssel aus dem Zündschloss.

„Und jetzt gehen Sie zu dem Wagen da hinüber." Die Frau zeigte auf eine der beiden Limousinen, die vor der Garage standen.

Reacher ging hinüber. Ein Mann in einer blauen kugelsicheren Weste öffnete die hintere Tür des einen Wagens und trat beiseite. Als Reacher einstieg, ging die gegenüberliegende Tür auf. Die Frau schlüpfte herein und setzte sich neben ihn, wobei sie ihre Pistole, eine SIG-Sauer, wieder auf seinen Kopf richtete. Die Vordertür ging auf. Der rötlich blonde Mann kniete sich auf den Sitz, beugte sich nach hinten und griff nach der Aktentasche der Frau, die auf der Rückbank stand. Er öffnete sie und zog einen Stoß Papiere heraus.

„Der Durchsuchungsbefehl für Ihr Haus", sagte die Frau zu Reacher.

Der rötlich blonde Mann kroch aus dem Auto und schlug die Tür zu. Reacher hörte, wie seine Schritte im Nebel immer leiser wurden.

„Sie wollen ja gar nicht wissen, um was es hier geht", sagte die Frau.

Um das, was vor gut einer Stunde geschehen ist, geht es nicht, dachte Reacher. So schnell hat man das nicht organisieren können. Aber er hielt den Mund und rührte sich nicht. Dass der Fingerknöchel der Frau, der am Abzug der SIG-Sauer lag, weiß war, gefiel ihm nicht. Die Waffe konnte auch aus Versehen losgehen.

Gleichgültig zuckte die Frau mit den Achseln. Wie Sie wollen, schien sie zu sagen, als sie das Gesicht verzog. Es war nicht hübsch, aber interessant und einprägsam. Sie war ungefähr 35, und ihre Haut hatte Falten. Ihr Haar war tiefschwarz, aber so fein, dass Reacher ihre weiße Kopfhaut sehen konnte. Das gab ihr ein kränkliches Aussehen. Ihre Augen glänzten jedoch. Sie schaute durch das Fenster ins Dunkel, hinüber zu dem Haus, das ihre Kollegen gerade durchsuchten, und lächelte. Ihre Schneidezähne standen übereinander. Der eine war etwas schief und überdeckte den anderen ein wenig. Sie hatte einen interessanten Mund, der ihr Gesicht unverwechselbar machte. Reacher konnte unter ihrem offenen Mantel erkennen, dass sie schlank war. Sie trug einen schwarzen Rock, eine Jacke und eine cremefarbene Bluse, die über ihren kleinen Brüsten nicht ganz zugeknöpft war. Der Rock war kurz, und ihre in schwarzen Nylons steckenden Beine waren dünn und knochig.

„Bitte lassen Sie das sein!", fuhr die Frau ihn an.

„Was denn?"

„Hören Sie auf, meine Beine anzustarren!"

Reacher blickte ihr ins Gesicht. „Wenn jemand eine Waffe auf mich richtet, habe ich doch das Recht, die Person von Kopf bis Fuß zu betrachten, oder?"

Die Pistole bewegte sich von ihm weg. „Mir gefällt es nicht, wie Sie mich anschauen."

„Wie denn?"

„Als ob Sie mich vernaschen wollten. Sie widern mich an."

Reacher betrachtete ihr dünnes Haar, ihre Runzeln, ihren schiefen Zahn. „Sie glauben wirklich, dass ich Sie vernaschen will?"

„Stimmt das etwa nicht?"

Er schüttelte den Kopf.

NACH zwanzig Minuten kam der rötlich blonde Mann zum Wagen zurück und setzte sich auf den Beifahrersitz. Gleich darauf ging auch die Fahrertür auf, und ein zweiter Mann stieg ein, der den Motor anließ. In feindseligem Schweigen fuhren sie nach Manhattan zurück.

Sie parkten südlich vom Zentrum in einer hell erleuchteten Tiefgarage und schafften Reacher aus dem Auto. Die Frau zeigte auf eine schwarze Fahrstuhltür am anderen Ende. Dort warteten zwei weitere Männer wie ein Empfangskomitee. Reacher begriff plötzlich, dass die Frau und der rötlich blonde Mann keine New Yorker FBI-Agenten waren. Sie kamen von auswärts.

Sie stellten Reacher in die Mitte der Aufzugskabine und drängten sich um ihn herum. Einer der beiden New Yorker Agenten drückte auf einen Knopf. Die Tür schloss sich, und der Aufzug fuhr nach oben. Er stoppte abrupt, als die Zahl 21 auf der Stockwerksanzeige erschien. Polternd ging die Tür auf, und die New Yorker Agenten traten als Erste auf einen grauen, schmucklosen Korridor hinaus.

Der Mann, der die Limousine von Garrison hergefahren hatte, blieb vor der dritten Tür stehen und öffnete sie. Reacher wurde in einen leeren Raum geschoben, der etwa vier Meter breit und fünfeinhalb Meter lang war. Er besaß einen Betonboden und Wände aus Schwemmsteinblöcken, die wie die Seitenflächen eines Schlachtschiffs mit dicker grauer Farbe überstrichen waren. In der einen Ecke stand ein Gartenstuhl aus Plastik.

„Hinsetzen!", befahl die Frau.

Reacher ging in die dem Stuhl gegenüberliegende Ecke und setzte sich auf den Boden. Die anderen traten wieder auf den Gang hinaus und machten die Tür zu. Kein Geräusch deutete darauf hin, dass sie verschlossen wurde. Das war auch gar nicht nötig, da es innen keinen Griff gab.

Reacher blieb eine Stunde lang sitzen. Dann ging die Tür auf, und ein grauhaariger Mann mit einer dicken Brille betrat den Raum, während zwei junge Agenten hinter ihm Position bezogen.

„Und jetzt wird geredet", sagte der Mann.

Reacher erhob sich und trat aus seiner Ecke. „Ich möchte telefonieren."

Der Grauhaarige schüttelte den Kopf. „Zuerst wird geredet, dann kommt das Telefonieren."

Reacher zuckte mit den Achseln. Wenn einem seine gesetzlichen Rechte vorenthalten werden, muss man dafür einen Zeugen haben. Die beiden jungen Agenten taten jedoch so, als ginge sie das alles gar nichts an.

Reacher wurde auf den grauen Korridor geschafft, wo sich eine Gruppe von Leuten befand. Die Frau und der rötlich blonde Typ waren da, außerdem ein älterer Mann, dessen gerötetes Gesicht hohen Blutdruck vermuten ließ, und ein junger hemdsärmeliger Bursche mit einem hageren Gesicht. Alle waren sehr erregt. Offenbar gab es zwei verschiedene Lager, zwischen denen eine starke Spannung herrschte. Die Frau bezog links von Reacher Position, und der rötlich blonde Typ sowie der unter Bluthochdruck leidende Mann stellten sich neben sie. Das war das eine Lager. Rechts von Reacher befand sich der Kerl mit dem hageren Gesicht. Zu seinem Missvergnügen stand er als Einziger auf der Gegenseite.

Sie gingen den schmalen grauen Korridor entlang und betraten einen ebenfalls grauen Raum, der von einem langen glänzenden Mahagonitisch ausgefüllt wurde. Auf seiner einen Seite standen sieben Plastikstühle, deren Lehnen der Tür zugewandt waren. In der Mitte der gegenüberliegenden Seite befand sich ein weiterer Plastikstuhl.

Reacher blieb am Eingang kurz stehen. Es war nicht allzu schwer herauszufinden, welcher Stuhl für ihn gedacht war, und er nahm Platz.

Die beiden jungen Agenten stellten sich an den Schmalseiten des Tisches an der Wand auf. Ihre Jacken waren offen, man konnte ihre Schulterhalfter sehen. Der Grauhaarige setzte sich Reacher genau gegenüber. Rechts von ihm nahm der Mann mit dem geröteten Gesicht Platz, daneben die Frau und neben ihr der rötlich blonde Typ. Der Hemdsärmelige mit dem hageren Gesicht setzte sich auf der linken Seite auf den mittleren der drei freien Stühle.

Der Grauhaarige beugte sich vor und ergriff das Wort. „Wir haben uns Ihretwegen ein bisschen gestritten."

„Bin ich festgenommen?", fragte Reacher.

„Nein, noch nicht."

„Es steht mir also frei zu gehen?“

Der Mann betrachtete Reacher über seine Brille hinweg. „Es wäre uns lieber, wenn Sie hier blieben, damit wir die ganze Sache zivilisiert abwickeln können.“

„Dann sollten Sie sich aber auch entsprechend benehmen“, entgegnete Reacher. „Bei zivilisierten Leuten ist es meines Wissens üblich, dass sie sich vorstellen. Mein Name ist Jack Reacher. Und wie zum Teufel heißen Sie?“

„Ich bin Alan Deerfield. Ich leite die New Yorker Außenstelle des FBI.“

„Agent Tony Poulton“, stellte sich der rötlich blonde Typ vor.

„Agentin Julia Lamarr“, knurrte die Frau.

„Ich bin Agent Nelson Blake“, war von dem Mann mit dem geröteten Gesicht zu hören. „Wir drei sind aus dem FBI-Hauptquartier in Quantico, Virginia. Ich leite die Abteilung für Serienverbrechen. Die Agenten Lamarr und Poulton sind mir unterstellt.“

„Agent James Cozo“, sagte der Hemdsärmelige als Letzter. „Ich leite die Abteilung gegen das organisierte Verbrechen in New York City. Insbesondere befasse ich mich mit Banden, die Schutzgeld erpressen.“

Reacher nickte. „Okay. Freut mich, Sie kennen zu lernen. Aber wenn Sie mit mir reden wollen, müssen Sie mir erst mal meine Rechte vorlesen. Und dann klappt es immer noch nicht, weil meine Anwältin möglicherweise eine ganze Weile braucht, um hierher zu kommen. Und wenn sie schließlich da ist, wird sie nicht zulassen, dass ich mit Ihnen spreche.“

„Bei Ihrer Anwältin handelt es sich um Jodie Jacob, nicht wahr?“, fragte Deerfield. „Ihre Freundin. Sie arbeitet in der Kanzlei Spencer Gutman, hat einen sehr guten Ruf und wird vermutlich bald Mitglied der Anwaltssozietät. Die sind jedoch im Wirtschaftsrecht tätig und haben mit dem Strafrecht nicht viel Erfahrung. Sind Sie sicher, dass Sie Jodie Jacob als Rechtsbeistand haben wollen? In so einer Situation?“

„In was für einer Situation bin ich denn?“

„Reacher, ich habe bereits eine Stunde damit verplempert, die Kollegen davon abzuhalten, Ihretwegen Streit anzufangen. Sie schulden mir also einen Gefallen. Beantworten Sie die Fragen, die sie Ihnen stellen, und dann erfahren Sie von mir, ob und wann Sie einen Rechtsbeistand brauchen."

„Um was geht's denn?"

Deerfield lächelte. „Wir müssten da einiges genauer wissen. Dann wird sich herausstellen, ob wir an Ihnen interessiert sind."

„Also gut", erwiderte Reacher. „Wie lauten die Fragen?"

Julia Lamarr beugte sich vor. „Sie kannten Amy Callan ziemlich gut, nicht wahr?", erkundigte sie sich.

Reacher starrte sie an. Dann fiel ihm die Frau namens Amy Callan wieder ein. Als er ins Grübeln geriet, breitete sich auf dem kantigen Gesicht von Julia Lamarr ein zufriedenes Lächeln aus. „Diese Frau war Ihnen nicht besonders sympathisch, nicht wahr?", setzte sie hinzu.

Stille trat ein. Alle schwiegen.

„Okay, jetzt bin ich an der Reihe", meldete sich Cozo zu Wort. „Für wen arbeiten Sie?"

Reacher schaute ihn an. „Ich arbeite für niemanden."

„‚Finger weg von unserem Gebiet!'", zitierte Cozo. „Da geht es nicht um eine Einzelperson, da ist von mehreren die Rede. Wer ist damit gemeint?"

„Die gibt es gar nicht."

„Lassen Sie den Quatsch! Wer hat Sie in das Restaurant geschickt?"

Reacher gab keine Antwort.

„Wie steht es mit Caroline Cooke?", fragte Julia Lamarr. „Die kannten Sie auch, nicht wahr? Und sie war Ihnen auch unsympathisch, oder?"

„Erzählen Sie uns mal die ganze Geschichte!", forderte Blake Reacher auf.

„Was für eine Geschichte?"

„Wer hat Sie in das Restaurant geschickt?", fragte Cozo noch einmal.

Reacher wandte sich ihm zu. „Niemand hat mich irgendwohin geschickt."

Cozo schüttelte den Kopf. „Das stimmt doch nicht, Reacher. Sie haben in Garrison ein Haus am Fluss, das eine halbe Million Dollar wert ist, und soweit das Finanzamt weiß, haben Sie innerhalb von knapp drei Jahren keinen Cent verdient. Und als bestimmte Leute wollten, dass die besten Jungs von Petrosian im Krankenhaus landeten, wurden Sie beauftragt, das zu erledigen. Ich möchte verdammt noch mal wissen, wer Ihre Auftraggeber sind!"

„Ich arbeite für niemanden", wiederholte Reacher.

„Sie sind also ein Einzelgänger?", fragte Blake.

„Stimmt."

„Das dachte ich mir. Wann wurden Sie aus der Armee entlassen?"

Reacher zog die Schultern hoch. „Das ist ungefähr drei Jahre her."

„Sie waren bei der Militärpolizei, nicht wahr?"

„Richtig. Als Major."

„Wieso haben Sie Ihren Abschied genommen?"

„Das ist meine Sache. Sie würden das nicht verstehen."

„Vor drei Jahren also. Und was haben Sie seither gemacht?"

„Nicht viel. Ein bisschen Spaß gehabt."

„Haben Sie auch gearbeitet?"

„Nicht oft."

„Und wie sind Sie finanziell über die Runden gekommen?"

„Ersparnisse."

„Die sind seit drei Monaten aufgebraucht. Wir haben das überprüft. Und jetzt lassen Sie sich von Miss Jacob aushalten, stimmt's? Wie fühlen Sie sich dabei?"

Reacher betrachtete den Ehering an Blakes dickem Finger. „Nicht schlechter als Ihre Frau, die sich von Ihnen aushalten lässt", erwiderte er.

Blake grunzte. „Sie schieden also aus der Armee aus und waren seither die meiste Zeit auf sich selbst gestellt."

„Die meiste Zeit."

„Quatsch!", fuhr Cozo dazwischen. „Er arbeitet für jemanden."

„Der Mann sagt doch selbst, dass er ein Einzelgänger ist, verflucht!", fauchte Blake.

Deerfield richtete einen ruhigen Blick auf Reacher. „Erzählen Sie mir von Amy Callan und Caroline Cooke!"

„Was gibt es da zu erzählen? Callan war klein und dunkelhaarig,

Cooke groß und blond. Callan war Feldwebel, Cooke Leutnant. Callan war auf der Schreibstube der Feldzeugmeisterei in Fort White bei Chicago. Cooke arbeitete beim Planungsstab des NATO-Hauptquartiers in Brüssel."

„Haben Sie mit diesen Frauen geschlafen?", wollte Julia Lamarr wissen.

Reacher starrte sie an. „Was ist denn das für eine Frage?"

„Eine, die sich leicht beantworten lässt."

„Na gut. Mit keiner von beiden."

„Beide waren recht hübsch, nicht wahr?"

Reacher grinste. „Hübscher als Sie, das steht fest."

Julia Lamarr schaute weg.

„Kannten die beiden einander?", erkundigte sich Blake.

„Das glaube ich kaum. Eine Menge Leute dient bei der Armee, und die Dienstorte der beiden waren über 6000 Kilometer voneinander entfernt."

„Finden Sie es richtig, dass es beim Militär Frauen gibt?", fragte Deerfield. „Glauben Sie, dass Frauen für Kampfeinsätze geeignet sind?"

Reacher zuckte mit den Achseln. „Frauen eignen sich dafür genauso gut wie Männer. Waren Sie mal in Israel? Dort kämpfen Frauen in vorderster Linie."

„Wie lernten Sie Amy Callan kennen?", fragte Deerfield.

„Sie kam zu mir, weil sie in ihrer Einheit ein Problem hatte."

„Was für eines?"

„Sexuelle Belästigung."

„Und was unternahmen Sie?"

„Ich nahm den Offizier fest, den sie beschuldigt hatte."

„Und was taten Sie dann?"

„Nichts. Von da an war der Staatsanwalt zuständig. Der Offizier wurde freigesprochen. Amy Callan nahm ihren Abschied."

„Aber die Karriere des Offiziers war dennoch ruiniert."

„Ja, das stimmt."

„Wie haben Sie darauf reagiert?"

Reacher schürzte die Lippen. „Mir kam das etwas verwirrend vor. Ich hatte ihn für schuldig gehalten und war vermutlich froh darüber, dass er weg war. Aber so hätte es eigentlich nicht ausgehen dürfen. Ein Freispruch sollte dem Betreffenden nicht die Karriere verderben."

„Also tat Ihnen der Offizier Leid?"

„Nein, mir tat Callan Leid. Die ganze Sache ist aber völlig schief gelaufen. Da wurde die Karriere von zwei Personen ruiniert statt von einer."

„Und wie war es bei Caroline Cooke?"

„Bei Cooke war es anders. Sie war in Übersee stationiert. Sie schlief mit einem Oberst. Und das schon seit einem Jahr. Ich hatte den Eindruck, dass es in gegenseitigem Einvernehmen geschah. Cooke sprach erst dann von Belästigung, als sie nicht befördert wurde."

„Sie unternahmen also nichts?"

„Doch. Ich nahm den Oberst fest, weil es inzwischen entsprechende Vorschriften gab. Zwischen Personen unterschiedlichen Ranges war Sex ausdrücklich verboten."

„Und dann?"

„Der Oberst wurde unehrenhaft entlassen. Seine Frau trennte sich von ihm, und er brachte sich um. Und Cooke nahm dennoch ihren Abschied."

„Und was geschah mit Ihnen?"

„Ich ließ mich vom NATO-Hauptquartier wegversetzen. Ich war ein guter Ermittler. In Belgien war ich fehl am Platz. Dort spielt sich nicht viel ab."

„Haben Sie danach noch mehr Fälle von sexueller Belästigung erlebt?"

„Aber ja. Es wurde zu einer großen Sache."

„Ist vielen tüchtigen Männern die Karriere ruiniert worden?", fragte Julia Lamarr.

Reacher wandte sich ihr zu. „Manchen. Das wurde zu einer Hexenjagd. An den meisten Fällen war meiner Meinung nach etwas dran, aber einige Unschuldige wurden auch darin verwickelt. Die Regeln hatten sich auf einmal geändert."

„Hatten Sie Kontakt mit Callan und Cooke, nachdem Sie die Fälle dem Staatsanwalt übergeben hatten?", erkundigte sich Blake.

„Ein- oder zweimal, glaube ich, im Vorbeigehen."

„Hatten die beiden Vertrauen zu Ihnen?"

Reacher zuckte mit den Achseln. „Vermutlich schon. Es gehörte zu meinen Aufgaben, sie dazu zu bringen, mir zu vertrauen. Ich musste von ihnen ja alle möglichen vertraulichen Details erfahren."

„Mussten Sie dieser Aufgabe bei vielen Frauen nachgehen?"

„Es gab hunderte von Fällen. Ich bearbeitete ein paar Dutzend davon."

„Glauben Sie, dass Sie diesen Frauen in guter Erinnerung geblieben sind?"

Reacher nickte. „Es ist eine schreckliche Tortur für sie. Daher muss der Ermittler zu ihnen eine gute Beziehung herstellen. Er muss ein Freund und Helfer sein."

Blake brummte zustimmend, und die drei Agenten aus Quantico lehnten sich zurück, als wollten sie sagen: Okay, wir sind interessiert. Cozo schaute Deerfield alarmiert an. Dieser beugte sich vor und starrte Reacher durch seine Brille an. „Und was hat sich denn nun in dem Restaurant abgespielt?"

„Nichts", antwortete Reacher.

Deerfield winkte ab. „Sie wurden überwacht. Meine Leute sind Ihnen eine Woche lang gefolgt. Poulton und Lamarr sind heute Abend zu Ihnen gestoßen. Sie haben alles mitverfolgt."

„Sie haben mich seit einer Woche observiert? Wieso?"

„Darauf kommen wir später zurück."

Julia Lamarr streckte die Hand nach ihrer Aktentasche aus. Sie zog eine Akte hervor, schlug sie auf und nahm eine Anzahl Blätter heraus, die alle in kleiner Schrift voll geschrieben waren. Kalt lächelnd schob sie Reacher die Blätter zu.

Dort war alles aufgelistet, was er in der vorangegangenen Woche getan hatte. Er blickte in das lächelnde Gesicht von Julia Lamarr. „Die Überwachung des FBI funktioniert recht gut. Ich habe nichts gemerkt."

„Also, was hat sich in dem Restaurant abgespielt?", wiederholte Deerfield.

„Ich habe eine kleine Straftat begangen, um eine größere zu verhindern."

„Und das haben Sie auf eigene Faust getan?“, wollte Cozo wissen.

Reacher nickte. „Ja, das habe ich.“

„Und das ‚Finger weg von unserem Gebiet!‘. Wozu sollte das gut sein?“

„Dieser Petrosian, wer auch immer er sein mag, sollte es ernst nehmen. Er sollte den Eindruck bekommen, dass er es mit einer anderen Organisation zu tun hat.“

Deerfield beugte sich über den Tisch, griff nach dem Überwachungsprotokoll und blätterte es durch. „Hier ist lediglich von Kontaktaufnahmen mit Miss Jacob die Rede, und die hat nichts mit Schutzgelderpressung zu tun.“ Er schaute zu Reacher auf. „Das Protokoll der Telefonate ist sauber. Sie haben lediglich mit Miss Jacob gesprochen. Es gab keinen Kontakt zu Gangstern.“ Er wandte sich an Cozo. „Teilen Sie diese Meinung?“

Cozo verzog den Mund. „Mir bleibt wohl nichts anderes übrig.“

„Sie waren also quasi ein besorgter Bürger, Reacher?“, fuhr Deerfield fort. „Sie haben gemerkt, dass etwas im Argen lag, und etwas dagegen unternommen.“

Schweigend machte Reacher eine zustimmende Geste.

„Wieso haben Sie dann das Geld gestohlen?“

„Das war sozusagen die Kriegsbeute. Eine Art Trophäe.“

„Sie würden sicherlich keine alten Damen niederschlagen, aber zwei schweren Jungs das Geld wegzunehmen, finden Sie ganz in Ordnung.“

„Wohl schon.“

„Haben Sie schon mal was von Täterprofilen gehört?“

Reacher zögerte. „In den Zeitungen habe ich ein bisschen was darüber gelesen.“

„Das ist eine Wissenschaft für sich. Lamarr ist unsere Expertin auf diesem Gebiet, und Poulton ist ihr Assistent.“

„Wir schauen uns Tatorte an und befassen uns mit den psychologischen Merkmalen“, erklärte Julia Lamarr. „Und dann überlegen wir, welche Persönlichkeitsstruktur der Täter hat.“

„Geht es hier um was Spezielles?“, fragte Reacher.

„Um die Mordfälle Callan und Cooke“, antwortete Blake.

Reacher starrte ihn an.

„Callan war das erste Opfer“, fuhr Blake fort. „Die Vorgehensweise wies besondere Kennzeichen auf, aber es handelte sich eben nur um einen einzelnen Fall. Doch dann wurde Cooke auf dieselbe Weise beseitigt. Und damit war es ein Serienverbrechen.“

„Wir fanden eine Verbindung zwischen den Opfern“, erläuterte Poulton. „Beide hatten in den Streitkräften ein Verfahren wegen sexueller Belästigung angestrengt und danach den Dienst quittiert.“

„Die Ausführung der Verbrechen ließ militärische Präzision erkennen“, berichtete Julia Lamarr. „Doch der Täter hinterließ keinerlei Spuren. Er war offenbar mit dem Vorgehen bei Ermittlungen vertraut. Möglicherweise ist er selbst ein Ermittler.“

„In beiden Fällen drang er nicht gewaltsam in die Wohnungen ein“, sagte Poulton. „Er wurde vielmehr von den Opfern hereingelassen.“

„Der Killer war also jemand, den sie kannten“, folgerte Blake.

„Jemand, dem sie vertrauten“, meinte Poulton. „Ein willkommener Besucher.“

„Wir betrachteten den psychologischen Hintergrund der Verbrechen“, machte Julia Lamarr weiter. „Wir hielten nach einem Armeeangehörigen Ausschau, der noch eine alte Rechnung zu begleichen hatte. Der möglicherweise über Frauen erbost war, die die Karriere tüchtiger Soldaten ruiniert und dann dennoch den Dienst quittiert hatten.“

„Jemand, der einen klaren Begriff von Recht und Unrecht hatte“, fügte Poulton hinzu. „Einer, der von seinen Vorstellungen so überzeugt war, dass er auf eigene Faust gegen die Ungerechtigkeiten vorgehen wollte. Einer, dem es ganz recht war, wenn die zuständigen Stellen nicht eingriffen.“

„Und es war jemand, den die beiden so gut kannten, dass sie ihn bedenkenlos eintreten ließen wie einen alten Freund“, sagte Blake.

„Die beiden lernten einander nie kennen, und sie hatten fast keine gemeinsamen Bekannten“, warf Julia Lamarr ein. „Aber einer davon waren Sie.“

„Die Erstellung eines Täterprofils erfolgt nach streng wissenschaftlichen Methoden“, erläuterte Blake. „Es wird in den meisten Bundesstaaten als Beweismittel für einen Haftbefehl akzeptiert.“

Julia Lamarr lächelte selbstzufrieden. „Beim Täterprofil gibt es keine Irrtümer."

„Worauf wollen Sie hinaus?", fragte Reacher.

„Jemand hat diese zwei Frauen umgebracht", sagte Deerfield und nickte zu Blake, Julia Lamarr und Poulton hin. „Und diese Agenten meinen, dass es sich bei der fraglichen Person um jemanden wie Sie handelt. Dass Sie sogar diese Person sein könnten, Reacher."

„Wieso sollte es einer wie ich sein? Das ist doch bloß eine Vermutung. Mehr kommt bei diesem Profilquatsch nicht heraus. Sie haben keine handfesten Beweise."

„Der Täter hinterließ wie gesagt keine Spuren", sagte Julia Lamarr. „Offensichtlich war es ein schlauer Bursche, ein Einzelgänger und ein brutaler selbst ernannter Ordnungshüter. Das grenzte die Sache weiter ein. Das traf nur noch auf einige tausend zu und ganz besonders auf Sie."

„Auf mich? Sie sind ja nicht ganz dicht!"

Deerfield räusperte sich. „Die Experten sind der Ansicht, wenn Sie es nicht waren, muss es jemand gewesen sein, der Ihnen sehr ähnlich ist."

„Geben Sie mir die Fakten!", forderte Reacher. „Wann und wo ist es geschehen?"

„Callan wurde vor sieben Wochen ermordet und Cooke vor vier", erwiderte Blake.

Reacher dachte nach. Vier Wochen zuvor hatte der Herbst angefangen, und vor sieben Wochen war Spätsommer gewesen. Damals hatte er in Garrison im Garten das wuchernde Gestrüpp zurückgeschnitten. Oft hatte er Jodie tagelang nicht zu Gesicht bekommen, weil sie in der Stadt mit schwierigen Rechtsfällen beschäftigt gewesen war.

Bei Herbstbeginn hatte er dann angefangen, verschiedene Dinge im Haus in Ordnung zu bringen. Er hatte das stets allein erledigt. Jodie hatte sich nach wie vor in der Stadt aufgehalten und versucht, auf der Karriereleiter ein Stück nach oben zu kommen. Gelegentlich hatten sie eine Nacht zusammen verbracht, aber es hatte keine Fahrten zu ihr gegeben, keine Fahrscheine und keine Einträge in ein Hotelregister. Und somit keine Alibis.

„Jetzt möchte ich meine Anwältin dabeihaben", sagte Reacher.

DIE BEIDEN Wachen brachten ihn in den kleinen Raum zurück. Sein Status hatte sich offenbar geändert, denn die zwei blieben bei ihm und stellten sich an der geschlossenen Tür auf. Reacher setzte sich auf den Plastikstuhl und ignorierte sie. Er wartete fast zwei Stunden lang.

Dann ging die Tür plötzlich auf. Die Wachen traten hinaus, und Jodie kam herein. Sie trug ein pfirsichfarbenes Kleid und darüber einen Wollmantel, der eine Nuance dunkler war. Vor dem Hintergrund der grauen Wände war sie eine ungemein farbenprächtige Erscheinung. Ihr Haar war noch von der Sommersonne gebleicht. Sie hatte strahlend blaue Augen und eine honigfarbene Haut. Jedes Mal wenn Reacher sie sah, kam sie ihm noch schöner vor.

Sie beugte sich nieder und küsste ihn. Er sah ihr an, dass sie besorgt war. „Hast du mit ihnen gesprochen?"

„Ich bin nicht die Richtige, um so etwas anzupacken", erwiderte sie. „Im Wirtschaftsrecht kenne ich mich aus, aber nicht im Strafrecht."

Reacher stand auf und reckte sich mit verdrießlicher Miene. „Da gibt es nichts anzupacken. Ich habe die Frauen nicht umgebracht."

„Das weiß ich. Und sie wissen es auch, andernfalls hätten sie dich sofort nach Quantico geschafft. Es geht vermutlich um die andere Sache. Sie haben dich dabei gesehen. Du hast zwei Typen krankenhausreif geschlagen."

„Darum kann es nicht gehen. Sie haben zu schnell reagiert. Das muss schon vorbereitet gewesen sein, bevor ich in die andere Geschichte hineingeraten bin. Und für die interessieren sie sich auch nicht. Mit Schutzgelderpressern habe ich nichts zu tun. Nur Cozo ist da ganz erpicht darauf, der interessiert sich lediglich für kriminelle Vereinigungen."

Jodie nickte. „Cozo ist zufrieden. Jetzt sind zwei Rabauken weniger auf der Bildfläche, ohne dass er etwas unternehmen musste. Aber merkst du denn nicht, in was für eine Situation du geraten bist? Um Cozo zu überzeugen, musstest du dich als Einzelgänger ausgeben, der selbst für Ordnung sorgt, und je mehr dir das gelungen ist, desto genauer war die Übereinstimmung mit diesem Täterprofil aus Quantico."

„Das Profil ist Quatsch."

„Da sind sie anderer Meinung. Du steckst ganz schön in der Patsche, Reacher. Auf alle Fälle haben sie gesehen, wie du die beiden Typen zusammengeschlagen hast. Ich bin nicht die Richtige für so etwas. Im Strafrecht bin ich nicht bewandert."

„Ich brauche keinen Rechtsbeistand."

„Doch, du brauchst einen. Das steht fest." Sie schmiegte sich in seine Arme und küsste ihn. „Ich liebe dich, Reacher, von ganzem Herzen, aber du brauchst einfach einen besseren Anwalt."

Sie schwiegen lange.

„Sie haben mir eine Kopie des Überwachungsprotokolls gegeben", sagte Jodie schließlich.

Reacher nickte. „Damit habe ich gerechnet."

„Wieso?"

„Weil man aufgrund des Protokolls nicht weiter gegen mich ermitteln wird. Weil es nicht um zwei, sondern um drei Frauen geht, da bin ich mir sicher, auch wenn sie mir von einem dritten Opfer nichts gesagt haben. Der Mörder geht nach einem genauen Zeitplan vor. Er hält einen Abstand von drei Wochen ein. Der erste Mord geschah vor sieben Wochen, der zweite vor vier Wochen. Und der dritte Mord hat sich vermutlich letzte Woche ereignet, als sie mich bereits überwacht haben."

„Wieso haben Sie dich dann hierher geschafft, wenn du gar nicht infrage kommst?"

„Keine Ahnung."

Die Tür ging auf, und Deerfield trat ein. „Miss Jacob, die Zeit für die Besprechung mit Ihrem Mandanten ist abgelaufen."

Er führte beide in den Raum mit dem langen Tisch. Die zwei New Yorker Agenten folgten ihnen. Auf der anderen Seite des Tisches hatte man einen zweiten Stuhl bereitgestellt, und Jodie setzte sich neben Reacher. Unter der glänzenden Mahagonitischplatte drückte er ihre Hand.

Ihnen gegenüber nahm dieselbe Formation wie zuvor Platz: Poulton, Julia Lamarr, Blake, Deerfield und schließlich Cozo. Diesmal stand jedoch ein kleiner schwarzer Rekorder auf dem Tisch.

Deerfield drückte die Aufnahmetaste, nannte das Datum und die

Namen der Anwesenden. „Ich selbst bin Alan Deerfield und wende mich jetzt an den Tatverdächtigen. Jack Reacher, Sie wurden wegen folgender Beschuldigungen festgenommen: Erstens wegen schwerer Körperverletzung und Raub, begangen an zwei noch nicht identifizierten Personen."

Cozo beugte sich vor. „Zweitens wegen Unterstützung einer kriminellen Vereinigung, die sich mit Schutzgelderpressung beschäftigt."

Deerfield lächelte. „Sie sind nicht verpflichtet, Angaben zu machen. Was Sie sagen, wird aufgenommen. Es kann als Beweismittel vor Gericht gegen Sie verwendet werden. Sie haben das Recht, einen Rechtsanwalt hinzuzuziehen. Falls Sie sich keinen leisten können, wird Ihnen vom Staat New York ein Rechtsbeistand zur Verfügung gestellt. Haben Sie Ihre Rechte verstanden?"

„Ja", antwortete Reacher.

„Wollen Sie jetzt eine Aussage machen?"

„Nein."

Deerfield streckte die Hand aus und beendete die Aufzeichnung.

„Ich werde eine Anhörung zwecks Freilassung auf Kaution beantragen", kündigte Jodie an.

Deerfield schüttelte den Kopf. „Nicht nötig. Wir setzen ihn ohne Sicherheitsleistung auf freien Fuß. Ihr Mandant kann gehen."

Es WAR kurz nach drei Uhr morgens. Jodie musste wieder zu ihrer Nachtarbeit ins Büro zurück, weshalb einer der beiden New Yorker Agenten sie zur Wall Street fuhr. Der andere brachte Reacher nach Garrison und machte sich gleich wieder auf den Rückweg, kaum dass die Beifahrertür zugefallen war. Reacher schaute zu, wie der Wagen im Dunst verschwand, und ging dann zu seinem Haus hinunter.

Er hatte es zu Beginn des Sommers von Leon Garber geerbt, dem Vater von Jodie, der einst sein vorgesetzter Offizier gewesen war. In jener Woche hatte er freudige, aber auch betrübliche Überraschungen erlebt. So war er nach langer Zeit wieder mit Jodie zusammengetroffen und hatte erfahren, dass sie verheiratet gewesen war und die Scheidung hinter sich hatte. Er hatte allerdings auch von Leons Tod erfahren und mitgeteilt bekommen, dass das Haus jetzt ihm gehörte.

Er war schon seit fünfzehn Jahren in Jodie verliebt, seit sie sich auf einem Armeestützpunkt auf den Philippinen kennen gelernt hatten. Sie war damals fünfzehn und von einer erblühenden Weiblichkeit gewesen. Und die Tochter seines Vorgesetzten. Reacher hatte seine Gefühle im Zaum gehalten, weil er Jodies und Leons Vertrauen nicht hatte missbrauchen wollen. Leon zu hintergehen wäre ihm nie in den Sinn gekommen, denn er liebte ihn wie einen Vater.

Einige Tage nach Leons Beisetzung hatte Jodie Reacher offenbart, dass sie seine Gefühle erwiderte.

Das Wiedersehen mit ihr war die freudige Überraschung gewesen, der Tod von Leon die betrübliche. Dass Reacher das Haus geerbt hatte, löste dagegen gemischte Gefühle in ihm aus. Bei dem am Hudson gegenüber von West Point gelegenen Anwesen handelte es sich um eine Immobilie im Wert von einer halben Million Dollar. Das Haus stellte für ihn aber auch ein großes Problem dar. Reacher empfand es als unangenehm, dass er dadurch ziemlich gebunden war. Er war so viel unterwegs gewesen, dass er es nicht lange an einem Ort aushielt. Außerdem ging es ihm gegen den Strich, Hausbesitzer zu sein. Er hatte sein ganzes Leben lang nur so viel besessen, wie er bei sich tragen konnte. Als er den Dienst quittiert hatte, waren einige Kleidungsstücke und eine Armbanduhr sowie eine Zahnbürste hinzugekommen, die man zusammenklappen und wie einen Stift in die Tasche stecken konnte. Das war alles gewesen. Und nun besaß er ein Haus. Das brachte allerlei mit sich. Man musste diverse Versicherungen abschließen und Steuern bezahlen.

Das Einzige, was er für das Haus gekauft hatte, war ein goldfarbener Filtereinsatz für Leons alte Kaffeemaschine. Er fand ihn praktischer als die Papierfilter, die man andauernd aus dem Laden besorgen musste. An diesem Morgen füllte er um zehn nach vier Kaffeepulver ein, goss Wasser dazu und schaltete die Maschine ein. Noch bevor der Kaffee durchgelaufen war, hörte er auf seiner Auffahrt das Knirschen von Reifen. Dann drang ein aufblitzender roter Lichtschein durch sein Küchenfenster. Autotüren gingen auf, und zwei Leute stiegen aus. Die Türen wurden zugeschlagen. Gleich darauf klingelte es an der Haustür.

Im Gang gab es zwei Lichtschalter. Reacher drückte den für die

Beleuchtung am Vordach und öffnete die Tür. Das gelbe Strahlerlicht fiel auf Nelson Blake und Julia Lamarr. Auf Blakes Gesicht war nur Erschöpfung zu erkennen, Julia Lamarr hingegen schaute Reacher mit unverhohlener Feindseligkeit an.

„Kommen Sie rein", sagte er. „Ich mache gerade Kaffee." Er ging in die Küche zurück. „Ich kann Ihnen leider nur schwarzen anbieten."

„Ist mir recht." Blake war an der Küchentür stehen geblieben, weil er nicht unaufgefordert eintreten wollte.

Julia Lamarr trat neben ihn. „Ich möchte keinen", lehnte sie ab.

„Trinken Sie einen Kaffee, Julia. Es war eine lange Nacht." Blake drückte es so aus, dass es ein bisschen wie ein Befehl, aber auch wie ein väterlicher Rat klang.

Reacher schaute zu ihm hinüber und füllte drei Becher. „Wer war das dritte Opfer?", fragte er beiläufig.

Blake zuckte nicht einmal mit der Wimper. „Lorraine Stanley. Sie hatte in Utah als Quartiermeister-Feldwebel gedient. Heute Morgen wurde sie in Kalifornien tot aufgefunden."

„Identische Vorgehensweise?"

„Sie stimmt völlig überein."

„Die gleiche Vorgeschichte?"

„Ja. Eine Klage wegen sexueller Belästigung, mit der sie Erfolg hatte. Trotzdem quittierte sie vor einem Jahr den Dienst. Jetzt haben wir also drei Fälle. Dass alle drei mit dem Militär in Zusammenhang stehen, kann man nicht mehr als Zufall betrachten."

Reacher trank einen Schluck. „Ich kannte diese Frau nicht. In Utah habe ich niemals gedient."

Blake nickte. „Können wir uns irgendwo hinsetzen und miteinander reden?"

Reacher führte die beiden ins Wohnzimmer. Dort standen drei Sofas u-förmig um einen offenen Kamin angeordnet. Blake setzte sich mit dem Gesicht zum Fenster, Reacher nahm ihm gegenüber Platz, und Julia Lamarr ließ sich mit Blick auf den Kamin nieder.

„Zu dem Täterprofil stehen wir nach wie vor", betonte sie.

„Wie schön für Sie."

„Bei den ersten beiden kamen Sie als Tatverdächtiger durchaus in Betracht", sagte Blake. „Und deshalb wurden Sie überwacht."

„Soll das eine Entschuldigung sein?", erkundigte sich Reacher.

„Wenn Sie so wollen."

„Haben Sie eine Person gefunden, die alle drei Frauen kannte?"

„Bis jetzt noch nicht", erwiderte Julia Lamarr.

„Wir glauben, dass ein vorheriger persönlicher Kontakt möglicherweise gar nicht so wichtig ist", setzte Blake hinzu.

„Vor ein paar Stunden waren Sie aber noch ganz anderer Meinung. Da war ich für Sie der Bekannte der beiden, der nur an die Tür zu klopfen brauchte und sofort eingelassen wurde."

„Wir meinten nicht Sie persönlich, sondern jemanden wie Sie", erwiderte Blake. „Dieser Typ bringt Frauen um, weil ein ganz bestimmter Sachverhalt vorliegt. Zuerst erstatten sie Anzeige wegen sexueller Belästigung, und dann quittieren sie den Dienst. Kann sein, dass er ihnen gar nicht persönlich bekannt ist, sondern nur aufgrund des Sachverhalts, seiner dienstlichen Funktion nach. Zum Beispiel als Militärpolizist."

Reacher lächelte. „Jetzt glauben Sie also schon wieder, dass ich es gewesen sein könnte?"

Blake schüttelte den Kopf. „Nein, denn Sie waren ja nicht in Kalifornien."

„Das ist die falsche Antwort, Blake. Ich bin kein Killer, deswegen war ich's nicht."

„Haben Sie nie einen Menschen umgebracht?", warf Julia Lamarr ein.

„Nur wenn es nicht anders ging."

Sie lächelte eisig. „Ich wiederhole: Wir stehen nach wie vor zu dem Täterprofil. Es geht um einen selbstgerechten Mistkerl, der Ihnen zum Verwechseln ähnlich ist."

Blake warf seiner Kollegin einen missbilligenden Blick zu und beugte sich nach vorn, um Reachers Aufmerksamkeit auf sich zu lenken. „Wir wollen damit nur sagen, dass der Betreffende möglicherweise Militärpolizist war."

„Möglich ist alles", stimmte Reacher zu.

„Wir haben es hier mit ganz bestimmten Sachverhalten zu tun. Da ist vor allem der militärische Hintergrund der Opfer. Der ist so unübersehbar, dass man ihn nicht mehr als Zufall bezeichnen kann."

„Worauf wollen Sie hinaus?“

„FBI und Militär kommen in der Regel nicht besonders gut miteinander aus.“

„Das überrascht mich nicht. Mit wem kommt ihr Typen denn schon aus?“

Blake schaute verdrießlich drein. „Überall gibt es Reibereien. Das Militär hasst das FBI. Das FBI hasst die CIA. Jeder hat einen Hass auf die anderen. Folglich brauchen wir einen Mittelsmann.“

„Etwa mich?“

„Sie waren ein sehr tüchtiger Ermittler, als Sie beim Militär waren.“

„Das ist lange her.“

„Vielleicht haben Sie dort immer noch Freunde. Es mag Leute geben, die sich an Sie erinnern, oder solche, die Ihnen noch einen Gefallen schuldig sind.“

„Vielleicht, vielleicht auch nicht.“ Reacher lehnte sich zurück.

„Haben Sie denn kein Mitgefühl für die ermordeten Frauen? Sie kannten Callan und Cooke doch und mochten sie.“

„Ich mochte Callan.“

„Also, dann helfen Sie uns, ihren Mörder zu finden. Ohne Ihre Unterstützung tappen wir weiter im Dunkeln.“

„Nichts zu machen.“

„Sie Mistkerl“, knurrte Julia Lamarr.

Reacher wandte sich an Blake. „Glauben Sie allen Ernstes, ich wollte mit dieser Frau zusammenarbeiten? Der fällt doch nichts anderes ein, als mich zu beschimpfen.“

„Wie wäre es mit einer beratenden Funktion?“

Reacher schüttelte den Kopf. „Kein Interesse.“

„Wären Sie damit einverstanden, sich hypnotisieren zu lassen?“, erkundigte sich Blake.

„Hypnotisieren? Wozu das?“

„Möglicherweise kommt etwas zum Vorschein, was verschüttet war. Zum Beispiel, dass einer Drohungen ausgestoßen oder abfällige Äußerungen gemacht hat. Irgendetwas, was Sie damals nicht weiter beachtet haben, könnte Ihnen wieder einfallen.“

„Sie setzen immer noch Hypnose ein?“

„Gelegentlich. Julia ist eine Expertin auf diesem Gebiet. Sie würde die Hypnose vornehmen."

„Nein danke. Sie könnte mich dazu bringen, dass ich nackt auf der Fifth Avenue umherspaziere."

Blake blickte kurz auf den Boden, dann schaute er wieder auf. „Zum letzten Mal, Reacher: Das FBI bittet Sie um Ihre Mitarbeit als Berater. Sie bekämen selbstverständlich eine Vergütung. Ja oder nein?"

„Das ist der Grund dafür, dass Sie mich zu sich geschafft haben, stimmt's?"

Blake nickte. „Manchmal klappt es. Wenn man jemand den Eindruck vermittelt, er sei der Hauptverdächtige, und ihm dann mitteilt, dass er's nicht ist, dann empfindet er uns gegenüber Dankbarkeit und möchte uns behilflich sein."

„Ziemlich grausam, meinen Sie nicht auch?"

„Das FBI hat manchmal keine andere Wahl. Also, wie lautet Ihre Antwort?"

„Wenn Sie Miss Lamarr anderweitig beschäftigen, könnte ich's in Betracht ziehen."

Sie blickte finster, und Blake erwiderte: „Kommt nicht infrage."

„Dann muss ich das Angebot ablehnen."

Blake zog die Mundwinkel herab. „Wir haben mit Deerfield gesprochen, bevor wir herkamen. Aus Gründen der Höflichkeit, verstehen Sie. Er hat uns ermächtigt, Ihnen mitzuteilen, dass Cozo die Anklage wegen Mitgliedschaft in einer kriminellen Vereinigung fallen lässt, wenn Sie mit uns zusammenarbeiten."

„Darüber mache ich mir keine großen Sorgen. Damit werde ich fertig. Wenn die Jury mit Geschäftsleuten aus Tribeca besetzt ist, werde ich wie ein Robin Hood dastehen."

Blake wischte sich den Mund. „Das Dumme ist nur, dass noch ein anderer Anklagepunkt dazukommen könnte. Einer der beiden Typen ist in einem kritischen Zustand. Er hat einen Schädelbruch erlitten. Wenn er stirbt, gibt's eine Anklage wegen Totschlags."

Reacher lachte. „Das verfängt bei mir nicht, Blake. Niemand hat einen Schädelbruch erlitten. Wenn ich einem den Schädel einschlagen will, weiß ich, wie ich's anstellen muss. Darauf können Sie sich verlassen. Und nun machen Sie mal weiter mit Ihren schlimmen Drohungen."

„Cozo hat Leute, die verdeckt für ihn arbeiten. Petrosian wird Erkundigungen einziehen, um herauszufinden, wer seine Jungs zusammengeschlagen hat. Cozos Leute könnten da mal Ihren Namen fallen lassen. Dieser Petrosian ist ein harter Bursche."

„Dieses Risiko gehe ich ein."

Blake räusperte sich. „Wir haben geahnt, dass Sie das sagen würden. Wir sind nämlich gute Menschenkenner. Deshalb haben wir uns auch gefragt, wie Sie wohl reagieren würden, wenn Cozo nicht Ihren Namen und Ihre Adresse, sondern Namen und Adresse Ihrer Freundin durchsickern ließe."

„ICH KANN es nicht fassen, dass sie mit solchen Methoden vorgehen", sagte Jodie.

Sie befanden sich in ihrer Küche, vier Stockwerke über dem unteren Broadway. Zwanzig Minuten nachdem sich Blake und Julia Lamarr in Garrison von Reacher verabschiedet hatten, war er nach Manhattan gefahren. Als Jodie um sechs Uhr morgens nach Hause gekommen war, hatte er in ihrem Wohnzimmer auf sie gewartet.

„Sie sind rabiat, und anmaßend sind sie auch", entgegnete er. „Und sie wollen unbedingt gewinnen, dafür tun sie alles. Ich soll ihnen bis um acht Uhr Bescheid geben."

Nervös ging Jodie auf und ab. Sie hatte seit 36 Stunden nicht geschlafen, aber das merkte man ihr bis auf einen leichten bläulichen Schatten in den Augenwinkeln kaum an. „Kann sein, dass sie es nicht ernst meinen", gab sie zu bedenken.

„Die sicherste Methode ist, davon auszugehen, dass sie es ernst meinen."

„Warum gehen die so rabiat vor? Wieso diese Drohungen? Und wieso gerade gegen dich?"

„Dafür gibt's viele Gründe. Ich war an zwei von den Fällen beteiligt. Es ist ihnen gelungen, mich ausfindig zu machen. Außerdem hatte ich eine gehobene Position inne, und es stand zu vermuten, dass mir einige von der jüngeren Generation noch einen Gefallen schulden."

Jodie nickte. „Also gut, was sollen wir tun?“

„Ich könnte Petrosian unschädlich machen.“

Sie starrte ihn an und schüttelte dann den Kopf. „In der Firma haben wir eine bestimmte Vorgehensweise. Wir nennen sie die Was-läuft-da-noch-Regel. Angenommen, wir betreuen einen Typ, der bankrott ist. Manchmal stöbern wir ein bisschen herum und stellen fest, dass er Vermögenswerte gebunkert hat, die er uns gegenüber nicht erwähnt hat. Er schwindelt also. Als Erstes fragen wir uns: Was läuft da noch? Was macht er sonst noch? Was hat er sonst noch beiseite geschafft?“

„Worauf willst du hinaus?“

„Was wollen die eigentlich wirklich? Es könnte sein, dass es überhaupt nicht um die Frauen, sondern in Wirklichkeit um Petrosian geht. Vermutlich ist er ein gerissener, aalglatter Bursche. Kann sein, dass sie nichts in der Hand haben, was sie ihm zur Last legen können. Und dass Cozo Blake und Lamarr dazu benutzt, dich dazu zu bringen, gegen Petrosian vorzugehen. Sie wissen genau: Wenn sie Petrosian als eine Bedrohung, die sich gegen mich richtet, ins Spiel bringen, wirst du sofort auf den Gedanken kommen, ihn zu beseitigen. Dann wäre er weg vom Fenster, ohne einen Prozess, den sie wahrscheinlich sowieso nicht gewinnen würden. Und es gäbe keine Spuren, die zum FBI führten. Es kann durchaus sein, dass sie dich als Attentäter einsetzen möchten. Sie bringen dich auf Touren, und schon fegst du los.“

„Und warum haben sie mir das nicht klipp und klar vorgeschlagen?“

„Das dürfen sie nicht, das wäre absolut ungesetzlich. Und du darfst das sowieso nicht tun, Reacher. Ein Mordanschlag, bei dem sie Mitwisser sind? Der sich unter ihrer Nase abspielt? Das FBI hätte dich dann für den Rest deines Lebens vollkommen in der Hand.“

Er stützte sich auf das Fenstersims und schaute auf die Straße hinunter.

„Du steckst gewaltig in der Klemme“, setzte Jodie hinzu. „Wir stecken beide in der Klemme. Was wirst du tun?“

„Nachdenken. Ich habe bis acht Uhr Zeit. Ich weiß nur eines:

Ich kann nicht nach Quantico gehen und dich allein in dieser Stadt zurücklassen, in der sich auch Petrosian aufhält. Das kann ich auf keinen Fall machen."

BEVOR Jodie die Wohnung verließ, um zur Arbeit zu gehen, küssten sie einander leidenschaftlich und sehr lange, als ob sie in absehbarer Zeit keine Gelegenheit mehr dazu bekämen. Dann dachte Reacher eine halbe Stunde nach. Anschließend telefonierte er zwanzig Minuten lang. Um 7.55 Uhr rief er schließlich Julia Lamarr an. Sie nahm nach dem ersten Klingeln ab.

„Ich mache mit", teilte Reacher ihr mit. „Ich tue es zwar ungern, aber ich bin dabei."

Sie schwieg einen Moment. „Gehen Sie nach Hause, und packen Sie ein paar Sachen zusammen", erwiderte sie dann. „Wir gehen nach Virginia. In genau zwei Stunden hole ich Sie ab."

„Nicht nötig. Ich werde Sie am Flughafen treffen."

„Wir nehmen kein Flugzeug."

„Wieso denn nicht?"

„Weil ich niemals fliege. Wir fahren mit dem Auto."

PÜNKTLICH traf Julia Lamarr in einem nagelneuen Buick ein. „Wo ist denn Ihr Gepäck?", fragte sie Reacher, als er die Beifahrertür öffnete und neben ihr Platz nahm.

„Ich brauche keines." Seine zusammenklappbare Zahnbürste hatte er in die Innentasche seiner Jacke gesteckt.

Angewidert wandte sie den Blick von ihm ab, als wäre er ein Asozialer. Dann reihte sie sich in den Verkehr ein und fuhr schweigend dahin. Die I-84 führte sie über den Hudson und durch Newbury. Danach nahm Julia Lamarr die nach Süden gehende Schnellstraße.

„Sind Sie überhaupt nie geflogen?", wollte Reacher wissen.

„Früher schon, aber seit einiger Zeit nicht mehr."

„Aus welchem Grund?"

„Eine Phobie. Ich habe einfach Angst davor."

„Aber beim Autofahren ist das Risiko doch wesentlich höher", wandte Reacher ein.

„Der Statistik nach schon."

„Folglich ist Ihre Angst irrational. Gibt's beim FBI eine Menge Agenten mit irrationalen Ängsten?"

Sie erwiderte nichts darauf, aber ihr blasses Gesicht bekam einen rötlichen Schimmer. „Wir müssen miteinander reden", sagte sie nach einer Weile.

„Also gut. Erzählen Sie mir mal vom College."

„Nein, nicht darüber! Wir sollten über die Fälle sprechen."

Er lächelte. „Aber Sie sind doch aufs College gegangen, nicht wahr?"

Sie nickte. „Indiana State."

„Und hatten Psychologie als Hauptfach?"

Sie schüttelte den Kopf. „Wenn Sie's unbedingt wissen wollen: Landschaftsgärtnerei. Meine berufliche Ausbildung habe ich auf der FBI-Akademie in Quantico bekommen."

„Landschaftsgärtnerei? Kein Wunder, dass das FBI bei Ihnen zugegriffen hat."

„Da lernt man, das Gesamtbild zu betrachten und geduldig zu sein."

„In Quantico gibt es wohl eine Menge irrationaler, unter Phobien leidender Landschaftsgärtner? Und Bonsaifans, die sich vor Spinnen fürchten?"

„Ich hoffe, Sie sind mächtig stolz, wenn Sie Ihre Witzeleien von sich geben, während etliche Frauen in Lebensgefahr schweben. Nach Angaben des Verteidigungsministeriums gibt es 91, die in die Kategorie der Mordopfer passen. Meine Stiefschwester ist eine davon."

Reacher verstummte und schaute aus dem Fenster. Sie fuhr schnell. „Tut mir Leid", entschuldigte er sich. „Sie machen sich bestimmt Sorgen um sie."

Bald darauf gelangten sie nach New Jersey. Die Straße war nass, und vor ihnen hingen dunkle Wolken. Sie jagten einem nach Süden ziehenden Unwetter nach.

Julia Lamarr packte das Lenkrad fester. „Also, sprechen wir über die Fälle", wiederholte sie. „Die einzelnen Tatorte ergaben sich offenbar aus den Umständen, aber die Auswahl der Opfer erfolgte nach speziellen Gesichtspunkten, nicht wahr? Der Täter ist hinter ganz bestimmten Frauen her und geht dorthin, wohin er muss. Die Morde geschahen stets bei den Opfern zu Hause. In allen drei Fällen handelte es sich um Einfamilienhäuser, die mehr oder weniger abgelegen waren."

„Gab's da keinen Ehemann oder Familienangehörige?", fragte Reacher.

„Callan lebte getrennt und war kinderlos. Cooke hatte verschiedene Freunde, aber keine Kinder. Stanley war eine Einzelgängerin ohne Bindungen."

„Haben Sie Callans Ehemann überprüft?"

„Selbstverständlich. Das machen wir bei jeder verheirateten Frau. Er hatte ein einwandfreies Alibi, und es gab nichts Verdächtiges. Mit Cooke wurde dann klar, nach welchem Muster es ablief, dass es nicht der Ehemann oder der Freund gewesen sein konnte."

„Allem Anschein nach nicht."

„Die erste Frage lautet: Wie bekommt er Einlass? Er verschafft sich nicht gewaltsam Zutritt, sondern spaziert einfach durch die Tür."

„Glauben Sie, dass er die Häuser zuerst überwacht hat? Gibt es Hinweise darauf? Zigarettenkippen oder Getränkedosen unter einem Baum irgendwo in der Nähe?"

„Dieser Bursche hinterlässt keinerlei Spuren. Das habe ich Ihnen bereits gesagt."

„Haben die Nachbarn was bemerkt?"

Sie schüttelte den Kopf. „Bis jetzt kam kein Hinweis."

„Und alle drei wurden bei Tag umgebracht?"

„Zu unterschiedlichen Zeiten, aber bei Tageslicht."

„Keine war berufstätig?"

„Sie selbst arbeiten ja auch nicht. Von euch ehemaligen Armeeangehörigen scheint kaum jemand zu arbeiten. Wie kommt das?"

„In meinem Fall ist es so, dass ich nichts Passendes finden kann. Ich dachte mal an Landschaftsgärtnerei, aber ich suchte eine echte Herausforderung, nicht irgendetwas, was man sich im Nu aneignen kann."

Julia Lamarr schwieg, während der Wagen in einen Wolkenbruch geriet. Sie setzte die Scheibenwischer in Gang, schaltete die Scheinwerfer ein und verlangsamte das Tempo ein wenig.

„Haben Sie die Absicht, mich die ganze Zeit zu beleidigen?“, fragte sie schließlich.

„Sie ein bisschen hochzunehmen ist nichts im Vergleich zu dem, was Sie meiner Freundin androhen. Außerdem habe ich nicht vergessen, dass Sie mich für einen Kerl hielten, der zwei Frauen umbringen kann.“

„War das jetzt ein Ja oder ein Nein?“

„Es war ein Vielleicht. Eine Entschuldigung von Ihrer Seite könnte dazu beitragen, dass es zu einem Nein wird.“

„Ich soll mich entschuldigen? Das können Sie vergessen, Reacher. Von meinem Täterprofil rücke ich nicht ab. Wenn Sie's nicht waren, dann war es ein Drecksack, der Ihnen aufs Haar gleicht.“

Der Himmel verdunkelte sich weiter, und es regnete nun heftig. Durch die Wassermassen hindurch, die auf die Windschutzscheibe prasselten, war das Schimmern roter Bremslichter zu erkennen. Der Verkehr kam ins Stocken und bewegte sich nur noch im Schneckentempo voran. Julia Lamarr trat scharf auf die Bremse.

„So ein Mist!“, spottete Reacher. „Unter diesen Bedingungen ist Ihr Todesrisiko 10000-mal höher als beim Fliegen.“

Sie erwiderte nichts, sondern konzentrierte sich aufs Fahren und blieb mit dem Fuß auf der Bremse. „Worüber sprachen wir zuletzt?“, fragte sie nach einer Weile.

„Er hat rausgekriegt, dass die Frauen allein leben. Er gelangt bei Tageslicht hinein. Und was passiert dann?“

„Er bringt sie um.“

„Im Haus?“

„Das nehmen wir an.“

„Wissen Sie das nicht genau?“

„Er hinterlässt keine Spuren, erinnern Sie sich? Absolut nichts: keine Fasern, kein Blut, keinen Speichel, keine Haare, keine Fingerabdrücke, keine DNA.“

„Also bringt er sie vielleicht gar nicht im Haus um.“

„Er lässt die Leichen zumindest dort zurück. In der Badewanne.“

„In der Wanne? Alle drei?“

„Ja. Nackt. Und die Kleidung fehlt.“

„Er nimmt die Kleidungsstücke mit? Wieso?“

„Wahrscheinlich als Trophäe. Das kommt bei einem Serienverbrechen wie diesem häufig vor."

„Nimmt er sonst noch was mit?"

„Nach unseren bisherigen Feststellungen nicht."

„Er nimmt also ihre Kleider mit und lässt nichts zurück."

„Doch, etwas schon", schränkte sie ein. „Nämlich Farbe."

„Farbe?"

„Grüne Armee-Tarnfarbe. In der Badewanne. Er legt die nackten Frauen hinein und füllt die Wanne mit Farbe."

Reacher starrte in den Regen hinaus. „Er ertränkt sie? In der Farbe?"

„Nein, zu diesem Zeitpunkt sind sie schon tot."

„Erzählen Sie mir Genaueres über die Farbe", bat er leise.

Verwundert schaute sie ihn an. „Es ist die Grundierung für den Tarnanstrich der Armee. Ein mattes Grün. Die Farbe wird in Illinois massenhaft produziert."

Reacher nickte knapp. Er hatte die Farbe nie benutzt, aber oft genug zu Gesicht bekommen. „Die kleckert ganz schön."

„Doch die Tatorte sind blitzsauber. Er verschüttet keinen einzigen Tropfen."

„Die Frauen waren bereits tot. Es gab keinen Kampf. Kein Wunder, dass nichts verschüttet wurde. Es bedeutet jedoch, dass er jeweils hundert oder hundertzwanzig Liter Farbe ins Haus tragen musste, um die Wanne zu füllen. Das ist eine ganze Menge. Die Farbe muss ihm sehr wichtig sein. Haben Sie mal überlegt, was das zu bedeuten hat?"

„Mir ist da lediglich der offenkundige Zusammenhang mit dem Militär eingefallen. Kann sein, dass es eine Art Heimholung darstellt, wenn er die Leichen mit dieser Armeefarbe übergießt. Sie kehren dahin zurück, wo sie hingehören, wo sie seiner Meinung nach hätten bleiben sollen. Die Farbe umschließt sie. Nach ein paar Stunden bildet sich eine Haut. Die Oberfläche wird hart, und darunter entsteht eine gallertartige Masse. Ich glaube, wenn man lange genug wartete, würde die ganze Wannenfüllung steinhart werden."

Reacher starrte durch die Windschutzscheibe. Der Horizont war hell. Sie ließen das schlechte Wetter hinter sich.

„Hundertzwanzig Liter Farbe sind nicht leicht zu transportieren. Dazu braucht man ein größeres Fahrzeug. Das fällt auf. Hat niemand was gesehen?“

„Wir sind von Tür zu Tür gegangen, haben aber keinerlei Hinweise bekommen.“

Er kratzte sich am Kinn. „Die Farbe ist des Rätsels Lösung. Woher genau stammt sie?“

„Wir haben keine Ahnung. Das Militär ist nicht besonders entgegenkommend.“

„Das überrascht mich nicht. Denen ist das peinlich. Denn es sieht so aus, als stecke ein aktiver Soldat dahinter. Wer sonst hätte so viel Tarnfarbe beschaffen können?“

Julia Lamarr erwiderte nichts, schaltete aber die Scheibenwischer aus, denn der Regen hatte aufgehört.

Reacher dachte über einen Soldaten nach, der irgendwo eimerweise Farbe auflud. 91 Frauen standen auf seiner Liste, und nach seinen wahnwitzigen Überlegungen waren für jede 100 oder 120 Liter vorgesehen. Das waren ganze Lkw-Ladungen. Vielleicht war der Täter ein Quartiermeister.

„Wie bringt er sie um?“, erkundigte sich Reacher.

Julia Lamarr schluckte. „Wir wissen es nicht.“

„Sie wissen es nicht?“

„Wir können es nicht nachvollziehen.“

*Zusammen sind es 91, und du musst insgesamt sechs erledigen, also bleiben noch drei. Was machst du jetzt? Du denkst weiter scharf nach und fährst mit der Planung fort. Du musst sie nämlich alle überlisten, die Opfer wie auch die Ermittler. Immer mehr Ermittler kommen hinzu. Neue Aspekte, neue Methoden. Sie machen sich auf die Suche nach dir und tun ihr Möglichstes, dich zu finden.*

*Die Ermittler sind hartnäckig, aber die Frauen sind kein Problem. Du hast alles lange und sehr sorgfältig geplant, und die*

*Planung war perfekt. Sie kommen an die Haustür, sie fallen darauf rein und lassen dich eintreten. Sie sind so dumm, dass sie ihr Schicksal verdient haben. Und es ist gar nicht schwierig. Es ist wie alles andere. Wenn du es richtig geplant hast, ist es einfach. Noch drei. Dann hast du's geschafft.*

„WIESO wissen Sie nicht, wie die Frauen umgekommen sind?", hakte Reacher nach.

„Es sind keine Verletzungen oder Wunden zu sehen. Die von der Spurensicherung holen die Leichen aus der Wanne. Die Pathologen säubern sie und finden nichts. In den Lungen kein Wasser und keine Farbe, folglich sind sie nicht ertrunken."

„Keine Hautabschürfungen oder Prellungen?"

„Nichts dergleichen. Aber vergessen Sie nicht, dass die Leichen in der Farbe lagen. Die ist voller Chemikalien und ziemlich ätzend. Kann sein, dass lädierte Hautstellen durch die Auswirkungen der Farbe unkenntlich werden. Wie auch immer sie zu Tode kamen, es geschah jedenfalls auf eine sehr subtile Weise."

„Gibt es innere Verletzungen?"

„Nichts. Keine subkutanen Quetschungen, keine Organverletzungen. Der toxikologische Befund ergab nichts. Und es fand kein Geschlechtsverkehr statt."

„Eine sehr unsoldatische Weise, jemanden zu töten. Soldaten erschießen, erstechen, erschlagen oder erwürgen den Feind. Sie wenden keine subtilen Methoden an."

„Wir wissen nicht genau, was er gemacht hat."

„Aber Wut ist da nicht zu erkennen, oder? Wenn dieser Typ Vergeltung übt, wo bleibt dann die Wut? Es kommt mir viel zu nüchtern vor."

Julia Lamarr gähnte. „Mir bereitet das auch Kopfzerbrechen. Aber betrachten Sie doch den Hintergrund der Opfer. Was könnte er sonst für ein Motiv haben? Und wenn wir uns hinsichtlich des Motivs einig sind, kommt nur ein erboster Soldat als Täter infrage, oder?"

Sie verfielen in Schweigen. Die Kilometer rauschten vorüber. Als Julia Lamarr erneut gähnte, warf Reacher ihr einen forschenden Blick zu. „Sind Sie okay?"

„Ich bin vielleicht ein bisschen erschöpft. Machen Sie sich auf einmal meinetwegen Gedanken?"

„Nein, meinetwegen. Sie könnten einschlafen und von der Straße abkommen."

Sie gähnte schon wieder. „Das ist mir noch nie passiert."

Reacher musterte sie prüfend. „Ich werde jetzt ein Stündchen schlafen. Bringen Sie mich bitte nicht in Lebensgefahr!"

ALS ER aufwachte, sah er, dass Julia Lamarr starr vor Erschöpfung war. Mit geröteten, aufgerissenen Augen starrte sie auf die Fahrbahn.

„Wir sollten mal anhalten und was essen", schlug er vor.

Sie unterdrückte ein Gähnen. „Okay, das machen wir."

Sie fuhr noch ein Stück und bog zur nächsten Raststätte ab. Anlagen dieser Art hatte Reacher schon tausendmal gesehen: eine Billigkonstruktion aus den Fünfzigerjahren mit der Filiale einer Fastfood-Kette.

Sie stiegen aus, und Reacher streckte seine steifen Glieder in der kalten, feuchten Luft. Dann gingen sie hinein und stellten sich in die Schlange, um ein Sandwich zu kaufen.

Als die Schlange sich voranbewegte, beschloss Reacher, statt Käse das teurere Krabbenfleisch zu nehmen, weil Julia Lamarr vermutlich die Rechnung zahlen würde. Außerdem nahm er sich einen großen Becher schwarzen Kaffee und ein Doughnut und ging dann zu einem Tisch, während sie in ihrer Tasche nach dem Portmonee nestelte.

Als sie sich zu ihm setzte, hob Reacher seinen Becher und brachte einen ironischen Trinkspruch aus. „Auf dass wir zusammen ein paar interessante Tage erleben."

„Ein paar Tage werden nicht reichen", erwiderte sie. „Wir arbeiten so lange zusammen, wie es nötig ist."

Er trank seinen Kaffee und dachte nach. „Was hat denn der Dreiwochenzyklus zu bedeuten?"

„Das wissen wir nicht genau. Kann sein, dass er immer zwei Wochen durcharbeitet und dann eine Woche dienstfrei hat. Dass er diese Woche dazu verwendet, die Opfer zu überwachen, die Vorkehrungen zu treffen und die Tat zu begehen."

Reacher hatte eine Idee. Er nickte. „Schon möglich."

„Was für ein Soldat hat so eine Diensteinteilung?“

„Die so schematisch abläuft?“ Er runzelte die Stirn. „Jemand von den Sondereinheiten beispielsweise.“ Dann wartete er ab, ob Julia Lamarr den Köder schlucken würde.

„Angehörige der Sondereinheiten wüssten, wie man Leute auf subtile Weise umbringt, nicht wahr?“

Er biss in sein Sandwich. „Sie können geräuschlos vorgehen, sie können unbewaffnet vorgehen, und sie verstehen sich aufs Improvisieren. Ob sie subtil vorgehen können, weiß ich nicht.“

„Was wollen Sie damit sagen?“

„Dass ich keine Ahnung habe, wer der Täter sein könnte, welchen Grund er hat und welche Methoden er anwendet. Sie sind doch hier die große Expertin.“

„Wir erwarten da schon etwas Besseres von Ihnen, Reacher“, entgegnete sie nach einer Weile. „Sie wissen genau, was wir machen werden, wenn Sie nicht spuren.“

„Und wenn Jodie etwas angetan wird, wissen Sie genau, was ich mit Ihnen machen werde. Ist Ihnen das klar?“

Sie lächelte. „Sie drohen mir? Einer FBI-Agentin? Damit liefern Sie mir einen weiteren Anklagepunkt.“

Er trank seinen Becher aus und erwiderte nichts.

„Bleiben Sie am Ball, dann ist alles okay“, sagte sie.

„Ich werde mich als Mittelsmann betätigen. Sie müssen mir jedoch sagen, was ich zu tun habe.“

Sie nickte. „Als Erstes überprüfen Sie die Spezialeinheiten.“

Reacher presste die Lippen zusammen, um nicht lächeln zu müssen.

SCHWEIGEND gingen sie zu dem Buick zurück. Julia Lamarr ließ den Motor an und fuhr auf den Highway.

„Erzählen Sie mir Genaueres über Ihre Schwester“, bat Reacher.

„Stiefschwester.“

„Sei's drum. Erzählen Sie von ihr!“

„Sie ist ein reiches Mädchen, das Abenteuer erleben wollte.“

„Und deswegen ging sie zum Militär?“

„Sie fiel auf die Werbung rein. Kennen Sie die Zeitschriftenanzeigen? Die glorifizieren alles als tolles Abenteuer. Sie meinte, sie müsste die ganze Zeit mit einem Messer zwischen den Zähnen auf Felsen herumklettern."

„Und was tat sie wirklich?"

„Man steckte sie in ein Transportbataillon. Dort musste sie einen Lastwagen fahren."

„Wieso hat sie nicht den Dienst quittiert, wenn sie reich ist?"

„Sie gibt nicht so schnell auf. Sie bemühte sich, etwas Besseres zu kriegen. Aus diesem Grund traf sie fünfmal mit einem Oberst zusammen. Dieser Mistkerl meinte schließlich, es könne ihrer Karriere nur nützen, wenn sie sich bei der nächsten Besprechung ausziehen würde."

„Und dann?"

„Sie ließ ihn hochgehen. Daraufhin genehmigte man die gewünschte Versetzung. Zu einer Nachschubeinheit der Infanterie. Aber Sie können sich denken, was dann gemunkelt wurde. Kein Rauch ohne Feuer. Man nahm an, dass sie mit dem Typ geschlafen hatte, auch wenn sie ihn gemeldet hatte. Er wurde entlassen. Zuletzt konnte sie das Getratsche nicht mehr ertragen und nahm ihren Abschied."

„Und was macht sie jetzt?"

„Nichts. Sie ergeht sich in Selbstmitleid."

„Haben Sie eine enge Beziehung zu ihr?"

„Nicht so eng, wie ich's vielleicht gern hätte."

„Haben Sie sie gern?"

Julia Lamarr verzog das Gesicht. „Sie ist ein großartiger Mensch, aber ich habe alles falsch angepackt. Ich war jung, mein Vater war tot, und wir waren arm. Dann verliebte sich dieser reiche Mann in meine Mutter und adoptierte mich. Dass er mein Retter aus der Not war, passte mir nicht. Ich dachte, ich müsste seine Tochter deswegen noch lange nicht gern haben. Sie ist nur meine Stiefschwester, sagte ich mir. Als meine Mutter schließlich starb, war ich sehr einsam und niedergedrückt. Jetzt ist meine Stiefschwester einfach eine nette Frau, die ich kenne. Sie ist wie eine Bekannte von früher. Ich glaube, wir haben beide diesen Eindruck. Aber wir kommen recht gut miteinander aus."

„Wenn die Familie reich ist, sind Sie's doch auch, oder?"

„Ich bin reicher, als Sie denken. Mein Stiefvater verhält sich uns gegenüber sehr fair, obwohl ich nicht seine leibliche Tochter bin, sie aber schon."

„Sie Glückspilz."

„Bald werden wir noch viel reicher sein. Mein Stiefvater ist leider schwer krank. Er kämpft seit zwei Jahren gegen den Krebs an, aber jetzt gibt es keine Hoffnung mehr. Uns steht eine große Erbschaft bevor."

„Tut mir Leid, dass es ihm so schlecht geht."

„Mir tut es auch Leid. Es ist traurig."

Stille trat ein. Nur das Fahrgeräusch war zu vernehmen. „Haben Sie Ihre Schwester gewarnt?", fragte Reacher schließlich.

„Meine Stiefschwester."

„Wieso betonen Sie das so?"

„Weil Blake mir den Fall entziehen wird, wenn er meint, ich sei zu stark involviert. Und dazu darf es nicht kommen. Ich möchte das selbst in die Hand nehmen." Sie schwieg einen Moment. „Dieser familiäre Aspekt ist mir peinlich. Als meine Mutter tot war, hätten sie mich abschieben können. Aber sie taten nichts dergleichen. Sie sind mir gegenüber immer sehr fair und großzügig gewesen, und es war dumm von mir, dass ich mir anfangs wie ein Aschenputtel vorgekommen bin."

„Haben Sie Ihre Schwester gewarnt?", fragte Reacher noch einmal.

Sie schaute ihn aus den Augenwinkeln an. „Selbstverständlich. Ich habe sie aufgefordert, niemanden einzulassen, ganz gleich, um wen es sich handeln mag."

„Hat sie sich das zu Herzen genommen?"

„Dafür habe ich gesorgt."

Er nickte. „Okay. Dann müssen wir uns also nur noch um 87 Frauen kümmern."

An New Jersey schlossen sich 130 Kilometer Maryland an. Dann streiften sie den District of Columbia und gelangten nach Virginia. Auf der I-95 waren es jetzt noch 65 Kilometer bis nach Quantico.

Als Julia Lamarr den Highway verließ und auf eine schmale Straße einbog, die sich durch den Wald schlängelte, setzte sich Reacher auf und schaute aufmerksam hinaus. Er war noch nie in Quantico gewesen. Der Wagen fuhr durch eine Kurve, ließ die Bäume hinter sich und stoppte an einem Wachhäuschen aus kugelsicherem Glas. Ein bewaffneter Posten trat vor. In der Ferne waren eine Ansammlung niedriger honigfarbener Steinbauten zu sehen und zwischen ihnen einige Hochhäuser. Ringsherum erstreckten sich makellose Rasenflächen. Von der Umzäunung aus scharfkantigem Draht und dem bewaffneten Posten abgesehen, sah es wie auf einem Collegecampus aus.

Julia Lamarr ließ das Fenster herunter und kramte in ihrer Handtasche nach ihrem Ausweis. Der Posten wusste offensichtlich, wer sie war, hielt sich aber an die Vorschriften und wollte ihren Ausweis sehen. Sobald ihre Hand aus der Tasche kam, nickte er. Dann schaute er Reacher an.

„Die entsprechenden Unterlagen müssten Ihnen vorliegen", sagte Julia Lamarr.

Der Posten nickte erneut. „Ja, Mr Blake hat das veranlasst."

Er verschwand in seinem Wachhäuschen und kam mit einem laminierten Plastikanhänger zurück, der an einer Kette hing. Er reichte ihn durchs Fenster, und Julia Lamarr gab ihn an Reacher weiter. Der Ausweis trug seinen Namen und sein altes Dienstfoto. Über das Ganze war ein blassrotes B gedruckt.

„B für Besucher", erklärte Julia Lamarr. „Sie müssen das stets tragen, sonst schießt man auf Sie. Das ist mein voller Ernst."

Als der Posten die Schranke öffnete, kurbelte sie ihr Fenster hoch und fuhr zu einem Parkplatz, der sich vor dem größten Gebäude erstreckte. Sie fand eine Lücke und stellte den Motor ab.

„Und was nun?", fragte Reacher.

„Jetzt machen wir uns an die Arbeit."

Er legte die Kette des Besucherausweises um seinen Hals und stieg aus. Die Panzerglastür am Eingang öffnete sich, und Poulton kam heraus.

„Ich bringe Sie zu Ihrem Zimmer", sagte er zu Reacher. „Dort können Sie Ihre Sachen verstauen."

„Ich habe kein Gepäck.“

Poulton zögerte. „Ich zeige es Ihnen auf alle Fälle.“

Julia Lamarr ging mit ihrer Reisetasche davon, während Poulton Reacher zu einem Fahrstuhl führte. Sie fuhren in den dritten Stock und gelangten in einen ruhigen Korridor. Poulton ging zu einer schlichten Tür und schloss auf. Es war ein Standardzimmer im Motelstil. Rechts das Bad, links ein Schrank, ein Bett, ein Tisch und zwei Stühle, unaufdringliches Dekor.

Poulton blieb draußen auf dem Gang stehen. „Halten Sie sich in zehn Minuten bereit.“

Die Tür ging zu. Auf ihrer Innenseite gab es keinen Griff. Vom Fenster aus sah man den Wald, aber es ließ sich nicht öffnen. Auf dem Nachttisch stand ein Telefon. Reacher nahm es, drückte die Neun und bekam eine Amtsleitung. Er wählte die Nummer von Jodies Büro und ließ es 18-mal klingeln, bevor er es bei ihrer Wohnung versuchte. Nur ihr Anrufbeantworter schaltete sich ein. Daraufhin wählte Reacher die Nummer ihres Handys. Es war abgeschaltet.

Er hängte seine Jacke in den Schrank, holte die Zahnbürste aus seiner Tasche und stellte sie im Bad in ein Glas. Am Waschbecken erfrischte er sich das Gesicht. Dann setzte er sich auf den Bettrand und wartete.

ACHT Minuten später hörte Reacher, wie ein Schlüssel ins Schloss gesteckt wurde. Er rechnete damit, Poulton zu Gesicht zu bekommen, aber es war eine Frau. Sie sah aus, als wäre sie sechzehn. Ihr langes blondes Haar trug sie als Pferdeschwanz. Sie hatte ein offenes, gebräuntes Gesicht, weiße Zähne und strahlend blaue Augen. Sie trug einen maßgeschneiderten Anzug, ein weißes Hemd und eine Krawatte, war über 1,80 Meter groß, langbeinig und absolut umwerfend.

„Hallo“, begrüßte sie ihn und lächelte ihn an.

Reacher erwiderte nichts, worauf sich ihre Miene verdüsterte und ihr Lächeln ein wenig verlegen wurde. „Sollen wir die HGFs gleich hinter uns bringen?“

„Die was?“

„Die HGFs. Die häufig gestellten Fragen.“

„Wie lauten die denn?"

„Ach, wissen Sie, die höre ich laufend von den Männern, die hier neu sind. Und das nervt echt." Sie verzog das Gesicht. „Ich heiße Lisa Harper. Ich bin 29 – ja, wirklich! Ich komme aus Aspen, Colorado. Ich bin 1,85 groß – ja, wirklich! Ich bin seit zwei Jahren in Quantico. Ja, ich gehe mit Männern aus. Nein, ich bin so gekleidet, weil es mir gefällt. Nein, einen Freund habe ich zurzeit nicht. Und nein, ich möchte heute nicht mit Ihnen zu Abend essen." Sie lächelte wieder, und diesmal lächelte Reacher zurück.

„Wie wär's dann mit morgen Abend?", fragte er.

Lisa Harper stöhnte. „Sie müssen nur eines wissen: Ich bin FBI-Agentin und im Dienst."

„Und wie lautet Ihr Auftrag?"

„Ich soll auf Sie aufpassen. Sie sind mit ‚Status unbekannt' eingestuft, sind also weder Freund noch Feind. Das bedeutet meist, dass ein Deal bevorsteht, weil ein Typ bereit ist, seine Bosse zu verpfeifen."

„Ich gehöre zu keiner kriminellen Vereinigung."

„Aus unseren Akten geht aber hervor, dass dies der Fall sein könnte."

„Dann sind die Akten Schrott."

Lisa nickte. „Ich habe mich über Petrosian informiert. Er ist Syrer. Folglich sind die Chinesen seine Rivalen. Und die beschäftigen ausschließlich andere Chinesen. Es ist daher kaum anzunehmen, dass sie einen weißen Amerikaner wie Sie einsetzen würden."

„Haben Sie das auch Ihren Kollegen vorgetragen?"

„Die wissen das selbst, da bin ich sicher. Die möchten Sie nur dazu bringen, dass Sie die Drohung ernst nehmen."

„Sollte ich sie denn ernst nehmen?"

„Ja. Sie sollten sich wegen Miss Jacob ernsthaft Gedanken machen."

„Taucht sie auch in den Akten auf?"

„Da steht alles drin."

Lisa hielt die Tür auf, die sich leise hinter Reacher schloss, als sie dem Gang folgten. Sie betraten einen anderen Fahrstuhl als den, mit dem Reacher heraufgekommen war. Dieser hatte Knöpfe für fünf

Untergeschosse, und Lisa drückte den untersten. Holpernd gelangte der Aufzug ans Ziel. Als die Tür aufging, lag ein grauer Korridor vor ihnen.

„Wir nennen es den Bunker“, erklärte Lisa. „Das war mal unser Atombunker, und jetzt sind die Verhaltensforscher hier untergebracht.“

Sie führte Reacher zu einer Tür auf der linken Wandseite und klopfte an. „Ich warte hier draußen auf Sie“, sagte sie und ließ ihn eintreten.

In einem kleinen, unordentlichen Büro saß Nelson Blake hinter einem übervollen Schreibtisch. Überall häuften sich Papierstapel.

„Fallbesprechung in zwei Minuten“, sagte er. „Passen Sie auf, Reacher, für Sie gelten folgende Regeln: Lisa Harper bleibt immer bei Ihnen, was Sie auch tun, wohin Sie auch gehen. Aber verstehen Sie das nicht falsch, Sie sind weiterhin Julia Lamarr zugeordnet. Nur bleibt die hier, weil sie nicht fliegen will. Aber Sie werden auf Reisen gehen müssen. Und kommen Sie ja nicht auf dumme Gedanken, was Lisa betrifft. Sie macht einen netten Eindruck, aber wenn Sie sich an sie ranmachen wollen, können Sie was erleben. Okay?“

„Okay.“

Blake suchte in dem Papierstapel herum, der auf seinem Schreibtisch lag, zog einen großen braunen Umschlag hervor und streckte ihn Reacher entgegen. „Mit den besten Empfehlungen von Cozo.“

Reacher nahm den Umschlag. Er enthielt acht Fotos. Tatortfotos von verstümmelten Leichen. Manche waren zerstückelt.

„Das Werk von Petrosian“, erklärte Blake. „Das sind die Frauen, Töchter oder Schwestern von Burschen, die ihn auf die Palme gebracht haben.“

„Und wo ist Jodie?“

„Woher soll ich das wissen?“, erwiderte Blake. „Wir überwachen sie nicht. Wenn nötig, kann Petrosian sie selbst ausfindig machen. Wir werden sie ihm bestimmt nicht anliefern. Das wäre ja ungesetzlich.“

„Es würde Sie teuer zu stehen kommen.“

Blake schnaubte auf. „Hören Sie auf mit Ihren Drohungen, Reacher! Sie jagen mir keine Angst ein. Im Grunde sind Sie ein anständiger Mensch. Sie werden mir helfen, und später werden Sie keinen Gedanken mehr an mich verschwenden."

Reacher lächelte. „Ich dachte immer, diejenigen, die Täterprofile erstellen, sollten hervorragende Menschenkenner sein."

DIE BESPRECHUNG fand in dem Stockwerk über Blakes Büro in einem lang gestreckten, niedrigen Raum statt. Dort stand ein langer Tisch mit billigen Stühlen, die in einem Winkel von 45 Grad aufgestellt waren, sodass sie zum Kopf des Tisches zeigten, wo sich an der hinteren Wand eine große leere Tafel befand.

Lisa Harper führte Reacher zu dem Platz, der am weitesten von der Tafel entfernt war. Sie selbst wählte den nächsten Stuhl, der etwas näher am Geschehen stand. Poulton und Julia Lamarr kamen zusammen herein; sie hatten Akten bei sich. Blake wartete, bis sich die Tür hinter den beiden geschlossen hatte, dann klappte er die Tafel auf.

Ihr oberes rechtes Viertel wurde von einer mit einem Wald aus Fähnchen gespickten Karte der USA ausgefüllt. Reacher vermutete, dass es 91 Fähnchen waren. Die meisten waren rot, drei aber schwarz. Links von der Karte hing ein 20 auf 30 Zentimeter großes Farbfoto einer lächelnden Frau, die ihre Augen wegen der Sonne zusammenkniff. Sie war in den Zwanzigern und hübsch. Ihr rundes, glückliches Gesicht wurde von lockigem braunem Haar umrahmt.

„Meine Damen und Herren, das ist Lorraine Stanley", erläuterte Blake. „Sie ist vor kurzem in San Diego, Kalifornien, verstorben."

Unterhalb des lächelnden Gesichts waren in einer genauen Reihenfolge weitere Fotos angeordnet. Der Tatort. Die Gesamtansicht eines Bungalows im spanischen Kolonialstil. Weitwinkelaufnahmen der Eingangsdiele, des Wohnzimmers und des Schlafzimmers. Im Bad befanden sich rechts eine Duschkabine und links eine Wanne, die voll mit grüner Farbe war.

„Vor drei Tagen lebte Lorraine Stanley noch", fuhr Blake fort. „Nachbarn haben gesehen, wie sie am Morgen ihre Mülltonne an den Straßenrand schob. Danach hat sie niemand mehr zu Gesicht bekommen. Ihre Putzfrau fand sie gestern tot auf."

„Ist der Zeitpunkt des Todes bekannt?", fragte Julia Lamarr.

„Ungefähr“, antwortete Blake. „Vorgestern im Laufe des Tages. Die Vorgehensweise stimmt mit den beiden anderen Fällen überein.“

„Spuren?“

„Bis jetzt nicht die kleinste Kleinigkeit.“

Reacher betrachtete das Foto von der Eingangsdiele. Es handelte sich um einen langen, schmalen Gang, der an der Türöffnung zum Wohnzimmer vorbei zum Schlafzimmer führte. Links hing in Hüfthöhe ein schmales Regal voller winziger Kakteen. Rechts hingen weitere Regale in unterschiedlicher Höhe, auf denen kleine Porzellanfiguren standen.

„Okay“, sagte Reacher. „Sie öffnet die Tür, dieser Typ überwältigt sie und schafft sie durch die Diele ins Bad. Dann schleppt er über hundert Liter Farbe ins Haus. Ohne dass von diesen Regalen was runterfällt. Hat er denn keine Gewalt angewendet? Wo bleibt die Wut?“

Blake wedelte abwehrend mit der Hand. „Er hat sie nicht überwältigt. Aus den Obduktionsberichten geht hervor, dass die Frauen völlig unversehrt waren. Es gab keine Gewaltanwendung.“

„Und wie passt das Ihrer Ansicht nach zum Täterprofil? Ein erboster Soldat sucht Vergeltung, aber er schafft keinerlei Unordnung?“

„Er bringt die Frauen um, Reacher. Darin kommt seine Wut zum Ausdruck.“

„Und was ist mit der Farbe? Wie schafft er die ins Haus? Wir sollten in ein Geschäft gehen und die entsprechende Menge anschauen. Er muss ein Auto oder einen Kleinlaster ungefähr zwanzig oder dreißig Minuten lang draußen geparkt haben. Wie kommt es, dass niemand etwas bemerkt hat?“

„Das entzieht sich unserer Kenntnis“, erwiderte Blake.

„Und wie bringt er die Frauen um, ohne auch nur einen Kratzer zu hinterlassen?“

„Das wissen wir auch nicht.“

„Ganz schön viel, was Sie nicht wissen, wie?“

Blake verzog das Gesicht. „Ja, das stimmt, Sie Schlauberger. Wir arbeiten jedoch daran. Wir haben achtzehn Tage Zeit, bis der nächste Mord fällig ist. Und wenn uns ein Genie wie Sie behilflich ist, sollte das reichen.“

„Und wenn er den Zeitabstand nicht einhält?"

Blake schaute Julia Lamarr an. „Was glauben Sie?"

„Ich stehe zu meinem Täterprofil", antwortete sie. „Die Spezialeinheiten interessieren mich jetzt ganz besonders. Sie bekommen nach zwei Wochen Dienst eine Woche frei. Ich schicke Reacher los, damit er sich ein bisschen umschaut."

Blake nickte zustimmend. „Okay, und wo genau?"

Julia Lamarr warf Reacher einen Blick zu, der auf der Karte die drei schwarzen Fähnchen betrachtete. „Der Bursche kann an jedem x-beliebigen Ort stationiert sein. Deshalb wäre Fort Dix für mich der beste Ausgangspunkt. Ich kenne dort einen Oberst namens John Trent. Von ihm könnte ich vielleicht Hilfe bekommen."

„In Ordnung", stimmte Blake zu. „Wir rufen diesen Oberst Trent an und bereiten alles vor."

„Sie müssen immer wieder laut und deutlich meinen Namen nennen", betonte Reacher. „Andernfalls wird er nicht darauf eingehen."

„Genau deshalb haben wir Sie ja an Bord genommen. Sie reisen gleich morgen früh zusammen mit Lisa ab."

*VIELLEICHT ist es jetzt Zeit, ihnen ein Schnippchen zu schlagen. Die Zeitspanne zu verkürzen oder gar keine Pause einzulegen. Das würde sie verwirren.*

*Oder vielleicht auch ein bisschen was von der Wut zum Vorschein kommen zu lassen. Denn darum geht es hier schließlich. Um Wut und um Gerechtigkeit. Möglicherweise ist es jetzt Zeit, das ein wenig deutlicher zu machen. Vielleicht ist es Zeit, mit harten Bandagen zu kämpfen. Außerdem könnte ein wenig Gewaltanwendung das nächste Mal interessanter machen.*

*Also, was nun? Die Zeitspanne verkürzen? Oder mehr Dramatik am Tatort? Oder beides? Wie wär's denn mit beidem? Denk nach, denk scharf nach!*

LISA HARPER brachte Reacher kurz nach 18 Uhr hinauf zum Erdgeschoss und von dort hinaus in die kühle Luft. Auf einem Fußweg führte sie ihn zum nächsten Gebäude. „Hier ist die Cafeteria." Sie öffnete eine Glastür.

Vor ihnen lag ein langer Korridor. Aus dem Speisesaal, zu dem er hinführte, kamen Geklapper und Essensgerüche.

„Greifen Sie zu!", sagte Lisa. „Das FBI übernimmt die Rechnung."

Reacher stellte sich mit einem Tablett in die Schlange an der Theke. Lisa blieb bei ihm.

Die Schlange bewegte sich voran. Ein Servierer reichte Reacher ein Filet Mignon. Vom nächsten bekam er Gemüse. Dann füllte er an einer Kaffeemaschine eine Tasse und schaute sich um.

Lisa führte ihn zu einem freien Tisch. Sie stellte ihr Tablett ab, zog ihr Jackett aus und legte es um die Stuhllehne. Sie trug ein dünnes Baumwollhemd und nichts darunter. Sie rollte die Ärmel bis zu den Ellbogen auf. Ihre Unterarme waren glatt und gebräunt.

„Sie sind schön braun", sagte Reacher.

Sie stieß einen Seufzer aus. „Ja, am ganzen Körper. Nein, ich möchte es nicht beweisen."

Er lächelte. „Ich wollte mich bloß unterhalten."

„Wenn Sie plaudern wollen, können wir über den Fall reden."

„Über den weiß ich nicht viel. Und Sie?"

„Ich weiß nur, dass dieser Typ geschnappt werden muss. Diese Frauen, die so klar Stellung bezogen haben, waren wirklich tapfer."

„Das klingt, als hätten Sie da auch schon Erfahrungen gemacht."

„Mir fehlte bislang der Mut. Bis jetzt habe ich noch nicht so eindeutig Stellung bezogen."

„Werden Sie belästigt?"

Sie lächelte. „Soll das ein Witz sein?" Dann errötete sie. „Kann ich das sagen, ohne dass es eingebildet klingt?"

Er lächelte ebenfalls. „Ja, Sie können das schon."

„Wissen Sie, da gibt's das Gerede, die zweideutigen Fragen und die Anspielungen. Keiner sagt, ich solle mit ihm schlafen, damit ich schneller befördert werde, aber ich spüre es trotzdem. Deshalb ziehe ich mich jetzt so an. Ich will damit zeigen, dass ich genauso bin wie sie."

Reacher ging nicht darauf ein, lächelte nur nochmals. „Befindet sich in meinem Zimmer eine Überwachungskamera?", wollte er wissen.

„Wieso?"

„Ich frage mich nur, ob das die Alternativmethode darstellen soll, falls Petrosian nicht anbeißt. Blake hat Sie angewiesen, mich zu betreuen, damit Sie einen ganz engen Kontakt zu mir bekommen. Damit er noch was kriegt, womit er mich unter Druck setzen kann. Zum Beispiel eine intime Szene, Sie und ich in meinem Zimmer, auf einer Videokassette, die er Jodie schicken kann."

Sie errötete. „So etwas würde ich nicht machen."

„Blake hat Sie aber dazu aufgefordert, nicht wahr?"

Lisa schwieg lange. Reacher trank seinen Kaffee. „Mich hat er praktisch dazu herausgefordert, dass ich's mal versuche", erzählte er. „Er behauptete, ich könnte was erleben, wenn ich mich an Sie ranmachte. Ich bin aber nicht drauf reingefallen. Ich bin doch nicht blöd. Ich habe nicht vor, denen noch mehr Munition zu liefern."

Sie schaute ihn an und lächelte. „Können wir das jetzt hinter uns lassen und uns entspannen?"

„Klar. Was machen die Leute hier, wenn es Abend wird?"

„Die meisten gehen nach Hause. Aber Sie werden auf Ihr Zimmer gehen. Das hat Blake angeordnet."

„Halten wir uns auf einmal an Blakes Anordnungen?"

Sie lachte. „An manche schon."

REACHER schlief schlecht und wachte vor sechs Uhr auf. Er wählte die Nummer von Jodies Apartment. Der Anrufbeantworter. Er rief in ihrem Büro an. Niemand nahm ab. Dann ihr Handy. Abgeschaltet.

Er duschte, zog sich an, setzte sich hin und wartete.

Er wartete eine Dreiviertelstunde lang. Dann war an der Tür ein höfliches Klopfen zu hören, und Lisa trat lächelnd ein. „Guten Morgen", begrüßte sie ihn.

Er erwiderte ihren Gruß, indem er die Hand erhob. Heute hatte sie einen anderen Anzug an, einen kohlengrauen. Dazu trug sie ein weißes Hemd und eine dunkelrote Krawatte. Es war die perfekte Parodie der inoffiziellen FBI-Einheitskluft. Ihr langes Haar fiel lose über ihre Schultern.

„Wir müssen los", drängte sie. „Frühstücksbesprechung."

Sie fuhren zur Eingangshalle hinunter und blieben an den Türen einen Moment stehen. Draußen regnete es stark. Lisa sprintete den

Fußweg entlang. Reacher folgte ihr und betrachtete sie dabei. Sie sah sehr gut aus.

Julia Lamarr, Blake und Poulton erwarteten sie in der Cafeteria. Sie saßen auf drei von fünf Stühlen, die um einen Tisch am Fenster aufgestellt waren. In seiner Mitte stand eine große Kaffeekanne, die von Bechern umgeben war. Lisa nahm Platz, und Reacher setzte sich neben sie.

„Gestern Nacht haben wir Fort Dix angerufen", begann Blake. „Wir haben mit Oberst Trent gesprochen. Er scheint Sie zu mögen. Er wird Ihnen heute den ganzen Tag zur Verfügung stehen."

„Das müsste reichen."

„Gut." Julia Lamarr nickte. „Sie wissen, wonach Sie suchen müssen, nicht wahr? Befassen Sie sich in erster Linie mit den Daten. Finden Sie einen, dessen Freizeitwochen dazu passen. Ich vermute, dass er es gegen Ende der Woche macht, weil er zum Stützpunkt zurückkehren und sich noch ein wenig erholen muss."

Reacher zuckte mit den Achseln. „Wenn wir nur nach den Daten vorgehen, bekommen wir ungefähr tausend Namen."

„Dann müssen Sie das eben ein bisschen eingrenzen. Machen Sie mit Trents Hilfe einen Abgleich mit den Frauen. Finden Sie jemanden, der zusammen mit einer von ihnen gedient hat."

Reacher grinste. „An diesem Tisch sitzen ja wahre Intelligenzbestien."

„Haben Sie einen besseren Vorschlag, Sie Schlauberger?", raunzte Blake ihn an.

„Ich weiß, was ich zu tun habe."

„Und denken Sie dran, was auf dem Spiel steht. Eine ganze Anzahl Frauen schwebt in Lebensgefahr, und eine davon ist Ihre Freundin."

EIN MANN vom Fuhrpark brachte einen Wagen zum Eingang und ließ ihn dort mit laufendem Motor stehen. Lisa schaute Reacher beim Einsteigen zu und setzte sich dann auf den Fahrersitz. Durch den Regen fuhren sie zum Kontrollpunkt und hinaus auf die I-95. Lisa brauste nach Norden. Fünfzig Minuten später bog sie rechts ab und fuhr zum Nordtor der Andrews-Luftwaffenbasis.

„Sie haben das FBI-Flugzeug für uns reserviert", erklärte sie Reacher.

Nachdem sie zwei Sicherheitskontrollen passiert hatten, fuhren sie zur Passagiertreppe eines Learjet, der keine Kennzeichen trug. Sie ließen den Wagen auf der Rollbahn stehen und stiegen ein. Noch bevor sie sich angeschnallt hatten, setzte sich der Jet in Bewegung.

„Wir müssten in einer halben Stunde in Dix sein", sagte Lisa.

„In McGuire", korrigierte Reacher sie. „Dix ist ein Stützpunkt des Marinekorps. Wir landen auf der McGuire-Luftwaffenbasis."

Sie sah besorgt aus. „Mir wurde mitgeteilt, dass wir direkt dorthin fliegen."

„Das tun wir auch. Es ist derselbe Ort, nur ein anderer Name."

Lisa verzog das Gesicht. „Seltsam. Ich verstehe das Militär nicht."

„Das braucht Sie nicht zu kümmern. Wir verstehen euch auch nicht."

Dreißig Minuten später setzte der Learjet auf und rollte zu einer abgelegenen Asphaltfläche, während ein grüner Chevy durch den Regen in seine Richtung raste. Der Fahrer, ein Marineleutnant, wartete bereits unten, als die Treppe herabgelassen wurde.

„Major Reacher?", fragte er.

Reacher nickte. „Und das ist Agentin Harper vom FBI."

Der Leutnant ignorierte Lisa. „Der Oberst erwartet Sie, Sir."

„Dann mal los! Wir wollen den Oberst doch nicht warten lassen."

Sie verließen McGuire und fuhren nach Dix. Nach anderthalb Kilometern hielten sie bei einer Gruppe von Bürogebäuden aus Backstein.

„Die Tür links, Sir", erklärte der Leutnant.

Reacher stieg aus. Lisa folgte ihm in einen großen Vorraum, in dem Metallschreibtische und Aktenschränke standen. Drei Feldwebel waren an den Schreibtischen beschäftigt. Einer von ihnen drückte an seinem Telefon auf eine Taste.

„Major Reacher ist eingetroffen, Sir", meldete er.

Kurz darauf ging die Tür zum inneren Büro auf, und ein groß gewachsener Mann trat ein. Sein kurz geschnittenes schwarzes Haar wies an den Schläfen einen silbernen Schimmer auf. „Hallo, Reacher", begrüßte ihn John Trent.

Der Oberst hatte die zweite Hälfte seiner Laufbahn einem Absatz zu verdanken, den Reacher zehn Jahre zuvor in einem offiziellen Bericht weggelassen hatte. Trent war davon ausgegangen, dass der Passus bereits geschrieben wäre und weitergeleitet würde, als er Reacher damals aufgesucht hatte. Aber nicht, um ihn zu bitten, die Sätze zu streichen, oder um ihn zu bestechen. Er hatte ihm nur erklären wollen, wie es dazu gekommen war, dass er den Fehler gemacht hatte, und dass keine Böswilligkeit oder Unehrlichkeit im Spiel gewesen war. Danach war er gegangen, ohne dass er Reacher um irgendetwas gebeten hätte, und hatte auf seinen Rausschmiss gewartet. Doch dazu kam es nicht. Der Bericht wurde veröffentlicht, aber der betreffende Abschnitt fehlte. Trent ahnte nicht, dass Reacher ihn überhaupt nicht geschrieben hatte. Nach diesen zehn Jahren hatten die beiden Männer erstmals wieder Kontakt miteinander gehabt, als Reacher Trent am Morgen des vorangegangenen Tages von Jodies Wohnung aus angerufen hatte.

„Hallo, Oberst", erwiderte Reacher den Gruß. „Das ist Agentin Harper vom FBI."

Trent lächelte und schüttelte Lisa die Hand.

„Freut mich, Sie kennen zu lernen", sagte sie. „Und ich danke Ihnen schon im Voraus für Ihre Unterstützung."

„Ich werde mein Möglichstes tun, aber der Zusammenarbeit sind Grenzen gesetzt. Es gibt da Personalunterlagen und Verwendungsnachweise, in die ich Ihnen keinen Einblick gewähren kann. Reacher und ich werden uns damit befassen, aber ohne Sie. Hier müssen nationale und militärische Sicherheitsinteressen gewahrt werden. Sie werden hier draußen warten müssen."

„Den ganzen Tag?", stöhnte sie.

Trent nickte. „Bis wir damit fertig sind. Ist das in Ordnung?"

Aber für Lisa war das offenkundig nicht in Ordnung. „Ich habe die Anweisung, ihn zu beaufsichtigen."

„Das verstehe ich. Aber Sie sind ja hier, direkt vor meinem Büro. Es hat nur den einen Ausgang. Einer der Feldwebel weist Ihnen einen Schreibtisch zu."

Der Soldat brachte sie zu einem freien Tisch, von dem aus man die Tür zu Trents Büro genau im Blick hatte. Langsam und unentschlossen nahm Lisa Platz.

„Da können Sie warten“, sagte Trent. „Wir brauchen vermutlich eine ganze Weile. Eine komplizierte Angelegenheit. Sie wissen ja bestimmt, wie das mit dem Papierkram so ist.“

Dann führte er Reacher in das große innere Büro und schloss die Tür. Es hatte auf zwei Seiten Fenster. Ein großer Schreibtisch aus Holz und Ledersessel standen darin.

Reacher setzte sich vor den Schreibtisch und lehnte sich zurück. „Warten wir mal zwei Minuten, okay?“

„Lesen Sie das. Tun Sie, als wären Sie sehr beschäftigt.“ Trent reichte ihm eine ausgebleichte grüne Aktenmappe aus einem hohen Stapel. Reacher schlug sie auf, und Trent ging zur Tür und öffnete sie weit.

„Miss Harper?“, rief er. „Möchten Sie vielleicht eine Tasse Kaffee?“

Reacher blickte an ihm vorbei und sah, wie Lisa ihn anstarrte und die Ledersessel, den Schreibtisch und die Aktenstapel musterte.

„Danke, im Moment nicht!“, rief sie zurück.

„In Ordnung“, erwiderte Trent. „Wenden Sie sich an den Feldwebel, wenn Sie irgendetwas brauchen.“

Er machte die Tür wieder zu und ging dann zu einem der Fenster. Reacher nahm seinen Besucherausweis ab und stand auf. Trent entriegelte das Fenster und öffnete es weit.

„Sie haben uns nicht viel Zeit gelassen, aber es ist alles geregelt“, flüsterte er.

„Die sind voll drauf reingefallen“, flüsterte Reacher zurück.

Trent streckte den Kopf aus dem Fenster und schaute nach rechts und nach links. „Okay, es kann losgehen. Viel Glück, mein Freund!“

„Ich brauche eine Waffe.“

Entschieden schüttelte der Oberst den Kopf. „Das kann ich nicht machen.“

„Ich brauche unbedingt eine. Sie müssen mir eine geben.“

Trent überlegte kurz. „Gut, Sie kriegen eine, aber ohne Munition.“

Er öffnete eine Schublade und holte eine Beretta M-9 heraus; Pistolen dieses Typs hatten Petrosians Schläger bei sich gehabt. Reacher sah jedoch, dass diese Beretta noch eine intakte Seriennummer aufwies. Trent nahm das Magazin heraus und entfernte eine Patrone nach der anderen. Dann schob er das leere Magazin in die Pistole und reichte sie Reacher.

„Passen Sie auf sich auf!“, sagte der Oberst.

Reacher setzte sich auf das Fensterbrett, schwenkte die Beine nach draußen und ließ sich auf den Erdboden fallen.

Er befand sich in einem schmalen Durchgang. Zehn Meter entfernt wartete der Leutnant in dem Chevy, dessen Motor immer noch lief. Reacher sprintete zu dem Auto hinüber, das losfuhr, noch bevor er die Wagentür geschlossen hatte. Für den Rückweg nach McGuire brauchten sie nicht viel mehr als eine Minute. Der Wagen raste über die Rollbahn und fuhr auf einen Hubschrauber des Marinekorps zu. Die Tür am Rumpf stand offen, und die Rotorblätter drehten sich bereits.

„Danke, mein Junge“, sagte Reacher beim Aussteigen. Er kletterte in den Hubschrauber, dessen Luke sich sofort hinter ihm schloss. Der Helikopter hob ab. Vier Hände griffen nach Reacher und drückten ihn auf einen Sitz. Er schnallte sich an. Dann stülpte man ihm ein Headset über. Aus der Bordsprechanlage kam ein Knacken.

„Wir fliegen zum Heliport der Küstenwache in Brooklyn“, erklärte der Pilot. „Wenn wir näher ranwollten, müssten wir einen Flugplan vorlegen, und das ist ja heute nicht unbedingt das Richtige, wie?“

Reacher schob sein Mikrofon zurecht. „Ist in Ordnung, Leute. Und vielen Dank auch.“

„Der Oberst muss Ihnen ganz schön was schuldig sein“, meinte der Pilot.

„Nein, er mag mich einfach.“

Der Heliport der Küstenwache in Brooklyn lag knapp hundert Kilometer nordöstlich von McGuire. Der Pilot des Marinehubschraubers legte die Strecke in 37 Minuten zurück. „Sie haben genau vier Stunden Zeit“, sagte er zu Reacher nach dem Aufsetzen. „Wenn Sie sich verspäten, sind wir nicht mehr da. Okay?“

„In Ordnung", antwortete Reacher. Er legte den Sicherheitsgurt und das Headset ab und ging die Rampe hinunter. Auf der Rollbahn wartete eine dunkelblaue Limousine mit Marinekennzeichen. Reacher nahm auf dem Beifahrersitz Platz.

Der Fahrer trat aufs Gas. „Ich bin Marinereservist", sagte er. „Wir tun dem Oberst einen Gefallen und leisten damit einen kleinen Beitrag zur Zusammenarbeit zwischen den Teilstreitkräften."

„Ich weiß das zu schätzen", erwiderte Reacher.

„Also, wohin geht die Reise?"

„Nach Manhattan, genauer gesagt, nach Chinatown."

Es herrschte kein starker Verkehr, aber es dauerte dennoch eine halbe Stunde, bis Reacher am Ziel war. Der Fahrer hielt vor einem Hydranten an.

„In genau drei Stunden werde ich hier in der Gegenrichtung auf Sie warten. Keine Verspätung, okay?"

„Ich werde pünktlich da sein", versicherte Reacher. Er stieg aus und zog in südlicher Richtung los. Es war noch nicht Mittag, und er machte sich Sorgen, dass er zu früh dran sein könnte.

Fünf Minuten später blieb er stehen. Wenn sich irgendeine Straße für ihn eignete, dann diese. Auf beiden Seiten befanden sich Chinarestaurants. Auf den Gehwegen drängten sich die Menschen, und dicht neben den geparkten Autos standen Lieferwagen in der zweiten Reihe. Reacher ging die Straße zweimal entlang, inspizierte dabei das Terrain und hielt nach seinen Zielpersonen Ausschau.

Ein Blick auf die Uhr zeigte ihm, dass die Zeit schnell verrann. Er schaute in Türöffnungen. Nichts. Er kontrollierte die Gassen. Ohne Erfolg. Er ging einen Häuserblock weiter nach Süden und bog in eine andere Straße. Nichts. Er ging zu seinem Ausgangspunkt zurück, lehnte sich gegen eine Wand und beobachtete die immer zahlreicher herbeiströmenden Mittagsgäste. Zwei Stunden später schaute er zu, wie die letzten wieder verschwanden. Er hatte jetzt noch eine Stunde Zeit.

Er ging nach Osten und dann nach Süden. Schließlich kehrte er zurück, ging die eine Straßenseite hinab und kam auf der anderen wieder herauf. Abermals schaute er auf die Uhr. Noch dreißig Minuten.

Auf einmal erblickte er sie. Zwei Typen, natürlich Chinesen. Jung, mit glänzendem schwarzem Haar, das an den Hemdkragen stieß. Sie trugen dunkle Hosen, helle Windjacken und Schals um den Hals, was wie eine Uniform aussah.

Der eine hatte eine Aktenmappe bei sich, der andere ein Notizbuch. Sie schlenderten von einem Restaurant zum anderen, wobei der eine jedes Mal am Reißverschluss seiner Mappe herumhantierte, während der andere sich Notizen machte. Reacher überquerte die Straße und schaute zu, wie die beiden das nächste Lokal betraten und sich einem alten Mann näherten, der an der Kasse stand. Der Alte griff in die Kasse und holte ein Bündel zusammengefalteter Geldscheine heraus. Der Kerl mit dem Notizbuch nahm das Geld und reichte es seinem Partner. Dann schrieb er etwas in sein Buch, und die Scheine verschwanden in der Aktenmappe.

Reacher ging ein Stück bis zur Einmündung eines Gässchens voraus, das sich zwischen zwei Gebäuden hinzog. Mit dem Rücken zur Wand wartete er dort. Dann trat er plötzlich aus der Gasse heraus und stellte sich den beiden Männern entgegen. Er packte sie mit beiden Händen an ihren Windjacken und wirbelte sie im Halbkreis herum, sodass sie mit dem Rücken gegen die Hauswand krachten. Der Typ mit der Aktenmappe vollzog dabei einen größeren Bogen und knallte deshalb härter auf. Reacher erwischte ihn mit dem Ellbogen genau in dem Moment, als der Chinese von der Wand abprallte. Er ging zu Boden und blieb liegen.

Der andere ließ das Notizbuch fallen und griff in seine Tasche, doch Reacher zog Trents Beretta schneller. Er trat an den Mann heran und richtete die Pistole auf dessen Kniescheibe. „Schön ruhig bleiben, in Ordnung?"

Er griff nach unten und spannte den Hahn. Der Stoff seines Mantels dämpfte zwar das Geräusch, doch in seinen erfahrenen Ohren klang es nach einem leeren Magazin.

Aber der Chinese merkte nichts. Er stand zu sehr unter Schock. Er presste sich gegen die Wand, als wollte er sich durch sie hindurch verdrücken. „Du machst einen Fehler, Freundchen", flüsterte er.

Reacher schüttelte den Kopf. „Nein, wir schlagen jetzt los."

„Wir? Wer soll das sein?"

„Petrosian."

„Petrosian? Du willst mich wohl veräppeln?"

„Keineswegs", entgegnete Reacher. „Ich meine es ernst. Von heute an gehört diese Straße Petrosian." Er jagte dem Chinesen die Linke in den Magen. Als der Mann sich nach vorn krümmte, knallte ihm Reacher den Pistolenknauf an die Schläfe und ließ ihn auf seinen Partner fallen. Dann steckte er die Beretta ein, hob die Aktenmappe vom Boden auf und klemmte sie sich unter den Arm. Er ließ die Gasse hinter sich und ging in nördlicher Richtung davon.

Er war spät dran, aber er rannte nicht, denn das hätte Aufsehen erregt. Doch er ging so schnell wie möglich und schlängelte sich die Gehsteige entlang. Aber als er sah, wie das blaue Auto, das seitlich die Kennzeichnung der Marine trug, gerade von der Bordsteinkante losfuhr, fing er doch noch an zu rennen.

Als er die Stelle erreichte, an welcher der Wagen eben noch gestanden hatte, befanden sich bereits drei Fahrzeuge zwischen ihm und dem fahrenden Auto. Eine Ampel schaltete auf Rot, und der Wagen kam zum Stehen. Reacher rannte zur Kreuzung, riss die Beifahrertür auf und warf sich schnaufend auf den Sitz. Der Fahrer nickte ihm zu, entschuldigte sich aber nicht dafür, dass er nicht gewartet hatte. Wenn die Marine drei Stunden sagte, meinte sie drei Stunden.

AUF DEM Rückflug nach Dix zählte Reacher das Geld, das sich in der Aktenmappe befand. Sechs Bündel zu je 200 Dollar. Er schenkte das Geld dem Piloten für die nächste Party von dessen Einheit, dann riss er die Mappe an den Nähten auseinander und warf die Einzelteile über Lakewood, New Jersey, durch die Klappe bei der Einstiegsluke.

Nach der Landung fuhr ihn der Leutnant zurück zu dem Durchgang bei Trents Büro. Reacher ging zu dem Fenster und klopfte leise an die Scheibe. Trent öffnete es, und Reacher kletterte hinein.

„Alles okay?", fragte er.

Trent nickte. „Sie hat den ganzen Tag mucksmäuschenstill draußen gesessen. Ist wohl mächtig beeindruckt von unserem Pflichteifer. Wir haben ja ohne Mittagspause durchgearbeitet."

Reacher gab ihm die Beretta zurück, hängte sich den Besucherausweis um den Hals und schnappte sich ein Aktenstück.

„Hat es geklappt?", erkundigte sich der Oberst.

„Ich glaube schon. Es wird sich bald herausstellen."

„Vergessen Sie Ihre Notizen nicht!", sagte Trent.

Er reichte Reacher ein Blatt Papier, auf dem ungefähr dreißig Namen aufgelistet waren. Nicht auszuschließen, dass es sich dabei um das Football-Team handelte, dem Trent an der Highschool angehört hatte. Reacher steckte das Blatt in die Tasche und schüttelte dem Oberst die Hand. Dann ging er in den Vorraum, in dem Lisa Harper auf ihn wartete.

„ALSO, haben Sie unseren Tatverdächtigen ausfindig gemacht?", fragte Blake. Zusammen mit Poulton und Julia Lamarr saßen sie wieder an dem Tisch in der Cafeteria in Quantico.

„Kann sein", antwortete Reacher. „Ich habe dreißig Namen, und er könnte sehr wohl dabei sein."

„Dann wollen wir uns diese Namen mal anschauen."

„Nicht so schnell, so einfach ist das nicht."

Blake starrte ihn an. „Was ist denn das für ein Quatsch? Wir müssen diese Typen beschatten."

Reacher schüttelte den Kopf. „Geht nicht. Sie befinden sich an Orten, die Ihnen nicht zugänglich sind. Selbst wenn Sie einen Haftbefehl gegen sie haben wollen, müssen Sie sich erst noch ans Verteidigungsministerium wenden, nachdem Sie beim Richter gewesen sind. Und das Verteidigungsministerium wird die Angelegenheit dem Oberkommandierenden vorlegen, und das ist der Präsident, wenn ich mich nicht irre. Unter diesen Umständen müssen Sie schon erheblich mehr in der Hand haben, als ich Ihnen jetzt liefern kann."

„Was wollen Sie damit sagen?"

„Lassen Sie mich das noch weiter konkretisieren. Ich möchte Lamarrs Schwester aufsuchen."

„Meine Stiefschwester", korrigierte sie.

„Und wieso?", fragte Blake.

Weil ich Zeit schinden will und weil ich da lieber auf Reisen gehe, als hier herumzuhocken, hätte Reacher am liebsten geantwortet. Stattdessen setzte er eine ernste Miene auf und erwiderte: „Weil wir quer denken müssen. Wenn es dieser Typ auf eine bestimmte Kategorie von Frauen abgesehen hat, müssen wir den Grund finden. Er kann doch nicht auf alle zusammen wütend sein. Eine von ihnen muss das ausgelöst haben. Dann hat er seine Wut vermutlich vom persönlichen Bereich ins Allgemeine verlagert. Also, wer war das? Lamarrs Schwester könnte ein guter Ausgangspunkt sein. Sie wurde zu einer völlig anderen Einheit versetzt. Dadurch verdoppelte sich die Zahl der potenziellen Kontakte."

Blake stimmte zu. „Wir bereiten das vor. Sie reisen morgen ab."

„Wo wohnt sie denn?"

„Im Bundesstaat Washington", antwortete Julia Lamarr. „In der Nähe von Spokane."

Reacher wandte sich wieder Blake zu. „Sie sollten diese Frauen bewachen lassen."

Blake stöhnte laut. „Rechnen Sie doch mal nach, Menschenskind! Es sind 88 Frauen, und wir wissen nicht, welche als Nächste dran ist. Noch siebzehn Tage, wenn er den Zeitabstand einhält. Das sind mehr als 100 000 Arbeitsstunden. Das schaffen wir nicht. Wir haben nicht genug Personal."

„Haben Sie die Frauen gewarnt?"

Blake machte einen verlegenen Eindruck. „Uns sind die Hände gebunden. Wenn wir sie nicht bewachen können, dann können wir sie auch nicht warnen. Sonst hieße das nämlich: Ihr seid in Gefahr, Mädels, aber wir können leider nichts für euch tun. Das geht nicht."

„Wir müssen diesen Kerl erwischen", sagte Poulton. „Das ist die einzig sichere Methode, den Frauen zu helfen."

Lamarr nickte. „Irgendwo dort draußen ist er. Wir müssen ihn hinter Schloss und Riegel bringen."

„Also, essen Sie etwas, und gehen Sie ins Bett, Reacher", sagte Blake. „Nach Spokane ist es ein langer Weg. Sie müssen morgen früh raus. Lisa geht natürlich mit Ihnen."

„Ins Bett?"

Blake geriet erneut in Verlegenheit. „Nach Spokane, Sie Esel!"

*Hinsichtlich des Zeitabstands ist eine Entscheidung gefallen. Er hat keine Gültigkeit mehr. Drei Wochen sind jetzt eine viel zu lange Pause. Die Sache läuft so: Du kommst da auf einen*

*Gedanken, überlegst dir die Sache und merkst, dass da was dran ist. Du stellst fest, dass es reizvoll ist, und damit ist es praktisch schon entschieden. Wenn der Geist aus der Flasche raus ist, kriegst du ihn nicht wieder rein. Und dieser Geist ist rausgekommen. Er rennt umher. Und du rennst hinter ihm her.*

Am nächsten Morgen gab es keine Frühstücksbesprechung, denn für Reacher begann der Tag sehr früh. Lisa öffnete seine Tür, bevor er ganz angezogen war. Er hatte nur seine Hose an. Sein Hemd lag noch auf der Matratze, und er fuhr gerade mit der Handfläche darüber, um es auf diese Weise zu glätten.

„Diese Narben gefallen mir." Lisa trat einen Schritt näher und betrachtete mit unverhohlener Neugier seinen Bauch. „Wo haben Sie die her?" Sie zeigte mit dem Finger auf seine rechte Seite.

„Die hat mir meine Mutter beigebracht."

„Ihre Mutter?"

„Ich wurde in Alaska von Grislibären aufgezogen."

Lisa verdrehte die Augen. Dann schaute sie sich die linke Seite seiner Brust an. Dort war die Narbe eines Einschusslochs zu sehen.

„Eine exploratorische Operation", erläuterte Reacher. „Man wollte nachsehen, ob ich ein Herz im Leib habe."

„Woher stammen die Narben tatsächlich?"

Er knöpfte sein Hemd zu. „Die am Bauch stammt von einem Bombensplitter. Und auf meine Brust hat jemand geschossen."

„Ein aufregendes Leben."

Reacher holte sein Jackett aus dem Schrank. „Nein, eigentlich ein ganz normales. Ein Soldat, der Gewalt aus dem Weg gehen möchte, gleicht einem Buchhalter, der nichts mit Zahlen zu tun haben will."

„Ist das der Grund dafür, dass Ihnen das Schicksal dieser Frauen nicht viel bedeutet?"

Er schaute sie an. „Wie kommen Sie auf diesen Gedanken?"

„Ich dachte, es würde Sie stärker aufwühlen."

„Damit erreicht man nicht viel."

Lisa schwieg einen Moment. „Womit dann?"

„Wenn man den Spuren nachgeht. So wie immer."

„Es gibt keine Spuren. Er hinterlässt keine."

Reacher lächelte. „Aber das ist an sich schon ein Anhaltspunkt, nicht wahr?"

DERSELBE Mann vom Fuhrpark brachte denselben Wagen zum Eingang. Diesmal blieb er aber hinter dem Lenkrad sitzen und fuhr sie zum National Airport nach Washington. Als sie am Terminal ankamen, war die Sonne noch nicht aufgegangen. Lisa holte am Schalter von United zwei Tickets für die Economyclass und ging zum Abfertigungsschalter hinüber.

„Wir hätten es gern ein bisschen bequemer", sagte sie zu dem Angestellten und klappte ihren FBI-Ausweis auf. Der Mann drückte ein paar Tasten und gab ihnen ein Upgrade für die erste Klasse. Lisa grinste.

Die erste Klasse war halb leer. Reacher bekam einen Fensterplatz, weil Lisa sich den Sitz am Gang nahm, um ihn wie einen zu überführenden Gefangenen unter Kontrolle zu haben. Sie streckte sich aus. Heute trug sie wieder einen anderen Anzug, einen mit kleinen Karos in gedämpftem Grau.

Nach dem Start zog Reacher die Broschüre der Fluglinie hervor und blätterte darin herum.

Lisa hatte bereits ihr Brettchen fürs Frühstück heruntergeklappt. „Was meinten Sie, als Sie sagten, das sei an sich schon ein Anhaltspunkt?", fragte sie.

„Ich habe nur laut gedacht", antwortete Reacher. „Lamarr betonte, die forensischen Testmethoden des FBI seien unglaublich gut. Ich wette, dass man anhand einer Teppichfaser feststellen kann, wann der Teppich gekauft wurde, welche Art von Floh drauf gesessen hat und von was für einer Hunderasse der Floh stammte."

„Ja und?"

„Dieser Kerl brachte Amy Callan um und ließ all diese Tests ins Leere laufen, nicht wahr?"

„Stimmt."

„Und wie nennt man so einen Kerl?"

„Wie denn?"

„Äußerst clever."

Sie verzog das Gesicht. „Es gäbe auch noch andere Bezeichnungen.“

„Klar, noch eine ganze Menge, aber vor allem ist er ein äußerst cleverer Bursche. Weil er's bei Cooke erneut geschafft hat und bei Stanley zum dritten Mal.“

„Was soll das heißen?“

„Das ist der Anhaltspunkt. Wir haben es mit einem sehr, sehr cleveren Burschen zu tun.“

„Ich glaube, das wissen wir bereits.“

Reacher schüttelte den Kopf. „Das glaube ich nicht. Das FBI hat daraus keine Konsequenzen gezogen.“

„Was meinen Sie damit?“

„Denken Sie darüber nach! Ich bin hier nur der Botenjunge. Die schwierigen Sachen überlasse ich Ihnen und Ihren Kollegen.“

Die Stewardess kam mit dem Frühstückswagen aus der Bordküche. In der ersten Klasse konnte man mit anständiger Verpflegung rechnen. Reacher nahm den Geruch von Schinken mit Eiern und von Würstchen wahr. Und von starkem Kaffee. Er klappte sein Brettchen auf.

„Wieso behaupten Sie, wir hätten daraus keine Konsequenzen gezogen?“, fragte Lisa.

„Das müssen Sie selbst rausfinden.“

„Soll das heißen, dass es sich nicht um einen Soldaten handelt?“

Reacher wandte sich ihr zu und starrte sie an. „Das ist ja wirklich ein starkes Stück. Wir einigen uns, dass er ein sehr cleverer Bursche ist, und daraus folgern Sie, dass er kein Soldat ist. Freut mich ungeheuer.“

Verlegen schaute sie weg. „Tut mir Leid. So habe ich das nicht gemeint. Ich verstehe einfach nicht, dass wir nicht die entsprechenden Konsequenzen gezogen haben sollen.“

Er gab keine Antwort, trank nur seinen Kaffee. Dann stieg er über ihre Beine hinweg, um zur Toilette zu gehen. Als er zurückkam, war sie immer noch zerknirscht.

„Sagen Sie es mir“, bat sie.

„Nein.“

Auf der ganzen Strecke bis nach Seattle fiel kein Wort mehr. Sie schwiegen fünf Stunden lang. Reacher machte das nichts aus. Er saß einfach da, als reiste er allein.

Aber Lisa hatte Probleme damit. Sie war wie die meisten Leute. Sie meinte, sie müsse sich unterhalten, wenn sie neben einer Person saß, die sie kannte. Reacher blieb jedoch unnachgiebig.

Die Westküstenzeit machte aus den fünf Stunden zwei. Als sie landeten, war es immer noch Frühstückszeit. In der Ankunftshalle stand das übliche Sortiment von Fahrern, die Schilder in der Hand hielten. Unter ihnen befand sich ein Mann mit kurzem Haar, der einen dunklen Anzug und eine gestreifte Krawatte trug. Er hätte genauso gut mit der Tätowierung FBI auf der Stirn herumlaufen können.

„Lisa Harper?", fragte er. „Ich komme von der Außenstelle Seattle."

Sie schüttelten einander die Hand.

„Das ist Reacher", stellte sie ihren Begleiter vor.

Der Agent ignorierte ihn völlig. „Wir werden nach Spokane geflogen", teilte er Lisa mit. „Die Lufttaxifirma schuldet uns noch den einen oder anderen Gefallen."

Auf der Schleppspur hatte er einen FBI-Wagen stehen. Mit ihm legten sie auf der Rollfeldringstraße die anderthalb Kilometer zur General Aviation zurück. Auf dem eingezäunten Gelände standen zahlreiche winzige Maschinen. Ein Pilot führte sie zu einer weißen sechssitzigen Cessna.

Innen war das Flugzeug etwa genauso groß wie der Buick von Julia Lamarr. Es rollte zur Startbahn und positionierte sich hinter einer 747, die auf dem Weg nach Tokio war. Das sah so aus, als wartete eine Maus hinter einem Elefanten. Schließlich brauste die Cessna los und hob nach wenigen Sekunden vom Boden ab.

Auf dem Flugplatz von Spokane wartete an der Rollbahn eine dunkle Limousine, an deren Motorhaube ein Mann im Anzug lehnte.

„Er ist von der Nebenstelle Spokane", erklärte der Agent aus Seattle.

Der Wagen rollte an das Flugzeug heran, und keine zwanzig Sekunden nachdem der Pilot die Motoren abgestellt hatte, waren sie schon unterwegs. Der einheimische FBI-Mann fuhr nach Osten Richtung Idaho, dann bog er auf eine schmale Straße ab, die nach

Norden in die Berge führte. In der Ferne waren Gebirgsketten mit schneebedeckten Gipfeln zu sehen. Lediglich alle paar Kilometer tauchte an der Straße ein Gebäude auf. Dazwischen lagen dichte Wälder und ausgedehnte Wiesen.

Ihr Ziel sah wie das Hauptgebäude einer alten Viehranch aus. Es stand auf einem kleinen Grundstück, um das sich ein neuer Weidezaun zog. Außerhalb des Zauns erstreckte sich Weideland, hinter ihm war Rasen angelegt. An einer kleinen Scheune waren seitlich Garagentore angebracht, und von der Zufahrt führte ein Fußweg zur Haustür. Da das Anwesen nahe an der Straße lag, hätte es zu einer Vorstadtsiedlung gehören können, aber in Wirklichkeit war das nächste Haus knapp zwei Kilometer entfernt.

Der einheimische FBI-Agent blieb im Auto sitzen, während Lisa und Reacher ausstiegen und zur Haustür gingen. Die Stille der Gegend lastete auf ihnen. An der Tür hing ein großer eiserner Klopfer in Form eines Löwenkopfes, dessen Maul einen schweren Ring umschlossen hielt. Darüber befand sich ein Spion.

Lisa griff nach dem Ring und klopfte zweimal. Nichts rührte sich. Sie klopfte noch einmal. Sie warteten. Schließlich quietschten drinnen die Bodenbretter, und Schritte waren zu hören.

„Wer ist da?“ Eine argwöhnische Frauenstimme.

Lisa hielt ihre Dienstmarke vor den Spion. „FBI, Ma’am. Wir haben Sie gestern angerufen und einen Termin vereinbart.“

Die Tür ging auf. Eine Eingangsdiele war zu sehen und eine Frau, die erleichtert lächelte. „Julia hat mich so verdammt nervös gemacht“, sagte sie.

Lisa erwiderte ihr Lächeln und stellte sich und Reacher vor. Die Frau schüttelte beiden die Hand.

„Alison Lamarr. Freut mich sehr, Sie kennen zu lernen.“

Sie ging voraus. Die Diele war mit alten Kiefernbrettern ausgelegt, die abgeschliffen und in einem dunklen Goldton gewachst worden waren.

„Möchten Sie gern einen Kaffee?“, fragte Alison Lamarr.

„Danke, im Moment nicht“, lehnte Lisa ab.

„Ja, gern“, erwiderte Reacher.

Alison Lamarr führte die beiden zur Küche, die sich über den ganzen hinteren Teil des Erdgeschosses hinzog. Es war ein schöner Raum mit einem ebenfalls gewachsten, auf Hochglanz gebohnerten Fichtenboden, einem großen ländlichen Herd, neuen Küchenmöbeln aus unauffälligem Holz und einer Reihe funkelnder Maschinen für Wäsche und Geschirr. An den Fenstern hing gelber Gingan.

Alison Lamarr war mittelgroß, dunkelhaarig und hatte den federnden Gang einer kräftigen, durchtrainierten Frau. Sie besaß ein offenes, freundliches Gesicht. Ihre gebräunte Haut ließ vermuten, dass sie sich viel im Freien aufhielt. Sie duftete nach Zitronen, und ihre Kleidung bestand aus sauberem, sorgfältig gebügeltem Jeansstoff. Dazu trug sie Cowboystiefel.

Sie goss Kaffee in einen Becher und reichte ihn Reacher. Ihr Lächeln bewies, dass sie mit ihrer Stiefschwester nicht blutsverwandt war. Es war ein nettes, interessiertes, freundliches Lächeln, das Julia Lamarr völlig unbekannt war.

„Darf ich mich umsehen?“, bat Reacher. „Als Sicherheitscheck.“

„Tun Sie sich keinen Zwang an.“

Er nahm seinen Becher mit. Die beiden Frauen blieben in der Küche. Im Erdgeschoss gab es vier Räume: die Diele, die Küche, das Ess- und das Wohnzimmer. Das Haus war eine solide Holzkonstruktion, die man hervorragend renoviert hatte. Die Fenster waren alle neu und verfügten über stabile Holzrahmen, und jedes einzelne konnte verriegelt werden. Die Haustür war dagegen original, aus fünf Zentimeter dickem Kiefernholz, verfügte aber über ein modernes Schloss. Die Hintertür war ebenfalls alt und aus ähnlich dickem Holz. Dasselbe Schloss.

Draußen gab es eine stählerne Kellertür, die mit einem großen Vorhängeschloss gesichert war. Die Garage befand sich in der gut erhaltenen Scheune. Darin stand ein neuer Jeep Cherokee, und die Kartons, die dort ebenfalls aufgestapelt waren, bewiesen, dass die Renovierungsarbeiten erst vor kurzem stattgefunden hatten. Außerdem standen in der Garage eine neue Waschmaschine, die sich noch in ihrer Originalverpackung befand, sowie eine Werkbank mit einem Regal darüber, auf dem Elektrosägen und Bohrmaschinen sorgfältig untergebracht waren.

Reacher kehrte ins Haus zurück und stieg die Treppe hinauf. Die gleichen Fenster. Vier Schlafzimmer. Ein neues großes Badezimmer mit Toilette, Waschbecken und Dusche. Und einer Wanne.

Er ging in die Küche zurück. Lisa stand am Fenster und betrachtete die Gegend, während Alison Lamarr am Tisch saß. „Alles okay?“, fragte sie.

„Alles in Ordnung. Dieser Typ bricht keine Türen auf, und wenn Sie niemanden reinlassen, kann nichts schief gehen.“

„Das meine ich auch. Möchten Sie mich noch irgendetwas fragen?“

„Zu diesem Zweck hat man mich wohl hergeschickt.“

Reacher nahm ihr gegenüber Platz und versuchte, sich etwas Intelligentes einfallen zu lassen. „Wie geht es Ihrem Vater?“

„Das wollen Sie wissen?“

Er zuckte mit den Achseln. „Julia erwähnte, dass er krank ist.“

„Er ist vor zwei Jahren an Krebs erkrankt, und jetzt kämpft er sich von einem Tag zum anderen durch. Er liegt in Spokane im Krankenhaus. Ich besuche ihn täglich.“

„Tut mir Leid, das zu hören.“

„Julia sollte mal herkommen. Sie hat sich völlig in diese Stiefkindgeschichte verrannt. Aber das spielt doch überhaupt keine Rolle! Ich betrachte sie ganz einfach als meine Schwester. Und Schwestern sollten zueinander stehen, meinen Sie nicht auch? Aber wie auch immer, das ist jetzt nicht so wichtig. Wie kann ich Ihnen behilflich sein?“

„Haben Sie eine Ahnung, um wen es sich handeln könnte?“

„Es muss jemand sein, der es okay findet, dass Frauen belästigt werden. Oder einer, der es nicht in Ordnung findet, aber meint, dass man solche Angelegenheiten hinter verschlossenen Türen regeln sollte.“

„Ist das vorstellbar?“, fragte Lisa. Sie setzte sich neben Reacher.

Alison schaute sie an. „Ich weiß nicht recht. Ich glaube nicht, dass es irgendeinen Kompromiss gibt. Entweder nimmt man es hin, oder man macht es mit einem Donnerschlag publik. Ich bin da richtig ausgeflippt.“

„Wer war es in Ihrem Fall?“, erkundigte sich Reacher.

„Ein Oberst namens Gascoigne. Er sagte immer, ich solle zu ihm kommen, wenn ich ein Problem hätte. Also suchte ich ihn wegen einer Versetzung auf. Ich wollte eine interessantere Beschäftigung."

„Und was passierte?"

Alison stöhnte. „Zuerst dachte ich, er mache nur Späße." Sie schwieg einen Moment. „Er sagte, das nächste Mal solle ich auf meine Uniform verzichten. Ich dachte, er wolle ein Treffen in der Stadt vorschlagen, in einer Bar, in der Freizeit, in Zivil. Aber dann machte er mir klar, dass er sein Büro meine und dass ich mich dort ausziehen solle."

„Das war wenig nett."

Alison verzog das Gesicht. „Anfangs sagte er das in einem lustigen Ton. Als wollte er mit mir flirten. Aber dann meinte er wohl, ich sei schwer von Begriff, und wurde auf einmal obszön. Er schilderte, was er von mir erwartete. Da packte mich die Wut. Ich flippte aus und erstattete Anzeige."

„Wie reagierte er darauf?", fragte Reacher.

Sie lächelte. „Er war völlig von den Socken. Ich bin sicher, er hatte das schon oft gemacht und war immer ungeschoren davongekommen."

„Könnte er der Täter sein?"

Sie schüttelte den Kopf. „Nein. Der Kerl, um den es geht, hat gemordet, nicht wahr? Gascoigne ist ein jämmerlicher, ausgelaugter alter Mann. Ich kann mir nicht vorstellen, dass er dazu fähig wäre."

Reacher nickte. „Wenn das Täterprofil stimmt, das Ihre Schwester erstellt hat, handelt es sich wahrscheinlich um jemanden aus dem Umfeld, der das mitbekommen und dann einen Rachefeldzug gestartet hat."

„Richtig", stimmte Alison zu. „Die Zielgruppe ist aber so spezifisch, dass es sich um einen Soldaten handeln muss. Wer sonst hätte uns ausfindig machen können? Es muss allerdings schon ein durchgeknallter Soldat sein. Mit so einem bin ich jedoch nie zusammengekommen."

„Niemals?", fragte Lisa. „Bekamen Sie keine Drohungen, als die Sache lief?"

„Nichts von Bedeutung, soweit ich mich erinnere. Ich bin sogar nach Quantico geflogen, um mich von Julia hypnotisieren zu lassen und Dinge hervorzuholen. Sie sagte jedoch, es sei nichts zum Vorschein gekommen."

Sie schwiegen eine Weile. Dann seufzte Lisa: „Wir sind wohl umsonst hierher gereist."

„Tut mir Leid", bedauerte Alison.

„Nichts ist umsonst", widersprach Reacher. „Negative Befunde können ebenfalls nützlich sein. Und der Kaffee war prima."

Alison ging mit den beiden aus der Küche in die Diele und öffnete die Tür.

„Lassen Sie niemanden rein!", ermahnte Reacher sie.

Alison lächelte. „Das habe ich nicht vor."

„Ich meine es ernst", betonte Reacher. „Es gibt offenbar keinerlei gewaltsames Eindringen. Der Kerl spaziert einfach rein. Möglicherweise kennen Sie ihn. Es könnte sich aber auch um eine Art Trickbetrüger handeln, der einen plausiblen Vorwand parat hat. Fallen Sie ja nicht drauf rein!"

Als er mit Lisa den Fußweg entlangging, hörten sie, wie die Tür zugemacht und abgeschlossen wurde.

DER EINHEIMISCHE FBI-Mann half ihnen, die Flugzeit um zwei Stunden zu verkürzen, indem er sie darauf aufmerksam machte, dass sie von Spokane nach Chicago und von dort nach Washington fliegen konnten. Lisa kümmerte sich um die Umbuchungen. Dann stiegen sie in eine Boeing nach Chicago. Diesmal gab es keine Vorzugsbehandlung. In der Economyclass saßen sie so dicht beisammen, dass sie Tuchfühlung miteinander hatten.

„Also, was denken Sie?", fragte Lisa.

„Fürs Denken werde ich nicht bezahlt", erwiderte Reacher. „Und bis jetzt habe ich ohnehin noch nichts bezahlt bekommen. Ich bin nur ein Berater. Wenn Sie Fragen haben, kriegen Sie von mir eine Antwort."

„Ich habe Sie was gefragt. Ich wollte wissen, was Sie denken."

Er zog die Schultern hoch. „Die Zielgruppe ist groß, aber wenn sich die anderen 87 Frauen so verhalten wie Alison Lamarr, dürfte ihnen nichts passieren."

„Ist das die Lösung? Glauben Sie, wir sollten die Frauen einfach auffordern, ihre Türen abzuschließen?"

Er nickte. „Ich glaube, wir sollten sie warnen."

„Aber den Kerl schnappen wir auf diese Weise nicht."

„Sie können ihn sowieso nicht schnappen."

„Und warum nicht?"

„Weil Sie nicht berücksichtigen, wie clever er ist."

„Das tun wir sehr wohl. Dem Profil zufolge ist er sehr clever. Und dieses System funktioniert, es hat zu einigen spektakulären Erfolgen geführt."

„Und wie viele Fehlschläge gab es? Das ist keine exakte Wissenschaft."

„Sie glauben also, das Profil sei wertlos?"

„Ich weiß genau, dass es wertlos ist. Es ist fehlerhaft. Da stecken widersprüchliche Feststellungen drin."

„Nämlich?"

Reacher schüttelte den Kopf. „Da läuft nichts, Lisa. Erst wenn Blake sich dafür entschuldigt, dass er Jodie bedroht hat, und Lamarr den Fall entzieht."

„Wieso sollte er das tun? Sie ist die beste Profilexpertin, die er hat."

„Eben deshalb."

DER MANN vom Fuhrpark holte sie am National Airport ab. Als sie in Quantico ankamen, war es schon spät. Sie trafen nur mit Julia Lamarr zusammen. Blake war bei einer Etatbesprechung, und Poulton hatte Feierabend gemacht und war nach Hause gegangen.

„Wie geht es ihr?", erkundigte sich Julia Lamarr.

„Alles in Ordnung", antwortete Reacher.

„Wie sieht ihr Haus aus? Ist es sehr abgelegen?"

„Es ist abgelegen, aber gut gesichert."

Sie nickte, und Reacher wartete kurz. „Sie möchte, dass Sie mal einen Besuch machen", sagte er schließlich.

„Das geht nicht. Ich würde eine Woche brauchen, um dorthin zu kommen."

„Ihr Vater liegt im Sterben."

„Mein Stiefvater.“

„Wie auch immer. Sie meint, Sie sollten mal kommen.“

„Das geht nicht“, wiederholte sie. „Ist sie immer noch wie ein Cowboy angezogen? Gebräunt, hübsch und sportlich?“

„Genau.“

Sie schüttelte leicht den Kopf. „Sie ist anders als ich.“

Reacher betrachtete sie. Ihr billiger schwarzer Straßenanzug war staubig und zerknittert. Sie war blass und mager. Ihr Blick war ausdruckslos.

„Ja, das stimmt“, bestätigte er.

„Ich bin eben die hässliche Schwester“, erwiderte sie und ging davon.

Als Lisa am nächsten Morgen die Tür aufschloss und hereinschlenderte, war Reacher längst fertig. Die Agentin sah gut erholt und elegant aus. Sie trug denselben Anzug wie am ersten Tag, hatte also allem Anschein nach drei Anzüge und benutzte sie in genauer Reihenfolge.

Sie gingen zur Cafeteria. Es war Sonntag, und auf dem Gelände war es still. Das Wetter hatte sich gebessert. Es war nicht wärmer, aber die Sonne schien. Als sie zwischen den Gebäuden entlanggingen, hegte Reacher einen Moment lang die Hoffnung, dass es ein guter Tag werden würde. Dass diese Hoffnung allerdings trog, merkte er, als er Blake allein an dem Tisch am Fenster sitzen sah. Blake hatte einen Becher Kaffee und Doughnuts vor sich, und eine Anzahl Sonntagszeitungen lagen aufgeschlagen herum, ganz oben die *New York Times*. Das bedeutete, dass es noch keine Neuigkeiten aus New York gab. Und das wiederum hieß, dass es noch nicht funktioniert hatte und Reacher weiter warten musste.

Sie nahmen gegenüber von Blake Platz. Er sah alt und müde und sehr angespannt aus, aber Reacher empfand kein Mitleid mit ihm.

„Heute arbeiten Sie die Akten durch!“, befahl Blake.

„Geht in Ordnung“, erwiderte Reacher.

„Das Material zum Fall Lorraine Stanley ist in die Akten aufgenommen worden. Also, Sie beschäftigen sich heute damit, und Ihre Schlussfolgerungen teilen Sie uns dann morgen bei der Frühstücksbesprechung mit. Ist das klar?"

„Kristallklar."

„Gibt es irgendwelche Zwischenergebnisse, über die ich Bescheid wissen sollte?"

„Dazu ist es noch zu früh. Lassen Sie mich erst mal die Akten studieren."

„Allmählich ist es aber Zeit, dass wir Fortschritte erzielen."

„Hab's kapiert", murmelte Reacher.

NACH DEM Frühstück führte ihn Lisa in einen ruhigen Raum, in dem Eichentische und bequeme Ledersessel standen. Auf einem der Tische lag ein dreißig Zentimeter hoher Aktenstapel. Er war in drei Bündel aufgeteilt, um die sich dicke Gummibänder spannten. Reacher legte sie nebeneinander auf den Tisch. Amy Callan, Caroline Cooke, Lorraine Stanley. Drei Opfer, drei Bündel.

Reacher schaute auf seine Uhr. 10.25 Uhr. Ein später Beginn.

„Haben Sie versucht, Jodie zu erreichen?", fragte Lisa.

„Nein, sie ist offensichtlich nicht da."

„Bereitet Ihnen das Kopfzerbrechen?"

„Soll ich mir den Kopf über etwas zerbrechen, was ich nicht ändern kann?"

Sie schwiegen beide. Reacher griff nach der Callan-Akte, streifte das Gummiband ab und klappte den Deckel auf. Lisa zog ihr Jackett aus und nahm ihm gegenüber Platz. Die direkt hinter ihr stehende Sonne machte ihr Hemd transparent. Reacher sah ihre Brust, die sich am Riemen ihres Schulterhalfters vorbei nach vorn wölbte.

„Machen Sie sich an die Arbeit, Reacher", ermahnte sie ihn.

*JETZT kommt der spannende Moment. Du parkst am Straßenrand, und zwar so, dass der Wagen in der richtigen Richtung steht. Du schaltest den Motor aus. Du ziehst den Zündschlüssel raus und steckst ihn in die Tasche. Du streifst deine Gummihandschuhe über.*

*Du steigst aus. Du bleibst einen Augenblick stehen und horchst. Dann bewegst du dich langsam im Kreis und schaust dich um. Das ist der spannende Moment, in dem du dich entscheiden musst, ob du aufhören oder weitermachen sollst. Überlege. Aber tu das ganz leidenschaftslos. Es ist lediglich eine Einsatzentscheidung.*

*Du entschließt dich weiterzumachen. Du drückst die Autotür leise zu. Du betrittst die Auffahrt. Du gehst zur Haustür. Du klopfst. Die Tür geht auf. Sie lässt dich eintreten. Sie freut sich, dich zu sehen. Zuerst ist sie ein bisschen verwirrt, aber dann ist sie entzückt. Du redest eine Weile mit ihr. Du redest weiter, bis die Zeit reif ist. Du wirst es schon merken, wenn der Augenblick gekommen ist. Du redest weiter.*

*Der Moment kommt. Du stehst eine Sekunde lang still und vergewisserst dich. Dann bist du am Zug. Du erklärst ihr, dass sie sich genau nach deinen Angaben richten muss. Sie ist natürlich einverstanden, weil sie keine andere Wahl hat.*

*Du lässt dir das große Badezimmer zeigen. Sie steht wie eine Maklerin da und deutet umher. Die Badewanne ist brauchbar. Du forderst sie auf, die Farbe herbeizuschaffen. Du behältst sie die ganze Zeit im Auge. Sie muss fünfmal über die Treppe nach draußen und wieder zurückgehen. Sie fängt an zu schnaufen und zu schwitzen. Du verlangst, dass sie ein Lächeln zeigt.*

*Du forderst sie auf, etwas Passendes zu holen, um die Deckel aufzustemmen. Sie nickt erfreut und holt einen Schraubenzieher aus einer Küchenschublade. Du weist sie an, einen Deckel nach dem anderen abzunehmen. Sie kniet neben der ersten Dose nieder. Sie schiebt die Spitze des Schraubenziehers unter den Wulst des Deckels und drückt ihn nach oben. Sie macht im Kreis herum weiter. Der Deckel springt ab. Sie macht mit der nächsten Dose weiter, dann mit der übernächsten.*

*Du ziehst den zusammengefalteten Müllsack aus der Tasche. Du forderst sie auf, ihre Kleidung hineinzuwerfen. Sie nickt lächelnd. Sie zieht sich aus und wirft alles in den Sack. Sie ist nackt. Du verlangst wieder, dass sie lächelt.*

*Du weist sie an, den Sack hinunterzutragen und gegen die Haustür zu stellen. Dann gehst du mit ihr ins Badezimmer zurück und lässt sie die Farbe in die Wanne schütten. Eine Dose nach der anderen, langsam und sorgfältig. Sie gibt sich große Mühe. Die Dosen sind schwer und unhandlich. Die Farbe ist dick. Sie läuft langsam in die Wanne, die sich allmählich mit der grünen, öligen Masse füllt.*

*Du teilst ihr mit, dass sie das gut erledigt habe. Sie freut sich über das Lob und lächelt. Dann sagst du, sie solle die leeren Dosen dorthin zurückbringen, wo sie vorher gestanden hätten. Da sie jetzt nackt sei, müsse sie aber aufpassen, dass sie von niemandem gesehen werde. Sie nickt erneut. Sie schafft die Dosen die Treppe hinunter. Du öffnest die Haustür und schickst sie hinaus. Sie rennt die ganze Strecke hin und zurück.*

*Du gehst wieder ins Bad mit ihr. Der Schraubenzieher liegt noch auf dem Boden. Du bittest sie, ihn aufzuheben. Du forderst sie auf, sich mit ihm das Gesicht zu zerkratzen. Sie ist verwirrt. Du erklärst es ihr: Drei oder vier tiefe Kratzer reichen aus. Sie lächelt und nickt. Sie fährt mit dem Schraubenzieher über ihre linke Gesichtshälfte. Eine feuerrote, zwölf Zentimeter lange Linie entsteht. Du sagst, sie solle nächstes Mal stärker drücken. Sie nickt. Der nächste Kratzer blutet. Gut, sagst du. Noch drei. Sie nickt und lächelt. Braves Mädchen, sagst du.*

*Sie hält immer noch den Schraubenzieher in der Hand. Du forderst sie auf, langsam und vorsichtig in die Wanne zu steigen. Sie stellt den rechten Fuß hinein, dann den linken. Sie setzt sich. Die Farbe berührt unten ihre Brüste. Du sagst ihr, sie solle sich langsam und vorsichtig zurücklehnen. Sie gleitet in die Farbe hinunter.*

*Du erklärst ihr, was sie zu tun hat. Zuerst begreift sie es nicht, deshalb erklärst du es noch einmal. Sie nickt. Ihr Haar ist dick mit Farbe verklebt. Sie rutscht hinunter. Jetzt ist nur noch ihr Gesicht zu sehen. Sie legt den Kopf nach hinten. Dabei nimmt sie ihre Finger zu Hilfe. Sie gehorcht aufs Wort. Ihre Augen werden starr vor Entsetzen, und dann stirbt sie.*

*Du wartest fünf Minuten lang. Dann tust du das, was sie nicht selbst erledigen kann. Du bekommst dabei Farbe auf den rechten Handschuh. Danach drückst du ihre Stirn mit der Fingerspitze nach unten. Sie gleitet unter die Oberfläche. Du streifst deinen rechten Handschuh ab, sodass die Innenseite nach außen kommt, und nimmst ihn in die linke Hand. Du gehst die Treppe hinunter und behältst die rechte Hand sicherheitshalber in der Tasche, weil es jetzt Fingerabdrücke geben könnte. Steck den Gummihandschuh in den Müllsack zu ihrer Kleidung. Öffne die Haustür. Horch und schau dich um. Stell den Sack nach draußen. Dreh dich um, und schließ die Tür hinter dir. Geh die Auffahrt hinunter zur Straße. Öffne den Kofferraumdeckel, und stell den Müllsack hinein. Mach die Fahrertür auf, und setz dich hinters Steuer. Fahr weg.*

Die Akte von Amy Callan begann mit einer Zusammenfassung ihrer vierjährigen Militärlaufbahn. Nach der Grundausbildung war sie zur Feldzeugmeisterei gekommen. Innerhalb von zwanzig Monaten war sie Feldwebel geworden und hatte in Fort White bei Chicago in einem Lagerhaus gearbeitet, in dem es nach Waffenöl stank und das vom Lärm der Gabelstapler erfüllt war. Sie hatte den Papierkram erledigt und Lieferungen bis in die fernsten Länder geschickt. Am Anfang war sie ganz zufrieden gewesen. Doch dann hatte das anzügliche Gerede überhand genommen. Ihr Hauptmann und ihr Major waren allmählich zu weit gegangen und hatten angefangen, sie zu begrapschen. Die Zoten, die anzüglichen Blicke und das Gefummel hatten sie schließlich dazu gebracht, Reachers Büro aufzusuchen. Nach ihrem Ausscheiden war sie nach Florida gezogen. Nach einem Jahr hatte sie geheiratet, sich aber bald wieder getrennt. Und sie war auch dort gestorben.

Auf den Tatortfotos waren keine Beschädigungen an den Türen oder Fenstern ihres Hauses zu entdecken. In den Räumen war nichts durcheinander geraten. In dem weiß gekachelten Bad war eine mit grüner Farbe gefüllte Wanne zu sehen, in der sich vage Umrisse abzeichneten.

Die Farbe besaß eine Molekularstruktur, die alles durchdrang, womit sie in Berührung kam. Bei ihrem Entfernen wurde auch die Haut entfernt. Es gab keine Anzeichen von Prellungen oder Verletzungen. Der toxikologische Befund ergab nichts. Keine Luftembolien. Es gibt viele schlaue Methoden, jemanden umzubringen. Die Pathologen in Florida fanden jedoch keinerlei Hinweise auf irgendeine davon.

„Und?“, erkundigte sich Lisa.

„Sie hatte Sommersprossen, daran erinnere ich mich.“

„Sie konnten sie gut leiden.“

Reacher nickte. „Sie war okay.“

Das letzte Drittel der Akte enthielt die umfassendsten forensischen Tatortuntersuchungen, die er je zu Gesicht bekommen hatte. Jeder Staubpartikel und jedes Faserteilchen in Amy Callans Haus war aufgesaugt und analysiert worden, aber Spuren eines Eindringlings waren nicht zu entdecken gewesen.

„Ein wirklich äußerst cleverer Bursche“, murmelte Reacher. Er schob die Callan-Akte beiseite und schlug die von Caroline Cooke auf. Ihr Inhalt war ähnlich.

Caroline Cooke hatte als Leutnant angefangen und war direkt zur Planungsabteilung gekommen. Dort war sie zum Oberleutnant befördert und nach Brüssel versetzt worden, wo sie dann ein Verhältnis mit ihrem Oberst gehabt hatte. Als sie nicht schnell genug zum Hauptmann befördert worden war, hatte sie ihn angezeigt.

Reacher konnte sich gut an den Fall erinnern. Um sexuelle Belästigung war es da nicht gegangen, bestimmt nicht in dem Sinn, wie Amy Callan sie hatte erdulden müssen. Aber die Vorschriften hatten sich inzwischen geändert, und es war nun verboten, mit Untergebenen zu schlafen. Der Oberst wurde entlassen und erschoss sich. Caroline Cooke nahm ihren Abschied und kehrte in ein Cottage in New Hampshire zurück. Dort wurde sie schließlich in einer mit Farbe gefüllten Wanne tot aufgefunden.

Die Pathologen und die forensischen Wissenschaftler in New Hampshire waren zu demselben Ergebnis wie ihre Kollegen in Florida gekommen. Das von Bäumen umgebene Haus aus grauem Zedernholz wies keinerlei Beschädigungen an der Tür auf. Das Innere war unangetastet, nur im Badezimmer befand sich eine Wanne voll grüner Farbe.

„Was halten Sie davon?“, fragte Lisa.

Reacher klappte die Akte zu. „Die Sache mit der Farbe ist schon sehr merkwürdig. Einerseits entfernt sie an den Leichen alle Spuren und verringert so Risiken, andererseits entstehen jedoch Risiken, weil sie beschafft und transportiert werden muss.“

„Mir kommt es vor, als wäre sie ein absichtlicher Hinweis", überlegte Lisa laut. „Sie unterstreicht das Motiv. Sie liefert die definitive Bestätigung, dass es sich um einen Armeeangehörigen handelt. Es ist wie eine Verhöhnung."

„Lamarr behauptet, es habe psychologische Hintergründe. Sie meint, es sei eine Art Heimholung in die Armee. Aber wenn der Täter die Frauen dermaßen hasst, dass er sie umbringt, wieso sollte er sie dann heimholen wollen?"

„Keine Ahnung. Aber wer weiß denn schon, was so ein Typ denkt?"

„Lamarr tut so, als wisse sie es."

Die Akte von Lorraine Stanley war die letzte der drei. Ihre Vorgeschichte ähnelte der von Amy Callan, war jedoch neueren Datums, da sie jünger gewesen war. Sie hatte in einer riesigen Quartiermeister-Einrichtung in Utah als Feldwebel gedient und war dort die einzige Frau gewesen. Man hatte sie von Anfang an behelligt und ihre Eignung in Zweifel gezogen. Eines Nachts wurde in ihrer Baracke ein Einbruch verübt. Sämtliche Uniformhosen wurden gestohlen. Am nächsten Morgen erschien sie in ihrem vorschriftsmäßigen Rock zum Dienst. In der darauf folgenden Nacht wurde ihre gesamte Unterwäsche gestohlen. Als sie dann ohne Unterwäsche in ihrem Rock zum Dienst erschien, rief sie ihr Leutnant in sein Büro. Er ließ sie in der Mitte des Raumes in Rührt-euch-Stellung gehen, wobei sich ihre Füße am Rand eines großen Spiegels befanden, der auf dem Boden lag. Der Leutnant wurde schließlich zu einer Gefängnisstrafe verurteilt. Lorraine Stanley schied ein Jahr später aus dem Dienst aus und lebte und starb dann allein in San Diego.

Reacher klappte die Akte zu. „Caroline Cooke wurde in New Hampshire ermordet, Lorraine Stanley drei Wochen danach in San Diego. Die Entfernung könnte kaum größer sein, nicht wahr? Das sind ungefähr 5600 Kilometer. Außerdem transportiert der Täter auch noch eine Menge Farbe durch die Gegend."

„Vielleicht hat er irgendwo ein Lager eingerichtet."

„Das würde die Sache noch komplizierter machen. Wenn sein Lager nicht auf einer direkten Verbindungslinie zwischen seinem Aufenthaltsort und New Hampshire und Kalifornien liegt, hätte er jedes

Mal einen Umweg machen müssen. Dadurch wäre die Wegstrecke noch länger."

„Was ergibt sich daraus?"

„Er hätte mit dem Auto eine Strecke von ungefähr 4800 bis 6400 Kilometern zurückzulegen."

Lisa runzelte die Stirn. „Sagen wir mal siebzig Stunden mit neunzig Stundenkilometern."

„Diese Geschwindigkeit könnte er aber nicht konstant beibehalten. Er müsste Städte durchfahren, käme an Baustellen vorbei. Und einen Verstoß gegen die Geschwindigkeitsbeschränkung würde er nicht riskieren."

„Nehmen wir also mal hundert Stunden Fahrt an."

„Das ist das Mindeste. Und dann ein oder zwei Tage Observierung, wenn er dort ist. Das ergibt zusammen mehr als eine Woche. Wahrscheinlich sind es sogar eher zehn oder elf Tage."

„Das bedeutet, dass es keiner ist, der zwei Wochen Dienst tut und anschließend eine Woche freihat."

„Stimmt genau."

Um die Mittagszeit gingen sie wieder zur Cafeteria hinüber, wo sie Blake trafen, der auf dem Weg in die Bibliothek war. Er sah sehr betroffen aus. „Julias Vater ist tot", berichtete er.

„Ihr Stiefvater", sagte Reacher.

„Sei's drum. Er ist heute Morgen gestorben. Vom Krankenhaus in Spokane ist ein Anruf für sie gekommen. Jetzt muss ich sie zu Hause anrufen."

„Übermitteln Sie ihr unser Beileid", bat Lisa.

Gedankenverloren brummte Blake etwas und ging davon.

„Er sollte ihr den Fall entziehen", meinte Reacher.

„Das sollte er wohl", erwiderte Lisa. „Aber er wird es nicht. Und sie würde sich sowieso dagegen wehren. Die Arbeit ist alles, was sie hat."

Nach dem Mittagessen kehrten sie zu den Akten zurück. Reacher legte sie auf dem Tisch zurecht, betrachtete sie und ließ sich die geographischen Gegebenheiten noch einmal durch den Kopf gehen.

Er lehnte sich zurück, schloss die Augen und dachte scharf nach.

„Kommen Sie voran?“, fragte Lisa nach einer Weile.

„Ich brauche eine Liste der 91 Frauen“, erwiderte er.

„Okay.“ Sie ging hinaus.

Mit geschlossenen Augen blieb Reacher sitzen und genoss die Stille, bis Lisa mit einer dicken blauen Akte zurückkehrte.

Er öffnete sie und fing an zu lesen. Zuerst kam eine vier Seiten lange Liste vom Verteidigungsministerium, die in alphabetischer Reihenfolge 91 Namen enthielt. Auf einer weiteren Liste standen die Adressen, dann folgte ein dickes Bündel Blätter mit Hintergrundinformationen. Reacher blätterte hin und her und nahm einen Bleistift zur Hand. Zwanzig Minuten später fing er an zu zählen.

„Es geht um elf Frauen, nicht um 91“, sagte er.

„Tatsächlich?“

„Um elf“, wiederholte er. „Acht sind noch übrig, nicht 88.“

„Wieso das?“

„Dafür gibt es viele Gründe. 91 war von vornherein absurd. Ein dermaßen cleverer Bursche würde sich auf etwas beschränken, was praktikabel ist. Auf eine Untergruppe. Was hatten Callan, Cooke und Stanley noch gemeinsam?“

„Was denn?“

„Sie waren ledig oder getrennt lebend und wohnten in Einfamilienhäusern in der Vorstadt oder auf dem Land. Er braucht diese isolierte Lage. Wo es keine Störungen und keine Zeugen gibt. Er braucht Frauen, die allein leben.“

Lisa schüttelte den Kopf. „Von denen gibt es mehr als elf. Wir haben das geprüft. Ich glaube, es sind über dreißig. Etwa ein Drittel von ihnen.“

„Aber Sie haben das erst mal überprüfen müssen. Ich spreche von Frauen, die ganz offensichtlich allein und in isolierter Lage leben. Wir müssen annehmen, dass der Typ niemanden hat, der für ihn Nachforschungen anstellt. Er hat nur diese Liste.“

„Aber das ist doch unsere Liste.“

„Nicht ausschließlich. Alle diese Informationen kamen direkt vom Militär, nicht wahr? Er hatte diese Liste vor Ihnen.“

Siebzig Kilometer entfernt lag genau dieselbe Liste in einem kleinen fensterlosen Büro im Pentagon auf einem polierten Schreibtisch. Sie war im Gegensatz zu Reachers Version aus einem Fotokopierer gekommen, der zwei Generationen moderner war, aber ansonsten war sie identisch. Nur waren die elf Namen nicht hastig mit Bleistift angekreuzt, wie Reacher es gemacht hatte, sondern säuberlich mit einem Stift und einem Lineal unterstrichen.

Drei der elf Namen waren außerdem mit einer zweiten Linie durchgestrichen.

Zu beiden Seiten der Liste ruhten die uniformierten Unterarme des Büroinhabers. Die Handgelenke waren angespannt, um die Finger von dem Blatt fern zu halten. In der rechten Hand befand sich ein Stift, der nun eine dicke Linie durch einen vierten Namen zog.

„Also, was unternehmen wir?“, fragte Lisa.

Reacher lehnte sich zurück. „Ich glaube, Sie sollten auf Risiko gehen. Sie sollten die acht überlebenden Frauen rund um die Uhr überwachen lassen, weil Ihnen der Kerl so innerhalb von sechzehn Tagen in die Arme laufen wird.“

„Und wenn Sie nicht Recht haben?“, fragte sie unentschlossen.

„Was haben Sie denn sonst zu bieten? Sie kommen doch überhaupt nicht voran.“

„Okay, ich rede morgen mit Julia.“ Aber sie klang noch immer nicht ganz überzeugt.

„Wird sie hier sein? Wird sie nicht an der Beerdigung ihres Vaters teilnehmen?“

„Sie wird nicht hingehen. Für so einen Fall würde sie sogar ihre eigene Beerdigung verpassen.“

„Okay, aber Sie werden das besprechen, und zwar mit Blake. Halten Sie die Sache von Lamarr fern!“

„Wieso denn?“

„Vergessen Sie nicht, dass ihre Schwester allein lebt und zu den acht Frauen gehört, die jetzt noch übrig sind. Blake wird nicht umhinkönnen, Lamarr den Fall zu entziehen.“

„Das wird er nicht tun.“

Reacher zuckte mit den Achseln. „Dann brauchen Sie sich gar

nicht die Mühe zu machen, mit ihm zu sprechen. Der Kerl ist doch ein Schwachkopf. Ich verschwende hier nur meine Zeit."

„So dürfen Sie nicht reden. Sie müssen kooperieren. Denken Sie an Ihre Freundin."

Er schloss die Augen und dachte an Jodie. Sie schien weit weg zu sein. Er dachte lange an sie.

„Gehen wir essen", schlug Lisa vor. „Anschließend rede ich mit Blake."

SIEBZIG Kilometer entfernt starrte der uniformierte Mann reglos auf das Papier. Seine Miene ließ erkennen, dass er sich mit einer schwierigen Angelegenheit befasste. Da klopfte es an der Tür.

„Moment!", rief er.

Er schob die Kappe auf den Stift und verstaute ihn in seiner Tasche. Dann faltete er die Liste zusammen, steckte sie in eine Schreibtischschublade und legte ein Buch darauf. Es war eine Bibel in der autorisierten englischen Übersetzung. Er machte die Schublade zu und schloss sie ab. „Herein!", rief er, während er den Schlüsselbund in seine Tasche steckte.

Die Tür ging auf. Ein Unteroffizier trat ein und salutierte. „Ihr Wagen steht bereit, Herr Oberst."

AM FOLGENDEN Tag stand Reacher vor Sonnenaufgang am Fenster und schaute ins Dunkel hinaus. Es war wieder kalt geworden. Er rasierte sich, duschte und zog sich an. Dann steckte er die Zahnbürste in die Innentasche seines Sakkos. Für den Fall, dass heute der Tag gekommen war.

Er setzte sich aufs Bett und wartete auf Lisa. Doch als der Schlüssel ins Schloss gesteckt und die Tür geöffnet wurde, erschien nicht sie, sondern Poulton. Reacher merkte, dass sich in ihm die ersten Anzeichen eines leisen Triumphs regten.

„Wo ist Lisa?", fragte er.

„Aus dem Fall raus", antwortete Poulton.

„Hat sie mit Blake gesprochen?"

„Ja, gestern Abend."

„Und?"

Poulton zuckte mit den Achseln. „Nichts weiter."

„Sie ignorieren meine Vorgaben?"

„Sie sind nicht hier, um uns Vorgaben zu machen."

Reacher atmete tief durch. „Gut. Können wir frühstücken gehen?"

„Natürlich."

Die Sonne stieg im Osten auf und färbte den Himmel. Es war angenehm, durch die Morgendämmerung zu spazieren.

In der Cafeteria saß Blake am gewohnten Tisch. Julia Lamarr war bei ihm. Statt ihrer üblichen cremefarbenen trug sie eine schwarze Bluse. Es gab Kaffee und Doughnuts, aber Zeitungen waren keine da.

„Die Nachrichten aus Spokane habe ich mit Bedauern gehört", sagte Reacher.

Julia Lamarr nickte schweigend.

„Sie gehen nicht zur Beerdigung?"

„Alison hat mich nicht angerufen", entgegnete sie. „Mir ist nicht bekannt, wann die Trauerfeier stattfindet."

„Und Sie sind nicht mit ihr in Verbindung getreten?"

„Ich möchte mich nicht aufdrängen."

Stille trat ein. Reacher goss Kaffee in einen Becher. „Meine Theorie hat Ihnen also nicht gefallen?", fragte er Blake.

„Das ist keine Theorie, sondern eine Vermutung. Es gibt keinen Grund, achtzig Frauen den Rücken zuzuwenden, nur weil wir unseren Spaß daran haben, Vermutungen aufzustellen."

„Die nächste Frau, die stirbt, wird eine von acht unter den elf sein, die ich bezeichnet habe. Und das werden dann Sie zu verantworten haben."

Blake erwiderte nichts, worauf Reacher seinen Stuhl zurückschob. „Ich möchte Pfannkuchen", sagte er. „Ich mag diese Doughnuts nicht."

Bevor sie etwas einwenden konnten, stand er auf und ging zur Mitte des Raumes. Am ersten Tisch, auf dem eine *New York Times* lag, blieb er stehen. Die Zeitung gehörte einem Mann, der sich in den Sportteil vertieft hatte. Der erste Bogen lag unbeachtet vor ihm auf dem Tisch, und die Story, auf die Reacher wartete, stand auf der unteren Hälfte der ersten Seite.

„Darf ich mir die borgen?“, fragte er und griff nach der Zeitung.

Der Mann nickte, ohne aufzuschauen.

Reacher steckte die Zeitung unter den Arm und ging zur Essenstheke weiter, wo er sich einen Stapel Pfannkuchen nahm und Sirup dazu goss. Dann kehrte er zum Tisch zurück, legte die Zeitung vor seinen Teller und fing an zu essen. Er tat so, als wäre die Überschrift eine Überraschung für ihn. „Ja, was haben wir denn da?“, murmelte er mit vollem Mund.

Bandenkrieg in Lower Manhattan – sechs Tote lautete die Überschrift. Der Artikel berichtete von einem kurzen, heftigen Revierkampf zweier rivalisierender Banden von Schutzgelderpressern. Hinter der einen standen angeblich Chinesen, hinter der anderen Syrer. Bei der Trefferquote lagen die Chinesen mit 4:2 vorn. Unter den vier syrischen Opfern befand sich auch der mutmaßliche Anführer der Bande, ein Mann namens Almar Petrosian, der verschiedener schwerer Verbrechen verdächtigt wurde.

„Ja, was haben wir denn da?“, wiederholte Reacher.

Sie hatten den Artikel bereits gelesen. Das war klar.

„Hat Cozo angerufen und eine Bestätigung geliefert?“, fragte Reacher.

Niemand antwortete, und das war gleichbedeutend mit einem Ja.

Er lächelte. „Im Leben passieren seltsame Dinge. Sie hatten mich am Kanthaken, aber der ist nun plötzlich verschwunden. Und Lisa Harper hat sich geweigert, die Femme fatale zu spielen. Jetzt ist der gute alte Petrosian tot, und Sie haben keine Trümpfe mehr in der Hand. Und da Sie das, was ich Ihnen mitteile, ja sowieso nicht beachten – was soll mich nun noch davon abhalten, einfach von hier abzuhauen?“

„Es gibt eine Menge von Gründen“, antwortete Blake.

„Keiner von ihnen ist stichhaltig.“ Reacher erhob sich erneut. Niemand versuchte, ihn aufzuhalten, als er durch die Glastüren hinausging.

Am Wachhäuschen schlüpfte er unter der Schranke durch, ließ seinen Besucherausweis auf die Straße fallen und ging weiter. Fünf Minuten später hörte er ein Auto hinter sich. Er blieb stehen und wartete. Es war Lisa. Damit hatte er gerechnet. Sie fuhr an ihn heran und ließ das Fenster herunter. „Soll ich Sie mitnehmen?“

„Bis zur I-95 Richtung Norden, das genügt.“

„Sie wollen per Anhalter fahren?“

„Ich kann mir keinen Flug leisten.“

Er setzte sich neben sie, und sie gab Gas.

„Haben Sie den Auftrag bekommen, mich zurückzubringen?“

Sie schüttelte den Kopf. „Sie waren sich einig, dass Sie nutzlos sind. Von Ihnen sei nichts Brauchbares zu erwarten, hieß es.“

Er lächelte. „Die denken wohl, dass ich jetzt ganz empört zurückrenne und ihnen beweise, dass sie sich geirrt haben?“

Sie lächelte zurück. „So ungefähr. Julia schlug vor, an Ihren Stolz zu appellieren.“

„Das kommt dabei heraus, wenn man Landschaftsgärtnerei studiert und sich dann als Psychologin betätigt. Sie hat jedoch Recht: Von mir ist nichts Brauchbares zu erwarten. Dieser Kerl ist viel zu schlau für mich, das steht fest.“

Sie lächelte erneut. „Fangen Sie selbst an zu psychologisieren? Damit Sie guten Gewissens gehen können?“

„Ich habe mir nichts vorzuwerfen.“

„Auch nicht im Zusammenhang mit Petrosian? Das war schon ein toller Zufall, meinen Sie nicht auch?“

„Da habe ich eben Glück gehabt.“

„Zufälle mag ich nicht. Und den Kollegen behagt das auch nicht. Sie könnten Nachforschungen anstellen. Das könnte Sie in Schwierigkeiten bringen.“

Er grinste. „Ist das die zweite Variante Ihrer Taktik?“

Ihr Lächeln verwandelte sich in lautes Lachen. „Genau. Ich habe noch ein Dutzend andere parat. Möchten Sie die alle hören?“

„Nicht unbedingt. Ich werde nicht zurückkehren. Keiner hört auf mich.“

„Jodie ist wieder zu Hause“, teilte Lisa ihm nach einer Weile mit. „Ich habe mit Cozos Büro telefoniert. Man hat sie anscheinend ein bisschen observiert. Sie war verreist. Kam heute Morgen in einem Taxi zurück, vermutlich vom Flughafen. Sie arbeitet heute zu Hause.“

„Okay, jetzt habe ich mit dem FBI garantiert nichts mehr am Hut.“

„Wir brauchen aber Ihre Anregungen."

„Die sind doch für die Katz. Ihre Kollegen verschwenden ihre Zeit mit diesen blöden Profilen. Sie sollten den Hinweisen nachgehen."

„Es gibt doch gar keine."

„Doch. Dass der Kerl so clever ist. Und dann gibt's noch die Farbe und die geographischen Umstände. Das sind alles Hinweise, denen man nachgehen muss. Mit dem Motiv anzufangen bedeutet, dass man das Pferd am Schwanz aufzäumt."

„Ich werde das weitergeben."

Kurz vor der I-95 hielt Lisa an.

„Werden Sie Schwierigkeiten kriegen?", fragte Reacher.

„Weil ich's nicht geschafft habe, Sie zurückzubringen? Kann schon sein." Nach einer Pause fügte sie hinzu: „Das war die letzte Variante: Mir wird schon nichts passieren."

„Hoffentlich." Reacher stieg aus und ging zur Auffahrt. Dort blieb er stehen und schaute zu, wie sie ihr Auto wendete und nach Quantico zurückfuhr.

FÜR EINEN 1,95 Meter großen, 104 Kilo schweren Mann ist es nicht ganz einfach, per Anhalter zu fahren. Reacher war jedoch geduscht und rasiert, und seine Kleidung war unauffällig. Das wirkte sich positiv aus. Es gab genügend Lastwagen mit groß gewachsenen Fahrern, die ausreichend Selbstvertrauen besaßen, und so brauchte er nach New York nur sieben Stunden.

Während der Fahrt schwieg er meist, teils weil es in den Lastern zu laut war, teils weil er keine Lust hatte zu reden. In ihm regte sich wieder der alte Vagabundengeist. Wo willst du hin? Zu Jodie, ist doch klar. Okay, aber was willst du denn sonst noch machen, du Schlauberger? Im Garten rumwerkeln? Die verdammten Wände streichen?

Auf der letzten Etappe fuhr er in einem Gemüsetransporter bis nach Greenwich Village mit. Nachdem er ausgestiegen war, ging er das letzte Stück bis zu Jodies Wohnung zu Fuß und konzentrierte sich darauf, dass er sich darüber freute, sie wiederzusehen.

Für die Eingangslobby hatte er einen Schlüssel. Er fuhr mit dem Aufzug nach oben und klopfte an ihre Tür. Das Guckloch wurde dunkel, dann wieder hell. Die Tür ging auf, und Jodie stand vor ihm.

Sie trug Jeans und ein Hemd. Sie war schlank und anziehend, aber sie lächelte ihn nicht an.

„Hallo, Jodie", begrüßte Reacher sie.

„In meiner Küche ist ein FBI-Agent", erwiderte sie nur.

Er folgte ihr durch die Wohnung in die Küche.

Der Agent war ein junger Mann, der einen blauen Anzug, ein weißes Hemd und eine gestreifte Krawatte trug. Er hielt ein Handy an sein Ohr gedrückt und meldete gerade Reachers Ankunft.

„Bitte warten Sie hier, Sir", sagte er, als er das Telefongespräch beendet hatte. „Es dauert etwa zehn Minuten."

„Um was geht es denn?"

„Sie erfahren es gleich, Sir. In zehn Minuten."

Jodie setzte sich. Ihre Miene zeigte Besorgnis, aber auch Verärgerung. Die *New York Times* lag aufgeschlagen auf der Küchentheke. Reacher warf einen Blick darauf. „Na gut", willigte er ein und setzte sich ebenfalls.

Sie warteten schweigend. Dann wurde unten der Summer betätigt, und der FBI-Agent ging hinaus in die Diele. Sie hörten, wie die Wohnungstür geöffnet wurde und jemand über den Ahornboden ging.

Alan Deerfield betrat die Küche. „In meinem Bereich hat es sechs Tote gegeben", begann er ohne Umschweife. „Deshalb möchte ich Miss Jacob ein paar Fragen stellen."

Jodie schaute nicht auf. „Was wollen Sie denn wissen?"

„Wo waren Sie in den vergangenen Tagen?"

„Ich musste geschäftlich verreisen."

„Wohin denn?"

„Nach London. Eine Konferenz mit Mandanten."

„Wusste Reacher davon?"

„Nein, ich habe es ihm nicht mitgeteilt. Das kam ganz kurzfristig zustande."

„Er war also ziemlich beunruhigt. Gleich nach seiner Ankunft in Quantico versuchte er, Sie telefonisch zu erreichen – in Ihrem Büro, in Ihrer Wohnung, auf Ihrem Handy. In der Nacht noch einmal. Ohne Erfolg. Er muss sehr besorgt gewesen sein."

Jodie schaute zu Reacher hinüber. „Ich hätte ihm wohl Bescheid geben sollen."

„Das ist Ihre Sache. Interessant ist jedoch, dass er Sie dann plötzlich nicht mehr anrief. Dass er auf einmal nicht mehr beunruhigt war. Er muss gewusst haben, dass Petrosian nicht mehr lange leben würde.“

Jodie blickte auf den Boden hinunter.

„Er ist ein schlauer Bursche“, fuhr Deerfield fort. „Ich vermute, dass er einen Kumpel dazu gebracht hat, in Chinatown für Aufregung zu sorgen. Und dann hat er darauf gewartet, dass die Schlitzaugen das machen, was sie immer machen, wenn ihnen jemand in die Quere kommt. Er meint, ihm könne keiner was nachweisen. Denn als Petrosian mit einer Machete Bekanntschaft schloss, saß er ja in Quantico in einem abgesperrten Zimmer.“ Er wandte sich Reacher zu. „Habe ich das richtig wiedergegeben?“

Reacher zuckte mit den Achseln. „Wieso hätte sich jemand wegen Petrosian den Kopf zerbrechen sollen?“

Deerfield lächelte. „Na klar, das müssen wir verschweigen. Wir dürfen ja keinesfalls zugeben, dass Blake mit Ihnen über dieses Thema gesprochen hat. Ich möchte ja nur wissen, was da gelaufen ist. Wenn Sie dahinter stecken, können Sie's ruhig zugeben. Vielleicht kriegen Sie sogar ein Lob von mir. Aber wenn es ein echter Bandenkrieg war, müssen wir darüber genau Bescheid wissen.“

„Ich habe keine Ahnung, wovon Sie reden.“

„Und wieso haben Sie Miss Jacob nicht mehr angerufen?“

„Das geht nur mich was an.“

„Nein, das betrifft nicht nur Sie“, widersprach Deerfield. „Reacher, ich will das wissen! Petrosian war ein mieser Typ, ganz klar, aber Mord bleibt Mord. Wir könnten für Sie ein ziemlich überzeugendes Motiv finden. Wir könnten von einer Verschwörung mit unbekannten Personen sprechen. Wenn wir die Sache richtig anpacken, kommen Sie in Untersuchungshaft.“

Jodie stand auf. „Mr Deerfield, Sie sollten jetzt gehen. Ich bin nach wie vor seine Anwältin, und hier ist nicht der richtige Ort für derartige Diskussionen.“

Deerfield nickte bedächtig und schaute sich in der Küche um. „Ja, da haben Sie Recht, Miss Jacob. Wir sollten dieses Gespräch an einem geeigneteren Ort fortsetzen. Früher oder später.“

Er drehte sich auf dem Absatz um und verließ mit seinem Kollegen die Wohnung.

Als die Tür zugefallen war, sagte Jodie: „Du hast Petrosian also doch beseitigt."

„Ich bin überhaupt nicht in seine Nähe gekommen", entgegnete Reacher.

Sie schüttelte den Kopf. „Das kannst du meinetwegen dem FBI erzählen. Du hast die Sache eingefädelt. Du hast ihn beseitigt, auch wenn du keine Waffe auf ihn gerichtet hast. Deerfield weiß das."

„Er kann es aber nicht beweisen."

„Das spielt doch keine Rolle. Er kann es immerhin versuchen. Er meint es durchaus ernst, wenn er von U-Haft spricht. Wenn es um einen Bandenkrieg geht, werden ihn die Gerichte bereitwillig unterstützen. Das ist keine leere Drohung. Jetzt hat er dich in der Hand. Ich habe dich gewarnt."

Reacher erwiderte nichts.

„Warum hast du es getan?", wollte Jodie wissen.

„Es gab genug Gründe. Es musste getan werden."

Eine lange Stille trat ein.

„Und wieso hast du nicht mehr versucht, mich zu erreichen?", fragte Jodie schließlich.

Er schaute auf seine Hände hinunter. „Ich dachte, dass du in Sicherheit bist, dass du dich irgendwo versteckt hast. Ich habe mich um Petrosian gekümmert. Und ich habe angenommen, dass du selbst auf dich aufpassen wirst. Wir kennen einander gut genug, dass wir uns vorstellen können, wie der andere reagiert."

„Als ob wir Kameraden in derselben Einheit wären", ergänzte sie leise. „Wir verlassen uns darauf, dass jeder seine Aufgabe erledigt. Wie ein Major und ein Hauptmann, die einen gefährlichen Auftrag auszuführen haben."

Er nickte. „Genau."

„Ich bin aber kein Hauptmann. Ich gehöre auch keiner Einheit an. Ich bin beim Militär aufgewachsen genau wie du, und ich hätte auch dabei sein können, wenn ich gewollt hätte. Aber das wollte ich nicht. Ich wollte aufs College gehen, ich wollte Jura studieren. Ich wollte in einer Welt leben, in der bestimmte Regeln gelten. Und jetzt bin ich in etwas hineingeraten, in das ich nicht verwickelt sein möchte."

„Tut mir Leid."

„Und du bist auch kein Major mehr. Du bist Zivilist."

Er nickte wieder, sagte aber nichts.

„Und das eigentliche Problem besteht auch genau darin: dass du mich in etwas hineinziehst, in das ich nicht verwickelt werden möchte, und dass ich dich in etwas hineindränge, mit dem du nichts zu tun haben möchtest", fuhr Jodie fort. „In die zivilisierte Welt, in der man ein Haus und ein Auto hat und ein normales Leben führt. Mein Fehler ist wohl, dass mir das erstrebenswert vorkommt. Ich kann mich nicht damit abfinden, dass du diese Dinge nicht für erstrebenswert hältst."

„Ich möchte dich", sagte Reacher.

„Das weiß ich. Und ich möchte dich. Das weißt du auch. Aber wie ist es mit dem Leben des anderen? Wollen wir das auch?"

Der alte Vagabundengeist begann unvermittelt wieder in seinem Kopf herumzuspuken. Da hast du's! Jetzt ist es raus! Jetzt mach mal reinen Tisch!

„Ich weiß nicht", antwortete er.

„Wir müssen das klären", sagte Jodie.

Dazu hatten sie jedoch keine Gelegenheit mehr, denn der Summer meldete sich. Jodie stand auf, drückte auf den Knopf und wartete in der Diele. Reacher blieb in der Küche und hörte, wie der Fahrstuhl ankam und die Wohnungstür aufging. Dann vernahm er einen raschen Wortwechsel und schnelle, leichte Schritte. Jodie tauchte in der Küche auf und neben ihr Lisa.

„Es ist nicht zu fassen!", seufzte Lisa. „Alison Lamarr."

„Wann?", fragte Reacher leise.

„Gestern. Er hat den Zeitabstand nicht eingehalten. Er macht jetzt Tempo."

„Und wie?"

„Genau wie die anderen. Das Krankenhaus rief bei Alison an, weil ihr Vater im Sterben lag. Als niemand antwortete, schaltete man die Polizei ein, und die fand die Leiche. In der mit Farbe gefüllten Badewanne."

„Wie zum Teufel ist er da bloß reingekommen?"

„Einfach durch die Tür."

„Ich fasse das nicht!"

Nervös schaute Lisa in der Küche umher. „Blake möchte Sie wieder dabeihaben. Er hat Ihre Theorie voll und ganz übernommen. Es geht nicht um 91, sondern um elf Frauen."

„Was soll ich dazu sagen? Spät ist besser als nie?"

„Er möchte Sie wieder dabeihaben", wiederholte Lisa. „Die Sache wächst uns über den Kopf. Wir müssen bei der Armee Dampf machen. Blake meint, Sie seien der Richtige dafür."

„Du solltest gehen", meinte Jodie. „Tu das, was du am besten kannst."

ALSO zog Reacher mit Lisa los. Ein Dienstfahrzeug der New Yorker FBI-Niederlassung wartete auf dem Broadway am Straßenrand auf sie und brachte sie zum Newark Airport, wo sie einen Flug nach Seattle nahmen. Blake wollte, dass sie den Tatort inspizierten.

Als sie auf ihren Plätzen saßen, fragte Reacher: „Wie hat Lamarr es aufgenommen?"

„Sie bewahrt Haltung, aber sie ist sehr angespannt. Sie möchte alles selbst in die Hand nehmen. Nach Spokane kommt sie aber nicht, denn sie will auf keinen Fall fliegen."

„Bei einem Land von dieser Größe ist das schon ein Nachteil, insbesondere bei einer Bundespolizistin. Es überrascht mich, dass man das akzeptiert."

„Es ist eine bekannte Tatsache. Man hat sich damit abgefunden."

Das Flugzeug hob ab, und der Erdboden kippte nach hinten.

„Haben Sie über die geographischen Gegebenheiten nachgedacht?", erkundigte sich Reacher. „Betrachtet man die Tatorte auf der Landkarte, liegt Spokane in der vierten Ecke der USA, stimmt's?"

Sie bejahte. „Elf weit verstreute Orte kommen infrage, und für die ersten vier Morde nimmt er die, die am weitesten auseinander liegen."

„Warum nur?"

„Um seine Reichweite unter Beweis zu stellen?"

„Und seine Schnelligkeit. Kann sein, dass er deswegen auch den Zeitabstand nicht mehr einhält. Er will zeigen, was er draufhat. Ein eiskalter Bursche. Wer zum Teufel ist das nur?"

Lisa lächelte düster. „Wenn wir ihn gefunden haben, wissen wir's."

*Du bist ein Genie, ein absolutes Genie. Vier sind erledigt! Und die Vierte war die Beste von allen. Alison Lamarr! Ihr Gesichtsausdruck, als sie die Tür öffnete! Die Überraschung, die Begrüßung!*

*Es gab keine Patzer. Keinen einzigen. Du lässt deine Handlungen noch einmal an dir vorbeiziehen. Du hast nichts berührt und nichts zurückgelassen. Du hast nichts in ihr Haus mitgenommen. Nur du selbst warst drin. Die Gegend war natürlich eine Hilfe. Kein Mensch weit und breit. Das machte die Sache völlig sicher. Bei ihr hättest du vielleicht mehr Spaß haben können. Du hättest sie singen lassen können. Oder tanzen!*

*Du hast aber darauf verzichtet, weil alles nach einem bestimmten Schema ablaufen muss. Das musst du einhalten, darauf kommt es an. Du musst nachdenken und die Planung vorantreiben. Du hast Nummer vier erledigt, und das darfst du natürlich ein Weilchen genießen, aber dann ist Schluss, dann musst du dich auf Nummer fünf vorbereiten.*

In Anbetracht der Tatsache, dass das Flugzeug am Nachmittag – in der Zeit zwischen Mittag- und Abendessen – gestartet war und alle Zeitzonen durchquerte, war die Bordverpflegung recht gut. Reacher ließ sich noch einen Kaffee geben und dachte über Jodie nach.

Er rief sich den Junitag in Erinnerung, an dem er wieder in ihr Leben getreten war. Die Sekunde, in der er sie erblickt und sofort begriffen hatte, wer sie war. Eine Flut von Gefühlen war über ihn hereingebrochen, die so stark wie ein Elektroschock gewesen war. Seit er aus der Armee ausgeschieden war, hatte er das verschiedene Male erlebt. Er erinnerte sich daran, wie er in Städten, von denen er nie etwas gehört hatte, aus Bussen ausgestiegen war. In Ländern, die er noch nie besucht hatte. Er erinnerte sich an das Gefühl, das er empfunden hatte, wenn die Sonne auf seinen Rücken heruntergebrannt hatte und sich lange, gerade Straßen endlos vor ihm hingezogen hatten. Die Faszination des Vagabundenlebens war ein großer Teil von ihm, und er vermisste es, wenn er in Garrison festsaß oder bei Jodie in der City hockte. Er sehnte sich sehr danach. Genauso sehr, wie er sich jetzt nach ihr sehnte.

DER FBI-LEARJET hatte Blake und sein Team nach Spokane geflogen. Anschließend hatte dieser das Flugzeug nach Seattle-Tacoma geschickt, damit es dort Lisa und Reacher abholte. Ein Wagenpulk blockierte nun die Straße vor Alison Lamarrs Haus. Ein schwarzweißes Fahrzeug der Ortspolizei stand mit blinkenden Warnlichtern da. Außerdem waren zwei dunkle Limousinen, ein schwarzer Minibus und der Dienstwagen eines Gerichtsmediziners geparkt. Regentropfen perlten von den Fahrzeugen.

Nachdem Lisa und Reacher aus dem Auto des örtlichen FBI ausgestiegen waren, gingen sie zu dem Minibus. Blake rutschte vom Beifahrersitz und begrüßte sie. Sein Gesicht war jetzt nicht rötlich, sondern eher gräulich gefärbt, als hätte der Schock seinen Blutdruck gesenkt. Er war voller Tatendrang.

„Hier oben ist es höchstens noch eine Stunde lang Tag", sagte er. „Ich möchte, dass Sie mit mir zusammen alles inspizieren, was Sie vorgestern angeschaut haben. Wenn sich etwas verändert hat, teilen Sie's mir mit."

Reacher nickte. Er war plötzlich ganz erpicht darauf, etwas zu finden. Nicht wegen Blake. Wegen Alison.

„Wer war schon im Haus drin?", fragte er.

„Nur der Ortspolizist, der sie gefunden hat", antwortete Blake. „Sonst niemand. Ich lege Wert darauf, dass Sie als Erster ein Urteil abgeben."

„Sie ist also immer noch dort?"

„Ja, leider."

„Na gut", sagte Reacher. „Die Haustür war nicht abgeschlossen?"

„Sie war zu, aber nicht abgeschlossen."

„Okay." An den geparkten Fahrzeugen und der Einmündung der

Auffahrt vorbei ging Reacher auf der schmalen Straße zwanzig Meter weit.

„Wo führt die hin?“, rief er.

Blake war zehn Meter hinter ihm. „Vermutlich ans Ende der Welt.“

Reacher schlenderte zurück. „Sie sollten den Schmutz auf dem Straßenbelag bis zur nächsten Kurve überprüfen. Unser Mann kam wahrscheinlich aus Spokane, fuhr am Haus vorbei, wendete und kam zurück. Er wollte bestimmt, dass sein Auto schon in Fahrtrichtung stand, damit er nachher schnell verschwinden konnte.“

„Gut, ich lasse das überprüfen. Inzwischen führen Sie mich durchs Haus.“

Blake gab seinem Team Anweisungen und ging dann mit Reacher und Lisa zur Haustür, wo er eine Rolle Plastikbeutel aus seiner Manteltasche holte. „Ziehen Sie die über Ihre Füße!“, sagte er. Sie streiften einen Beutel über jeden Schuh und stopften die Zipfel hinein.

„Ich habe an die Tür geklopft“, rekonstruierte Lisa. „Sie öffnete nach dem zweiten Klopfen. Ich zeigte ihr meine Dienstmarke durch den Spion.“

„Sie war ziemlich nervös“, fügte Reacher hinzu. „Lamarr habe sie gewarnt, erzählte sie uns.“

Blake brummte griesgrämig und drückte die Tür mit dem Fuß auf.

„Wir gingen zusammen in die Küche“, fuhr Lisa fort.

Sie stapften dorthin. Im Spülbecken stand Geschirr, und eine der Schubladen war ein Stück weit geöffnet.

„Ist hier irgendwas anders?“, wollte Blake wissen.

„Im Ausguss ist Geschirr“, erwiderte Reacher. „Und die Schublade dort war zu.“

Sie versammelten sich um die Spüle, in der sich ein Teller, ein Wasserglas, ein Becher, ein Messer und eine Gabel befanden. An dem Teller klebten Brotkrumen und Eireste.

„Vom Frühstück?“, überlegte Blake.

„Oder vom Abendessen“, meinte Lisa. „Ein Ei auf Toast kann für eine allein stehende Frau das Abendessen sein.“

Mit den Fingerspitzen zog Blake die Schublade weiter heraus. Sie enthielt verschiedene Küchenutensilien.

„Okay, was kam dann?“

„Ich blieb bei ihr in der Küche“, antwortete Lisa. „Reacher schaute sich um.“

„Machen Sie das noch einmal!“, wies Blake ihn an.

Die beiden gingen durch die Eingangsdiele.

„Ich habe zunächst Ess- und Wohnzimmer angeschaut“, erläuterte Reacher. „Dort habe ich die Fenster inspiziert. Sie kamen mir sicher vor. Dann bin ich hinausgegangen und habe mir das Grundstück und die Scheune angesehen.“

„Wir schauen uns zuerst mal oben um“, entschied Blake.

„In Ordnung.“ Reacher ging voran. „Ich habe einen Blick in die Schlafzimmer geworfen. Dann habe ich mich im Bad umgesehen.“

An der Tür zum Bad blieben sie kurz stehen. „Also los“, seufzte Blake.

Sie warfen einen Blick hinein. Das Bad war tadellos in Ordnung. Kein Anzeichen, dass hier etwas passiert war. Mit Ausnahme der Badewanne. Sie war zu sieben Achteln mit grüner Farbe gefüllt. Knapp unter der Oberfläche trieb eine kleine, muskulöse Gestalt. Auf der Farbe hatte sich eine glitschige, plastikartige Haut gebildet, unter der sich die Konturen des Körpers abzeichneten. Der Kopf war nach hinten geneigt, der Mund leicht geöffnet und zu einer Grimasse verzogen.

Reacher schaute sich um und versuchte, etwas Brauchbares herauszulesen. Das Bad war jedoch genau wie zuvor.

„Gibt's irgendwas?“, fragte Blake.

„Nein.“

„Na gut, dann gehen wir mal nach draußen.“

Schweigend stiegen sie die Treppe hinunter, wo Lisa in der Diele wartete. Blake schüttelte nur den Kopf, was bedeuten sollte: Gehen Sie nicht nach oben! Reacher begleitete ihn auf den Hof hinaus.

„Ich habe die Fenster von außen überprüft“, erzählte er.

„Durch ein verdammtes Fenster ist der Kerl nicht reingekommen“, erwiderte Blake. „Er kam durch die Tür.“

„Aber wie hat er das bloß angestellt? Als wir hier eintrafen, hatte Lamarr bereits ihren Anruf gemacht. Lisa zeigte Alison die Dienstmarke, denn die hatte sich drinnen quasi verbarrikadiert.“

Blake zuckte mit den Achseln. „Ich sagte Ihnen ja schon: Die Frauen kennen den Kerl. Sie haben Vertrauen zu ihm. Er klopft, sie sehen ihn durchs Guckloch und öffnen die Tür."

Die Kellertür war intakt, und das Garagentor an der Seite der Scheune war zu, aber nicht abgeschlossen. Reacher ging mit Blake hinein. Der neue Jeep und die Kartons standen da wie zuvor. Ebenso der große Waschmaschinenkarton. Seine Klappen waren ein Stück weit offen, und Klebeband hing herunter. Die Werkbank und das Regal mit den Elektrowerkzeugen befanden sich dort, wo sie hingehörten.

„Etwas ist anders", stellte Reacher fest. „Lassen Sie mich nachdenken." Er stand da, machte die Augen auf und zu und verglich den jetzigen Anblick mit seinen Erinnerungen. „Der Wagen steht nicht an derselben Stelle", sagte er schließlich.

„Klar. Nach Ihrem Besuch fuhr sie mit ihm ins Krankenhaus."

Reacher nickte. „Aber da ist noch was. Lassen Sie mich nachdenken." Plötzlich bemerkte er es. „Der Waschmaschinenkarton. Alison hatte bereits eine Waschmaschine. Die sieht nagelneu aus. Steht in der Küche."

„So? Die muss in dem Karton gesteckt haben, bevor sie installiert wurde."

Reacher winkte ab. „Nein. Vor zwei Tagen war der Karton noch zugeklebt. Nun ist er offen. Also gut. Jetzt wissen wir, wie er die Farbe transportiert. Er versteckt sie in Waschmaschinenkartons und lässt sie im Voraus anliefern."

*Wenn das immer und immer wieder abläuft wie ein Video, entstehen gewisse Zweifel. Du gehst das noch einmal durch, und du kannst dich nicht mehr erinnern, ob du wirklich alles berücksichtigt hast, was zu erledigen war.*

*Du sitzt eine Stunde lang da, dir ist heiß und kalt, und am Schluss merkst du, dass du einen Fehler gemacht hast. Du hast vergessen, den Karton wieder zuzukleben. Du weißt, wie Ermittler vorgehen. Ein kurz zuvor ausgelieferter Gerätekarton in der Garage oder im Keller wäre für sie nicht von Interesse. Bei den ersten Ermittlungen würden sie ihn mit großer Wahrscheinlichkeit un-*

*geöffnet lassen. Mit dieser Einschätzung hattest du dreimal hintereinander Recht. Nach einiger Zeit, wenn die Erben kämen, um die Häuser auszuräumen, würde man sie öffnen und all die leeren Dosen entdecken. Aber dann wäre es viel zu spät.*

*Aber diesmal wird es anders laufen. Sie werden in die Garage gehen, und die Klappen des Kartons werden offen stehen. Wenn sie hineinschauen, werden sie kein Styropor sehen und kein weißes Email.*

Aus dem Minibus holten sie tragbare Lichtbogenlampen und stellten sie um den braunen Karton herum auf. Der Name des Herstellers war zusammen mit der Typenbezeichnung mit schwarzer Farbe auf allen Seiten aufgedruckt. Drinnen befanden sich zehn leere Zwölfliterdosen. Keine Firmenbezeichnung, nur ein kleines Etikett mit der schablonierten Beschriftung Tarnfarbe grün. Die Standardsorte der Streitkräfte.

„Und wie kam das hierher?“, fragte Blake.

Reacher runzelte die Stirn. „Wie ich schon sagte: Das wurde im Voraus geliefert. Von FedEx, UPS oder einer ähnlichen Firma.“

Blake stöhnte, als würde er die Welt nicht mehr verstehen. Er starrte den Karton an, ging um ihn herum. Auf einer Seite war die Pappe beschädigt. „Hier wurde der Adressaufkleber entfernt“, stellte er fest.

„Es könnte eines von diesen durchsichtigen Plastiktäschchen gewesen sein“, vermutete Reacher. „Mit inliegenden Dokumenten. Der Kerl muss es abgerissen haben, damit keine Nachforschungen angestellt werden können.“

„Aber wie ging die Auslieferung vonstatten? Angenommen, Sie wären Alison Lamarr. Plötzlich taucht UPS oder FedEx mit einer Waschmaschine auf, die Sie gar nicht bestellt haben. Sie würden sie doch gar nicht annehmen.“

„Vielleicht kam die Lieferung in ihrer Abwesenheit.“

„Aber der Fahrer verlangt doch eine Unterschrift, oder nicht?“

„Der Absender verzichtete vermutlich auf eine Bestätigung.“

„Warum hat sie den Karton nicht ausgepackt?“

„Wieso sollte sie ihn auspacken, wenn sie weiß, dass er ihr nicht gehört? Sie ruft einfach UPS oder FedEx an und fordert sie auf, den Karton wieder abzuholen. Möglicherweise hat sie den Aufkleber selbst abgerissen und ins Haus mitgenommen, damit sie die Einzelheiten am Telefon durchgeben konnte."

„Wenn die Unterlagen im Haus liegen, werden wir sie finden. Sobald der Gerichtsmediziner fertig ist, kommt die Spurensicherung."

„Der Gerichtsmediziner wird nichts entdecken."

Blake schaute finster drein. „Diesmal muss er was finden."

„Dann müssen Sie anders vorgehen. Vielleicht sollten Sie die ganze Wanne rausschaffen und nach Quantico fliegen."

„Wie sollen wir denn die ganze Wanne rausschaffen?"

„Reißen Sie die Wand nieder. Öffnen Sie das Dach. Nehmen Sie einen Kran."

Blake dachte darüber nach. „Ich glaube, das wäre machbar. Wir brauchen aber eine Genehmigung. Das alles gehört jetzt Julia, nehme ich an. Sie ist wohl die nächste Verwandte."

Reacher nickte. „Rufen Sie sie an, lassen Sie sich die Genehmigung geben. Sie soll außerdem die Berichte von den anderen Tatorten überprüfen. Diese Auslieferung könnte ein Einzelfall sein. Wenn es aber keiner ist, sieht alles anders aus. Dann bedeutet es, dass der Kerl nicht mit einer Wagenladung Farbe in der Gegend herumfährt. Kann sein, dass er die Flugverbindungen nutzt, dass er irgendwo auftaucht und im Nu wieder verschwindet."

Blake kehrte zu dem Minibus zurück, um zu telefonieren. Lisa schloss sich Reacher an und ging mit ihm die Straße bis zu der Stelle hinauf, an der Agenten aus Spokane Reifenabdrücke entdeckt hatten. Dort hatte im Schlamm ein Auto gewendet. Da es inzwischen dunkel war, nahmen sie Taschenlampen zu Hilfe.

„Vermutlich eine Limousine mittlerer Größe", sagte einer der einheimischen Agenten beim Betrachten der Abdrücke. „Ziemlich neue Radialreifen. Anhand des Profils können wir den Typ genau bestimmen. Und wenn wir die Spurweite gemessen haben, können wir folgern, um was für ein Modell es sich handelt."

Reacher und Lisa gingen zum Haus zurück, wo Blake auf sie wartete. „An allen drei Tatorten hat man Kartons von Haushaltsgeräten gefunden", teilte er ihnen mit. „Informationen über den Inhalt sind nicht vorhanden. Niemand hat sich die Mühe gemacht hineinzuschauen. Wir schicken jetzt örtliche Agenten zur Überprüfung hin. Und Julia sagt, wir sollen loslegen und die Wanne rausreißen."

Reacher rührte sich nicht von der Stelle, weil ihm ein neuer Einfall gekommen war. „Sie sollten noch etwas überprüfen. Nehmen Sie die Liste der elf Frauen, und rufen Sie die sieben an, die er noch nicht heimgesucht hat. Fragen Sie die Frauen, ob bei ihnen unerwartete Lieferungen eingetroffen sind. Wenn dieser Bursche nämlich Tempo macht, kann es durchaus sein, dass die nächste Lieferung für eine neue Tat bereits eingetroffen ist."

SCHLIESSLICH *entspannst du dich wieder. Du bist sehr talentiert. Alles war doppelt und dreifach abgesichert. Du weißt, dass die Ermittler nicht herausbekommen werden, woher die Farbe stammt, wer sie bezogen und wer sie ausgeliefert hat. Du bist einfach zu clever für sie. Und deshalb entspannst du dich wieder.*

*Du bist jedoch enttäuscht. Du hast einen Fehler gemacht. Und jetzt kannst du die Farbe wahrscheinlich nicht mehr verwenden. Vielleicht fällt dir sogar etwas noch Besseres ein. Eines ist jedoch sicher: Du kannst jetzt nicht aufhören.*

ZUSAMMENGEDRÄNGT warteten sie anderthalb Stunden lang in dem Minibus. Aus dem Abend wurde Nacht, und es wurde kalt. Tau legte sich auf die Windschutzscheibe. Ein elektronisches Summen setzte der Stille plötzlich ein Ende. Blake griff nach dem Telefon und hörte aufmerksam zu, den Blick in die Ferne gerichtet. Dann legte er auf und starrte auf die Windschutzscheibe.

„Was gibt's?", fragte Lisa.

„Die Kollegen vor Ort haben die Gerätekartons überprüft", erwiderte Blake. „Alle waren fest zugeklebt, aber sie haben sie trotzdem geöffnet. In jedem der Kartons befanden sich zehn Farbdosen. Leere Dosen, genau wie die, die wir gefunden haben."

„Aber die Kartons waren zugeklebt?", hakte Reacher nach.

„Sie sind wieder zugeklebt worden", antwortete Blake. „Das

haben die Kollegen bei genauerem Hinsehen festgestellt. Der Kerl hat die Kartons nachher wieder zugeklebt."

„Ein schlauer Bursche", sagte Lisa. „Er wusste, dass ein zugeklebter Karton kaum auffallen würde."

„Aber doch nicht mehr ganz so clever", fand Reacher. „Sonst hätte er diesen Karton auch wieder zugeklebt. Das war sein erster Fehler."

„Die gute Nachricht haben Sie noch gar nicht gehört", sagte Blake.

„Eine der anderen Frauen hat eine Zustellung erhalten, nicht wahr?"

„Falsch. Alle sieben haben eine Zustellung bekommen."

„REACHER, Sie fahren nach Oregon", entschied Blake. „Sie und Lisa. Dort sollen Sie eine alte Bekannte besuchen, Rita Scimeca. Vor ein paar Jahren haben Sie sich um ihren Fall gekümmert. Sie war Leutnant und wurde unten in Georgia vergewaltigt. Sie wohnt jetzt östlich von Portland und ist eine der elf Frauen, die auf Ihrer Liste stehen. Von hier aus ist sie am nächsten. Fahren Sie zu ihr, und überprüfen Sie den Keller. Wir haben von ihr erfahren, dass in ihrem Keller eine nagelneue Waschmaschine steht. In einem Karton."

„Hat sie ihn geöffnet?", fragte Reacher.

„Nein. Zwei Agenten aus Portland sind jetzt auf dem Weg zu ihr. Sie haben sie angewiesen, den Karton nicht anzufassen."

„Wenn der Kerl noch in der Gegend ist, könnte Portland sein nächstes Ziel sein."

„Deshalb fahren die Kollegen ja gerade zu ihr."

„Nun lassen Sie die Frauen also doch bewachen?"

Blake zog die Schultern hoch. „Gott sei Dank sind es jetzt nur noch sieben, da hält sich der Personalaufwand in Grenzen."

Seine sarkastische Betrachtungsweise war die eines Polizisten, der in einem Auto voller Polizisten saß. Dennoch fand sie wenig Resonanz. Blake errötete ein wenig und schaute weg. „Dass Alison Lamarr tot ist, erschüttert mich genauso wie Sie", fügte er hinzu. „Sie stand uns nahe."

„Auf ihre Schwester trifft das aber noch viel mehr zu", gab Reacher zu bedenken.

„Julia war völlig außer sich, als die Nachricht eintraf", berichtete Blake. „So habe ich sie noch nie erlebt."

„Sie sollten ihr den Fall entziehen."

Blake schüttelte den Kopf. „Ich brauche sie."

AUF DER Karte, die Blake ihnen zeigte, waren es von Spokane bis zu dem Dorf östlich von Portland knapp 600 Kilometer. Sie nahmen den Buick, mit dem sie der einheimische Agent vom Flughafen hergefahren hatte.

„Sechs Stunden", kalkulierte Lisa, zu Reacher gewandt. „Fahren Sie drei Stunden, dann übernehme ich."

Die Straße verlief durch hügeliges Gelände nach Südwesten. Reacher schaltete das Fernlicht ein und trat aufs Gas. Lisa lehnte sich in ihrem Sitz zurück und neigte den Kopf in seine Richtung. In dem Licht, das vom Armaturenbrett kam, besaß ihr Haar einen rotgoldenen Schimmer. Reacher beschleunigte bis auf fast 130 Stundenkilometer, aber nach einigen Minuten raste eine lange, niedrige Limousine an ihnen vorüber.

„Das könnte der Kerl sein", murmelte Lisa schläfrig. „Womöglich ist er auch nach Portland unterwegs. Vielleicht erwischen wir ihn heute Nacht."

„Ich habe es mir überlegt. Ich glaube jetzt eher, dass er fliegt."

„Und dann? Nimmt er am Flughafen einen Mietwagen?"

„Das vermute ich."

„Aber das ist riskant. Das wird schriftlich festgehalten."

„Der Kauf von Flugtickets auch. Dieser Bursche ist jedoch auf alles vorbereitet. Ich bin sicher, er hat gefälschte Papiere, die absolut hieb- und stichfest sind."

Lisa streckte sich, und Reacher roch ihr Parfüm. „Er steigt also aus dem Flugzeug, nimmt einen Leihwagen und macht die halbstündige Fahrt zu Alisons Haus", überlegte sie. „Er hält sich eine halbe Stunde dort auf, braucht eine halbe Stunde für die Rückfahrt und verschwindet dann wieder. Er würde sich dort nicht länger aufhalten, oder?"

„Nein, nicht so nahe am Tatort", stimmte Reacher zu.

„Das gemietete Auto könnte er innerhalb von zwei Stunden

zurückbringen. Wir sollten auf den Flughäfen, die nahe an den Tatorten liegen, die kurzzeitige Nutzung von Leihwagen überprüfen."

Reacher nickte, dann schwiegen sie eine Weile.

„Schildern Sie mir Rita Scimeca", bat Lisa schließlich.

„Sie hatte eine gewisse Ähnlichkeit mit Alison Lamarr. Auch sie war sportlich, tüchtig und sehr zäh. Sie war Leutnant. Hervorragende Beurteilungen. Die Offiziersausbildung machte sie mit links." Er verstummte und rief sich Rita Scimeca vor Augen. Eine Frau wie sie würde es bei den Streitkräften nicht oft geben.

„Es gibt noch ein Rätsel", wechselte er das Thema. „Wie bekommt der Kerl die Frauen unter seine Kontrolle? Denken Sie mal nach! Er betritt ihre Häuser, und dreißig Minuten später liegen sie tot in der Wanne, nackt und ohne Spuren von Gewaltanwendung. Keinerlei Unordnung. Wie macht er das?"

„Er richtet eine Waffe auf sie."

Reacher schüttelte den Kopf. „Wenn er mit dem Flugzeug anreist, hat er keine Waffe. Er darf keine bei sich führen."

„Wenn er tatsächlich fliegt. Bis jetzt ist das nur eine Vermutung."

„Stimmt. Aber ich dachte gerade an Alison. Sie hatte eine Infanterieausbildung. Entweder hätte sie sich sofort heftig zur Wehr gesetzt, oder sie hätte eine Gelegenheit abgewartet, den Kerl zu überwältigen. Offenbar ist jedoch nichts dergleichen geschehen. Wieso nicht?"

„Ich weiß es nicht", gestand Lisa ein.

„Und Sie werden es nie herausfinden, weil Sie der Profilquatsch alle so in die Irre geführt hat, dass Sie das wahre Motiv nicht erkennen."

Lisa schaute durch das Seitenfenster in die vorbeihuschende Dunkelheit. „Könnten Sie mir das erläutern?"

„Erst wenn Blake und Lamarr dabei sind und genau aufpassen. Ich sage es nämlich nur einmal."

KURZ nach der Überquerung des Columbia River hielten sie an, um zu tanken. Während Reacher den Tank füllte, ging Lisa auf die Toilette. Als sie zurückkam, setzte sie sich auf den Fahrersitz, bereit für ihre drei Stunden am Steuer. Sie startete den Wagen und fuhr in südlicher Richtung weiter, während Reacher zu dösen begann.

Kurz vor drei Uhr morgens erreichten sie das Dorf, in dem Rita Scimeca wohnte. An der Durchfahrtsstraße gab es eine Tankstelle und einen Gemischtwarenladen, die aber beide geschlossen waren. Eine Querstraße führte nach Norden in die Vorberge. Lisa bog ab und fuhr auf ihr weiter.

Rita Scimecas Haus war leicht zu finden. Es war das einzige, das beleuchtet war. Und das einzige, vor dem eine FBI-Limousine geparkt war. Lisa hielt an und schaltete die Scheinwerfer und den Motor aus. Eine Tür der Limousine wurde geöffnet, und ein junger Mann in einem dunklen Anzug stieg aus. Reacher und Lisa schlüpften ebenfalls in die kühle Luft hinaus.

„Sie ist zu Hause und erwartet Sie", informierte sie der einheimische Agent.

Das große, schindelverkleidete Haus stand mit einer Seite zur Straße gewandt, sodass die Front nach Westen blickte. Es besaß eine geräumige vordere Veranda. Die Hanglage schuf Platz für eine Garage auf der Frontseite des Hauses. Ihr Tor öffnete sich unter dem Ende der Veranda zur Straßenseite hin.

Leichtfüßig stieg Lisa die Treppe zur Veranda hinauf. Unter Reachers Gewicht fingen die Stufen jedoch an zu knarren. In der offenen Haustür stand bereits Rita Scimeca.

„Hallo, Reacher", begrüßte sie ihn.

„Hallo, wie geht es Ihnen?", gab er zurück.

„Ganz gut, wenn man bedenkt, dass es drei Uhr morgens ist und ich gerade vom FBI mitgeteilt bekommen habe, dass ich zusammen mit zehn meiner Schwestern, von denen vier bereits tot sind, auf einer Art Abschussliste stehe."

„Da sehen Sie, wozu Ihre Steuergelder gut sind."

„Und wieso treiben Sie sich mit Leuten vom FBI rum?"

„Unter den gegebenen Umständen hatte ich keine andere Wahl."

„Immerhin freue ich mich, Sie wiederzusehen."

„Ich mich auch."

Rita Scimeca war eine groß gewachsene, kräftige Frau, aber nicht so kompakt wie Alison Lamarr, sondern schlank wie eine Marathonläuferin. Sie trug Jeans und einen Pullover und hatte halblanges braunes Haar mit Ponyfransen über ihren strahlenden braunen Augen.

Um ihren Mund zogen sich tiefe Falten. Reacher hatte sie seit vier Jahren nicht mehr gesehen, und in dieser Zeit war sie gealtert.

„Das ist Agentin Harper“, stellte er Lisa vor.

Rita nickte ihr zu. „Dann kommen Sie mal rein.“

Lisa trat ein, und Reacher folgte ihr. Rita schloss die Tür hinter ihnen zu. In der Eingangsdiele war es warm und gemütlich. Auf dem Boden lagen Wollteppiche. Die Mahagonimöbel glänzten. Überall Vasen mit Blumen.

„Chrysanthemen“, erklärte Rita. „Ich ziehe sie selbst. Gärtnern ist mein neues Hobby.“ Sie zeigte auf das Vorderzimmer. „Und Musik. Schauen Sie mal.“ In der hinteren Ecke des Raumes stand ein Flügel.

„Ein schönes Instrument“, lobte Reacher. „Dann kommen Sie also gut zurecht?“

Sie schaute ihm in die Augen. „Sie möchten wissen, ob ich mich davon erholt habe, dass ich von drei Typen, die ich als meine Kameraden betrachtet habe, gemeinschaftlich vergewaltigt wurde?“

„So was Ähnliches meinte ich.“

„Ich dachte, ich hätte mich davon erholt. Soweit das möglich ist. Aber jetzt höre ich, dass mich irgendein Wahnsinniger umbringen will, weil ich damals Anzeige erstattet habe. Und das ist nicht gerade förderlich, verstehen Sie?“

„Wir kriegen ihn“, versprach Lisa in die sich anschließende Stille hinein.

Rita blickte sie nur an.

„Können wir uns mal die neue Waschmaschine anschauen?“, fragte Reacher.

„In dem Karton befindet sich aber gar keine, nicht wahr?“, erkundigte sich Rita.

„Da ist vermutlich Farbe drin“, bestätigte Reacher. „Grüne Tarnfarbe aus Heeresbeständen. Der Typ bringt seine Opfer um, legt sie in die Wanne und gießt die Farbe über sie.“

„Wieso?“

„Gute Frage. Darüber zerbricht sich gerade eine Anzahl schlauer Leute den Kopf.“

Rita führte sie zur Garage, wo eine neue Chrysler-Limousine stand. Hintereinander gingen sie an dem Auto entlang, und Rita öffnete eine Tür in der Wand, die zum Keller führte. Sie zog an einer Schnur, und das Licht ging an. „Bitte sehr“, sagte sie.

Mitten auf dem Fußboden stand ein Karton. Die Größe, die braune Pappe, die schwarzen Aufdrucke, der Firmenname – alles wie zuvor. Der Karton war mit glänzendem braunem Klebeband verschlossen.

„Könnte ich ein Messer haben?“, bat Reacher.

Rita zeigte auf ein Wandbrett mit Halterungen, in denen Werkzeuge steckten. Reacher nahm ein Teppichmesser, schlitzte das Klebeband auf und öffnete die Klappen. Er erblickte zehn Zwölfliterdosen. Er nahm eine davon und drehte sie herum. TARNFARBE GRÜN stand auf dem Etikett.

„Wann ist das eingetroffen?“, fragte Reacher.

„Ich kann mich nicht mehr genau erinnern“, antwortete Rita. „Ungefähr vor zwei Monaten.“

„Vor zwei *Monaten*?“, wiederholte Lisa.

Rita nickte. „So ungefähr. Ich weiß es wirklich nicht mehr genau.“

„Sie hatten keine Waschmaschine bestellt, nicht wahr?“, vermutete Reacher.

Sie schüttelte den Kopf. „Ich habe schon eine. Ich nahm an, die Lieferung sei für meine Mitbewohnerin. Sie ist vor ein paar Wochen ausgezogen.“

„Wieso haben Sie sich nicht bei ihr erkundigt?“

„Wieso denn? Für wen sollte es sonst sein? Ich dachte, sie hätte die Maschine vorerst dagelassen, weil sie so schwer ist, und würde mit Helfern wiederkommen.“

Schweigend standen sie da. In dem gelben Licht warfen sie ausgefranste Schatten.

„Ich bin müde“, beendete Rita die Stille. „Sind wir fertig?“

„Nur noch ein Punkt“, erwiderte Reacher. „Erzählen Sie Agentin Harper, was Sie bei der Armee getan haben.“

„Ich war bei der Waffenerprobung. Wir testeten neue Waffen, die die Produzenten anlieferten.“

Verwundert schaute Lisa Reacher an.

„Okay“, sagte er. „Jetzt verschwinden wir.“

Rita ging voran durch die Garage und hinauf in die Diele.

„Auf Wiedersehen, Reacher", sagte sie, als sie die Haustür öffnete. „Es war nett, Sie wiederzusehen." Sie wandte sich an Lisa. „Sie sollten ihm vertrauen. Wissen Sie, ich habe nach wie vor Vertrauen zu ihm. Und das will was heißen."

„Sie hatte eine Mitbewohnerin", sagte Lisa, als sie den Fußweg entlanggingen. „Also stimmt Ihre Theorie nicht. Es sah nur so aus, als lebte sie allein. Jetzt stehen wir wieder am Anfang."

„Nicht ganz. Die Frauen stellen trotzdem eine Untergruppe dar. Niemand sucht sich 91 Opfer aus."

Sie stiegen in den Wagen.

„Und was nun?", fragte Reacher.

„Zurück nach Quantico."

Sie mussten mehrmals umsteigen und brauchten mit dem Flugzeug fast sieben Stunden bis nach Washington. Dort wurden sie von einem Fahrer des FBI abgeholt und nach Virginia gebracht.

Lisa ging in das Gebäude voran, und sie fuhren mit dem Fahrstuhl ins vierte Untergeschoss. In einem Seminarraum saßen Blake, Poulton und Julia Lamarr an einem Tisch, auf dem Papierstapel lagen. Die beiden Männer sahen überarbeitet aus, während Julia Lamarrs Gesicht so weiß wie die Dokumente war, die sie vor sich liegen hatte. Ihr Blick war fahrig.

„Lassen Sie mich raten", knurrte Blake. „Bei Rita Scimeca traf der Karton schon vor Monaten ein, und die Umstände waren ihr nicht mehr erinnerlich. Es gibt keine Unterlagen dazu."

„Sie glaubte, die Lieferung sei für ihre Mitbewohnerin", berichtete Lisa. „Sie lebte nicht allein. Die Liste der elf Frauen ist damit hinfällig."

„Nein, sie gilt nach wie vor. Elf Frauen, deren Unterlagen für den, der sie sich anschaut, den Anschein erwecken, dass sie allein leben. Wir haben alle anderen überprüft. Mit achtzig Anrufen. Keine von ihnen wusste etwas von einer unerbetenen Kartonlieferung. Reachers Theorie von der diese elf Frauen umfassenden Untergruppierung hat also weiterhin Gültigkeit."

Reacher schaute Blake erfreut und etwas überrascht an. An Julia Lamarr gewandt, sagte er: „Ich möchte Ihnen mein Beileid aussprechen."

„Es hätte vielleicht verhindert werden können", erwiderte sie. „Wenn Sie von Anfang an mitgemacht hätten."

Stille trat ein. „Jetzt geht es um sieben Frauen", sagte Blake schließlich. „Zu den Kartons sind keinerlei Unterlagen vorhanden."

„Haben Sie bei den Auslieferungsfirmen nachgeforscht?", erkundigte sich Reacher.

„Wir wissen nicht, welche infrage kommen", entgegnete Poulton.

„So viele Möglichkeiten gibt es nicht. Gehen Sie alle durch."

„Und was soll ich fragen? Ob ihnen, nachdem sie in den letzten beiden Monaten zahllose Sendungen ausgeliefert haben, ausgerechnet diejenigen erinnerlich sind, die uns interessieren?"

„Sie müssen es versuchen", beharrte Reacher. „Fangen Sie mit Spokane an. Der Fahrer kann sich vielleicht erinnern, ob sich eine Lieferadresse in einer so abgeschiedenen Gegend wie Alison Lamarrs Haus befand."

Blake nickte. „Okay, dort versuchen wir's mal. Aber nur dort."

„Wir müssen diesen Kerl erwischen", forderte Julia Lamarr.

„Das wird nicht leicht sein", meinte Blake. „Wir werden natürlich die sieben Frauen, die Lieferungen erhalten haben, rund um die Uhr bewachen. Der Kerl wird das jedoch sofort merken, und deshalb werden wir ihn nicht auf frischer Tat ertappen."

„Wie lange halten wir die Sicherheitsvorkehrungen aufrecht?", fragte Lisa.

„Drei Wochen", erwiderte Blake. „Mehr wäre nicht zu verantworten."

„Wir haben also drei Wochen Zeit, um den Kerl zu finden", schloss Poulton.

Blake legte seine Hände auf den Tisch. „Ich schlage vor, dass wir rund um die Uhr aktiv sind. Einer kann schlafen, während die anderen arbeiten. Julia, Sie bekommen die erste zwölfstündige Ruhepause. Sie beginnt jetzt."

„Ich möchte keine. Ich muss dranbleiben."

Doch Blake blieb hart. „Ob Sie wollen oder nicht, Sie haben jetzt Ihre Pause. Die Leiche Ihrer Schwester ist eben zur Autopsie eingeflogen worden. Und damit dürfen Sie nichts zu tun haben. Ich kann das nicht zulassen."

Das Pathologielabor in Quantico unterschied sich nicht von denen, die Reacher früher gesehen hatte. Es war ein großer, niedriger, hell erleuchteter Raum, dessen Boden und Wände weiß gekachelt waren. In der Mitte befand sich ein großer Untersuchungstisch aus funkelndem Edelstahl. Um ihn herum stand eine Anzahl Rollwagen, auf denen medizinische Instrumente lagen.

„Operationskittel, Handschuhe und Überschuhe“, sagte Dr. Stavely, der leitende Pathologe. Er zeigte auf ein Metallregal, auf dem zusammengefaltete Nylonkittel sowie Kartons mit Einweghandschuhen und Fußbekleidung aufgestapelt waren.

Lisa verteilte die Gegenstände an Reacher, Blake und Poulton.

Als ein Assistent eine fahrbare Trage hereinschob, roch es sogleich nach Farbe. Der Plastiksack, in dem die Leiche steckte, war über und über mit glitschiger grüner Farbe verschmiert.

„Schaffen Sie sie zuerst zum Röntgen“, wies Stavely den Assistenten an.

Dieser schob die Trage in einen Raum, der seitlich an das Labor angrenzte. Er verschwand einen Augenblick, kam wieder heraus und drückte die bleiummantelte Tür hinter sich zu. Ein entferntes kräftiges Summen ertönte, das eine Sekunde dauerte und dann aufhörte. Der Assistent ging wieder in den Röntgenraum und schob die Trage zurück in den Hauptraum.

„Drehen Sie sie um“, bat Stavely. „Ich möchte, dass sie mit dem Gesicht nach unten liegt.“

Der Assistent trat neben ihn. Er packte den Sack an einer Ecke mit beiden Händen und zog ihn halb von der Trage, halb auf den Tisch. Dann ging er auf die andere Seite, packte die Ecke dort, zog den Sack wieder hoch und drehte das Ende gleichzeitig herum. Mit dem Reißverschluss nach unten rutschte der Sack auf den Untersuchungstisch.

„Holen Sie die Abzüge“, sagte Stavely.

Der Assistent verschwand im Röntgenraum und kehrte mit großen grauen Bildern zurück, auf denen Alison Lamarrs Körper abgebildet war. Er reichte sie Stavely, der die Aufnahmen durchging und eine von ihnen vor eine Leuchtwand hielt.

„Schauen Sie sich das mal an", sagte er.

Es war eine Aufnahme der Brust- und Bauchgegend. Reacher sah die gespenstischen Umrisse grauer Knochen: Rippen, Wirbelsäule und Becken. Ein Unterarm und eine Hand lagen quer darüber. Und noch etwas, was in grellem Weiß leuchtete. Ein schmaler, spitz zulaufender Gegenstand aus Metall, etwa so lang wie die Hand.

„Irgendein Werkzeug", meinte Stavely.

„Die anderen hatten nichts Derartiges", erinnerte sich Poulton.

Stavely befestigte die grauen Aufnahmen der Reihe nach an dem Betrachter und studierte sie. „Ihr Skelett ist offenbar unbeschädigt. Es gibt keine frischen Verletzungen, also kam sie nicht durch Gewalteinwirkung aufgrund eines stumpfen Gegenstands zu Tode."

Als er auf einen Schalter drückte, ging das Licht hinter den Röntgenaufnahmen aus. Der Pathologe kehrte zum Untersuchungstisch zurück. „Okay, machen wir uns an die Arbeit."

Er zog einen Schlauch aus einer an der Decke montierten Rolle und öffnete den kleinen Hahn, der in die Düse integriert war. Eine klare Flüssigkeit strömte heraus. „Azeton", erläuterte Stavely. „Ich muss die verdammte Farbe entfernen."

Er ließ das Azeton über den Sack und den Edelstahltisch laufen. Während die grüne Flüssigkeit langsam in den Ausguss rann, begann es durchdringend nach Chemikalien zu stinken.

Stavely reichte den Schlauch seinem Assistenten, bevor er ein Skalpell ansetzte und den Sack der Länge nach aufschlitzte. Oben und unten setzte er außerdem seitliche Schnitte. Dann zog er die Plastikhülle in zwei langen Streifen ab. Alison Lamarrs mit dem Gesicht nach unten liegender Leichnam kam zum Vorschein. Er war ebenfalls mit der glitschigen Farbe bedeckt. Als sie durch das Azeton weggespült wurde, nahm die Haut eine grünlich weiße Färbung an. Stavely zog die Verkrustungen mit seinen behandschuhten Fingern ab. Das Azeton floss ununterbrochen und spülte die grüne Masse in den Ausguss.

„Drehen Sie sie um!“, wies Stavely den Assistenten an.

Dieser rollte die Leiche auf den Rücken. Die Haut war auch hier grünlich weiß und runzlig. Die Augen standen offen, und die Lider wiesen einen grünen Belag auf. Ein Teilstück des Plastiksacks klebte noch an der Leiche. Es bedeckte sie wie ein altmodischer Badeanzug von der Brust bis zu den Oberschenkeln und schützte ihren Intimbereich.

Stavely fuhr mit der Hand unter der Plastikhülle umher und fand den metallenen Gegenstand. Er zog ihn hervor. „Ein Schraubenzieher.“

„Er gleicht den anderen, die in ihrer Küchenschublade lagen“, bemerkte Reacher.

Stavely reinigte Alison Lamarrs Gesicht mit dem Azeton. „Hier hat sie Kratzer“, stellte er fest. Auf der linken Wange verliefen fünf parallele Schnittwunden, die vom Auge bis zum Kiefer reichten. „Ich glaube, die hat sie sich selbst beigebracht.“

„Er hat sie dazu gezwungen“, sagte Reacher.

„Wie denn?“, wollte Blake wissen.

„Ich weiß es nicht. Vermutlich ist ihm das nachträglich eingefallen. Ich glaube, er bringt die Frauen dazu, die Farbe selbst einzugießen. Der Schraubenzieher wird benötigt, um die Dosendeckel aufzustemmen. Wenn er die Kratzer von vornherein eingeplant hätte, dann hätte er dafür gesorgt, dass Alison in der Küche einen Schraubenzieher und ein Messer holte.“

„Wieso sollte er sie dazu zwingen, sich Kratzer beizubringen?“, bohrte Blake weiter.

„Aus seiner Wut heraus?“, überlegte Reacher. „Um sie zu bestrafen, zu demütigen? Ich habe mich schon immer gewundert, warum er nicht gewalttätiger vorging.“

„Aber wie hat er sie umgebracht?“, fragte Blake.

Stavely entfernte das letzte Stück des Plastiksacks. Mithilfe des Azetonstrahls befreite er nun auch noch die Bauchgegend von der Farbe.

„Ist es möglich, jemanden umzubringen, ohne dass ein Pathologe erkennt, wie es geschehen ist?“, erkundigte sich Reacher.

Stavely schüttelte den Kopf. „Bei mir passiert so etwas nicht.“ Er stellte die Azetonzufuhr ab und ließ den Schlauch in die Rolle an der Decke zurückgleiten. „Es gibt im Wesentlichen zwei Methoden, jemanden umzubringen. Entweder führt man einen Herzstillstand herbei, oder man unterbricht die Sauerstoffzufuhr zum Gehirn. Keinerlei Spuren zu hinterlassen ist jedoch bei beiden Methoden äußerst schwierig.“

„Wie würden Sie das Herz zum Stillstand bringen?“

„Wenn der Gebrauch einer Schusswaffe ausscheidet, ist eine Embolie die beste Methode. Eine in den Blutkreislauf injizierte Luftblase hat, wenn sie im Herzen ankommt, den Tod zur Folge.“

„Den Einstich würde man jedoch sehen, nicht wahr?“

„Bei dieser Leiche nicht. Die Farbe hat die Haut ruiniert. Beeinträchtigungen am Herzen würde man aber erkennen. Ich werde das bei der Leichenöffnung überprüfen, aber ich habe da nicht viel Hoffnung. Bei den anderen Frauen wurde nichts dergleichen entdeckt.“

„Und wie ist es, wenn die Sauerstoffzufuhr zum Gehirn unterbrochen wird?“, fragte Blake.

„Sie denken an Tod durch Ersticken, wie es bei den Juristen heißt“, sagte Stavely. „Das ist zu machen, ohne große Spuren zu hinterlassen. Die klassische Methode wäre ein Kissen, das auf das Gesicht gedrückt wird. Das ist schwer nachzuweisen. Aber hier handelte es sich um eine junge, kräftige Person. Sie hätte sich mit allen Mitteln zur Wehr gesetzt.“

Reacher wandte den Blick ab. In dem kühlen Raum trat Stille ein.

„Ich glaube, sie hat noch gelebt, als sie in die Wanne gelangte“, sagte Reacher schließlich.

„Wie kommen Sie zu dieser Annahme?“, fragte Stavely.

„Alles war blitzsauber. Sie wog in etwa 55 Kilo, oder? Und wenn so eine Last in eine Badewanne gehievt wird, kommt es zwangsläufig zu Verunreinigungen.“

„Vielleicht hat er die Farbe erst später eingegossen“, gab Blake zu bedenken.

Reacher schüttelte den Kopf. „Dann wäre sie nach oben getrieben.“

„Wir müssen Experimente anstellen“, sagte Stavely. „Ich bin aber auch der Meinung, dass sie in der Wanne gestorben ist. Bei den ersten drei Frauen gab es keinerlei Hinweise auf Fremdeinwirkung. Keine Quetschungen oder Abschürfungen. Ich vermute, dass sie alles selbst erledigt haben."

„Aber sie brachten sich nicht selbst um", ließ sich Lisa vernehmen.

Stavely stimmte zu. „Um Suizid handelt es sich offenbar nicht."

„Und sie wurden nicht ertränkt", fügte Blake hinzu.

Stavely nickte. „Die ersten drei nicht. Keine Flüssigkeit in der Lunge. Im vorliegenden Fall werden wir bald Bescheid wissen, aber ich würde schon darauf wetten, dass auch diese Leiche nicht ertränkt wurde."

„Wie zum Teufel hat er es dann gemacht?", murmelte Blake.

Stavely starrte auf die Leiche hinunter. „Im Moment habe ich keine Ahnung. Geben Sie mir ein paar Stunden Zeit, vielleicht finde ich was."

SIE DEPONIERTEN die Kittel, Handschuhe und Überschuhe in einer Ecke bei der Tür und verließen die Pathologie. Zum Hauptgebäude nahmen sie einen Umweg, als könnten sie damit in der kühlen Luft den Gestank der Farbe und den Leichengeruch loswerden. Im Seminarraum saß Julia Lamarr allein am Tisch.

„Was tun Sie denn hier?", wollte Blake wissen.

„Hat Stavely irgendwelche Schlussfolgerungen gezogen?", fragte sie leise.

Blake schüttelte den Kopf. „Das kommt noch. Sie sollten doch nach Hause gehen."

„Kommt nicht infrage! Ich muss dranbleiben. Wir müssen vorankommen, denn wir haben nur noch drei Wochen Zeit, um den Kerl zu schnappen."

„Das reicht völlig aus", warf Reacher ein. „Wenn wir jetzt endlich mal über sein Motiv reden."

Julia Lamarr fuhr zusammen. Sie wandte sich an Blake und sagte in flehendem Ton: „Wir wollen doch nicht wieder von vorn anfangen."

„Es muss sein", beharrte Reacher.

„Immer mit der Ruhe!", rief Blake. „Wir haben drei Wochen Zeit, aber die werden wir nicht mit Auseinandersetzungen verplempern."

„Wenn Sie weitermachen wie bisher, werden Sie gar nichts erreichen“, sagte Reacher. „Sie liegen völlig falsch, was sein Motiv betrifft, und forschen deshalb nicht an den richtigen Stellen nach.“

„Sein Motiv ist klar“, bemerkte Julia Lamarr in frostigem Ton. „Was soll das alles?“

„Reacher, rücken Sie raus mit der Sprache!“, forderte Blake.

Er holte tief Luft. „Es handelt sich um einen sehr cleveren Burschen. Er hat vier bizarre, ausgefeilte Morde begangen und nicht die geringste Spur hinterlassen. Er hat einen einzigen Fehler gemacht, aber der war ziemlich bedeutungslos, denn er hat uns nicht weitergebracht.“

„Worauf wollen Sie hinaus?“

„Seine Intelligenz ist von einer ganz spezifischen Art. Er ist praktisch, effizient und sehr rational. Er ist jemand, der plant. Er kommt mit der Realität zurecht.“

„Worauf wollen Sie hinaus?“, wiederholte Blake.

„Überlegen Sie mal: Ein Typ, der wegen dieser Belästigungsgeschichten Wutanfälle kriegt, verhält sich nicht rational. Einer, der an den Opfern Rache nehmen will, hat nicht alle Tassen im Schrank. Er kommt mit der Realität nicht zurecht. Er ist ein Spinner. Wut auf diese Frauen scheidet bei unserem Täter als Beweggrund aus. Das ist nicht möglich. Sich gleichzeitig rational und irrational zu verhalten geht einfach nicht.“

„Wir kennen sein Motiv“, knurrte Julia Lamarr. „Was sollte es denn sonst sein? Die Zielgruppe ist zu fest umrissen.“

„Ein Geistesgestörter könnte diese Verbrechen nicht begehen“, wandte Reacher ein.

„Und was ist dann sein wahres Motiv, Sie Schlauberger?“

„Ich weiß es nicht.“

„Sie wissen es nicht, aber meine Fachkenntnisse ziehen Sie in Zweifel?“

„Es wird sich um etwas ganz Simples handeln. Darum geht es doch immer, nicht wahr? Um etwas ganz Simples und Offensichtliches. Und etwas, was so lukrativ ist, dass es geschützt werden muss.“

„Er versucht etwas zu schützen?“, überlegte Poulton.

Reacher nickte. „Kann sein, dass er Zeugen beseitigt.“

„Zeugen wofür?“

„Für irgendeine Schieberei, vermute ich. Es muss etwas Großes sein.“

„Innerhalb der Armee?“, fragte Julia Lamarr.

„Offensichtlich“, sagte Reacher.

Blake brummte kurz. „Aber um was geht es?“

Stille trat ein. Plötzlich vergrub Julia Lamarr ihr Gesicht in den Händen und fing an zu schluchzen, als bräche ihr das Herz.

„Julia, was ist mit Ihnen?“, rief Blake.

Sie nahm die Hände von ihrem Gesicht. Es war schmerzverzerrt. „Es tut mir Leid“, keuchte sie. „Ich habe einen schrecklichen Fehler gemacht. Reacher hat vermutlich Recht. Ich habe Mist gebaut. Das hätte ich schon längst merken müssen.“

„Sie brauchen sich nicht zu entschuldigen. Der Stress ist schuld daran.“

Sie starrte Blake an. „Meine Schwester ist zu Tode gekommen, weil ich so viel Zeit vergeudet habe. Es ist meine Schuld. Ich habe sie umgebracht. Mit meiner Fehleinschätzung.“

„Sie brauchen dringend ein paar Tage Urlaub.“

Reacher beobachtete Julia Lamarr. Sie war auf ihrem Stuhl zusammengesunken, als hätte sie eine Tracht Prügel bekommen. „Später ruhe ich mich vielleicht aus“, sagte sie. „Aber zuerst gehen wir alle an die Arbeit. Denken wir mal scharf nach: Um was für Schiebereien handelt es sich da?“

„Nun rücken Sie mal raus mit der Sprache, Reacher“, drängte Blake. „Etwas beschäftigt Sie, sonst hätten Sie diesen Vorstoß nicht unternommen.“

„Okay. Was tat Amy Callan?“

„Sie war auf der Schreibstube der Feldzeugmeisterei“, antwortete Poulton.

„Und Lorraine Stanley?“

„Sie war Quartiermeister-Feldwebel.“

„Und Alison?“

„Sie war bei einer Nachschubeinheit der Infanterie.“

„Nein, zuvor.“

„Bei einem Transportbataillon“, antwortete Julia Lamarr.

„Und welche Aufgabe hatte Rita Scimeca?"

„Waffenerprobung", warf Lisa ein.

„Und welche Verbindung könnte es zwischen ihnen geben?"

„Sagen Sie's schon!", forderte Blake ihn auf.

„Was habe ich den beiden Typen vor dem Restaurant abgenommen?"

Blake zuckte mit den Achseln. „Weiß ich doch nicht. Das ist Cozos Angelegenheit in New York. Ich weiß nur, dass Sie denen das Geld gestohlen haben."

„Die beiden trugen Handfeuerwaffen des Typs Beretta M-9 mit abgefeilten Seriennummern mit sich herum. Was bedeutet das?"

„Dass sie illegal beschafft wurden."

„Genau. Und zwar aus Armeebeständen. Die M-9 ist die militärische Ausführung der Beretta. Wenn es so ist, dass ein Armeeangehöriger ein dunkles Geschäft deckt, handelt es sich höchstwahrscheinlich um Waffenschieberei, denn damit ist viel Geld zu verdienen. Und diese Frauen waren alle in Dienststellen, in denen sie bemerkt haben könnten, dass Waffendiebstähle stattfanden. Sie hatten ständig mit Waffen zu tun, sei es, dass sie sie transportierten, testeten oder einlagerten."

Blake machte eine vage Geste. „Da sind zu viele Zufälligkeiten im Spiel. Es ist doch sehr unwahrscheinlich, dass diese Zeuginnen gleichzeitig Opfer sexueller Belästigungen gewesen sind."

Julia Lamarr beugte sich vor. „Sie müssen das anders angehen. Es handelt sich nicht um Frauen, die Opfer sexueller Belästigung und *gleichzeitig* Zeuginnen waren. Sie wurden Opfer sexueller Belästigungen, *weil* sie Zeuginnen waren. Angenommen, Sie wären ein Waffenschieber und hätten in Ihrer Einheit eine Frau, die nicht gewillt ist, bestimmte Dinge zu ignorieren. Was würden Sie machen? Sie würden dafür sorgen, dass sie verschwindet. Und wie erreicht man das am schnellsten? Indem man sie belästigt."

Stille trat ein. Dann grunzte Blake. „Nein, Julia, da sind viel zu viele Zufälligkeiten im Spiel", wiederholte er. „Wie groß ist denn die Wahrscheinlichkeit, dass Reacher ausgerechnet über den Schieber stolpert, der diese Frauen umbringt? Die Chancen sind doch eins zu einer Million."

Sie starrte ihn an. „Um Himmels willen, denken Sie mal scharf nach! Reacher behauptet doch nicht, dass genau dieser Schieber für die Morde verantwortlich ist. In der Armee gibt es bestimmt hunderte von Schiebern. Stimmt's, Reacher?“

„Das stimmt“, bekräftigte er. „Die Sache mit dem Restaurant hat mich einfach dazu gebracht, pauschale Überlegungen in diese Richtung anzustellen.“

Wieder trat Stille ein. Blakes Gesicht färbte sich rot. „Es gibt also hunderte von Schiebern. Und was nützt uns das? Wie sollen wir den richtigen finden? Das ist ja wie die Nadel im Heuhaufen.“

„Und was ist mit der Farbe?“, fragte Poulton. „Wer lästige Zeuginnen eliminieren will, nimmt eine Pistole Kaliber .22 mit Schalldämpfer und schießt sie in den Kopf. Er hält sich nicht lange mit alldem anderen Zeug auf.“

„Genau darum geht es“, erwiderte Reacher. „Die Art und Weise, wie die Morde begangen wurden, brachte Sie dazu, ein bestimmtes Motiv zu unterstellen. Überlegen Sie: Wenn diese Frauen mit einer Pistole Kaliber .22 erschossen worden wären, hätten Sie auch andere Motive in Betracht gezogen. Gewiss, Sie hätten einen Zusammenhang mit den Belästigungen gesehen, aber Sie hätten auch andere Überlegungen angestellt. Sie hätten beim Militär nach unsauberen Machenschaften geforscht. Der Kerl hat Sie mit seinen bizarren Täuschungsmanövern auf eine falsche Fährte gelockt. Er hat sein wahres Motiv verschleiert. Er ist clever und hat es geschafft, Sie in die Irre zu führen.“

„Was meinen Sie dazu, Julia?“, wollte Blake wissen.

„Es ist möglich, dass er Recht hat“, antwortete sie langsam. „Ich glaube, wir sollten das überprüfen. Mit Volldampf.“

„Nein, er hat nicht Recht“, wandte Poulton ein und blätterte in seinen Unterlagen. „Das beweist der Fall Caroline Cooke. Sie war beim Planungsstab der NATO und hatte mit Waffen und deren Lagerung nichts zu schaffen.“

Reacher lächelte. „Cooke war Offiziersanwärterin. Solche Leute werden zuerst überallhin geschickt, damit sie einen Überblick bekommen.“

Wieder wurde es still im Raum, doch dann kam Stavely hereingeeilt. Er trug noch seinen weißen Laborkittel, und wo ihn die Handschuhe nicht geschützt hatten, waren seine Handgelenke grün verschmiert.

Julia Lamarr starrte auf die Farbe. Dann schloss sie die Augen und fing an zu schwanken, als wäre sie einer Ohnmacht nahe. „Ich möchte nach Hause.“ Sie stand auf und ging unsicheren Schrittes zur Tür, die Augen immer noch auf die Spuren der Farbe gerichtet, in der ihre Schwester ums Leben gekommen war. Dann wandte sie den Blick ab und verließ den Raum.

„Ich weiß, wie er die Frauen umgebracht hat“, verkündete der Pathologe. „Allerdings gibt's da ein Problem.“

„Und das wäre?“, fragte Blake.

„Es ist unmöglich.“

„Wie ich schon erwähnte“, sagte Stavely, als er Platz genommen hatte, „kann man entweder einen Herzstillstand herbeiführen oder die Sauerstoffzufuhr zum Gehirn unterbrechen. Also untersuchte ich zuerst mal ihr Herz. Es war völlig in Ordnung. Wie bei den anderen drei. Die einzige Möglichkeit ist also, dass er die Sauerstoffzufuhr unterbrach.“

„Aber Sie sagten doch, es gebe keinerlei Anzeichen dafür, dass sie erstickt oder erwürgt wurde“, wandte Blake ein.

„Gibt es auch nicht. Gerade das ließ mich nicht ruhen.“ Stavely wandte sich an Reacher. „Hatte Alison Lamarr eine Erkältung, als Sie mit ihr zusammentrafen?“

„Nein. Sie kam mir völlig gesund vor.“

Stavely schien erfreut zu sein. „In ihrer Kehle war eine ganz schwache Schwellung zu erkennen, wie sie im Verlauf einer Kopfgrippe auftritt. Normalerweise würde ich so etwas völlig ignorieren. Die anderen drei hatten aber ebenfalls Schwellungen dieser Art. Und das ist schon ein merkwürdiger Zufall.“

„Und was hat der zu bedeuten?“, fragte Blake.

„Er bedeutet, dass er ihnen etwas in den Hals schob“, erwiderte Stavely. „Etwas Weiches, das hinunterrutschte und sich dann ein wenig ausdehnte. Zum Beispiel einen Schwamm. Gab es Schwämme im Bad?“

„In Spokane habe ich keine gesehen“, antwortete Reacher. „Weder vorher noch nachher.“

Blake schaute Stavely an. „So macht er das also? Er steckt ihnen Schwämme in den Hals?“

Der Pathologe betrachtete seine großen roten Hände, die auf der Tischplatte lagen. „Schwämme oder etwas Ähnliches. Es muss so weich sein, dass es zu keinen inneren Verletzungen führt, aber immerhin so sperrig, dass es die Luftröhre verstopft.“

Blake nickte bedächtig. „Okay, jetzt wissen wir's.“

Verzweifelt schüttelte Stavely den Kopf. „Eben nicht! Weil es unmöglich ist. Jemandem gegen seinen Willen etwas in den Mund zu drücken, ohne blaue Flecke auf den Wangen und dem Unterkiefer zu hinterlassen, ist unmöglich. Das Opfer würde beißen, kratzen und mit den Beinen treten. Die Lippen wären wund. Unter den Nägeln gäbe es Spuren. Von einem Kampf auf Leben und Tod. Es sind jedoch keinerlei Anzeichen einer Auseinandersetzung zu erkennen.“

„Vielleicht hat er sie betäubt“, überlegte Reacher. „Um sie willenlos zu machen.“

Stavely winkte ab. „Nichts dergleichen. Der toxikologische Befund enthält in allen vier Fällen keinerlei Hinweise.“

„Ich habe Sie ja darauf hingewiesen, dass es sich um einen cleveren Burschen handelt“, sagte Reacher zu Blake.

„Und wie finden wir die Antwort?“

„Ich weiß es nicht“, entgegnete Reacher. „Aber ich werde das rauskriegen.“

„Wie denn?“

„Das ist ganz einfach: Ich mache den Kerl ausfindig und frage ihn.“

„Und was brauchen Sie, um ihn ausfindig zu machen?“, fragte Blake.

„Eine Vergütung.“

„Finden Sie den Kerl, und ich spreche mit Deerfield in New York, damit er die Sache mit Petrosian fallen lässt.“

„Und zusätzlich eine Prämie.“

„Ich denke mal darüber nach, Reacher. Lisa wird Sie aber begleiten, denn im Moment ist die Sache mit Petrosian noch nicht bereinigt.“

„Damit kann ich leben. Arrangieren Sie ein Treffen mit Cozo. Ich fange in New York an, und ich brauche Informationen von ihm."

„Ich rufe ihn an. Das Treffen kann heute Abend stattfinden."

„Nein. Morgen früh. Heute Abend besuche ich Jodie."

67 KILOMETER entfernt war der Oberst nach einer sechzehn Kilometer langen Fahrt drei Kilometer von seinem Büro entfernt. Er hatte auf dem Parkplatz des Pentagons den Pendelbus genommen und war in der Nähe des Kapitols ausgestiegen. Dann hatte er ein Taxi herbeigewinkt und war über den Fluss zurückgefahren und weiter zum Hauptterminal des National Airports. Seine Uniform steckte in einer ledernen Anzugtasche, die er um die Schulter gehängt hatte. An den Buchungsschaltern herrschte Hochbetrieb, und in dem Ansturm von Leuten blieb er völlig unbeachtet.

„Ich möchte nach Portland, Oregon", sagte er. „Mit der nächstmöglichen Maschine, Rückflug noch offen."

Der Angestellte gab den Kode für Portland ein, und der Computer teilte ihm mit, dass auf dem nächsten Nonstopflug Plätze frei waren. „Abflug in zwei Stunden", sagte er.

REACHER und Lisa wurden in einem Dienst-Chevrolet mitgenommen und trafen vor Einbruch der Dunkelheit am Washingtoner Flughafen ein. Zusammen mit Anwälten und Lobbyisten standen sie Schlange für den Pendelflug nach New York. Lisa wählte Plätze, die sich im hinteren Teil der Maschine befanden.

„Dort können wir ungestört reden", sagte sie. „Ich möchte nicht, dass jemand zuhört."

„Worüber sollen wir denn reden?"

„Über die Kratzer auf Alisons Gesicht. Ich muss wissen, was die zu bedeuten haben."

Die Triebwerke heulten auf, als das Flugzeug zur Startbahn rollte.

„Die beweisen die Richtigkeit dessen, was ich gesagt habe", meinte Reacher. „Ich glaube, sie sind der wertvollste Einzelbeweis, den wir bisher gefunden haben."

„Wie kommen Sie auf diesen Gedanken?"

„Ich glaube, sie beweisen, dass sich der Kerl hinter einer Fassade versteckt. Sie beweisen, dass er etwas vortäuscht. Als er Rückschau hielt, fiel ihm auf, dass er bei den ersten drei Morden gar keine Wut an den Tag gelegt hatte. Deshalb wollte er beim nächsten Opfer ein wenig Wut erkennen lassen. Er empfindet aber nicht wirklich welche, und so wirkt das Ergebnis nicht recht überzeugend."

„Aber wieso wartete er damit bis zu seinem vierten Opfer? Wieso geschah es ausgerechnet bei Alison?"

„Ich vermute, er stellt dauernd Überlegungen an und perfektioniert seine Methode."

„Wird Alison dadurch nicht herausgehoben? Zu einem Sonderfall gemacht?"

„Das sind Spekulationen für Eierköpfe. Da sollten Sie nicht mitmachen."

Lisa nickte. „Das Motiv ist wahrscheinlich Geldgier."

„Zwangsläufig", stimmte Reacher zu. „Es geht nämlich immer nur um Liebe oder um Geld. Liebe kann es aber nicht sein, denn die raubt einem den Verstand. Und dieser Typ ist nicht verrückt."

Das Flugzeug blieb einen Augenblick stehen, bevor es losbrauste und vom Boden abhob.

„Wieso hat er den Zeitabstand geändert?", fragte Lisa.

Reacher schürzte die Lippen. „Vielleicht nur so zum Spaß. Für euch FBI-Leute gibt's ja nichts Irritierenderes als Abweichungen bei einem Tatmuster."

„Wird er ihn wieder ändern?"

„Jetzt ist Schluss", erwiderte Reacher. „Die Frauen werden bewacht, und das FBI wird bald eine Festnahme durchführen."

„Sie sind ganz erpicht darauf, diesen Kerl zu schnappen, oder?"

„Ja, jetzt schon."

„Wegen Amy Callan? Sie mochten sie, nicht wahr?"

„Sie war okay. Alison Lamarr mochte ich eigentlich lieber, soweit ich sie kennen gelernt habe. Ich bin jedoch wegen Rita Scimeca hinter ihm her."

„Die mag Sie auch", sagte Lisa. „Hatten Sie eine Affäre?"

„Nein. Ich habe sie erst getroffen, nachdem sie vergewaltigt worden war. Eben weil sie vergewaltigt worden war. Nach einer Affäre war ihr nicht zumute. Auch jetzt nicht, wie es den Anschein hat. Wir wurden Freunde, aber das war eher wie großer Bruder und kleine Schwester, immer ganz platonisch."

„Und jetzt wird sie durch diesen Kerl wieder zurückgeworfen. Das macht Sie wütend."

„Richtig. Ich fühle mich für Rita verantwortlich. Er kommt ihr in die Quere, also kommt er mir ebenfalls in die Quere."

„Ihnen darf man aber nicht in die Quere kommen."

„Nein, das darf man nicht."

„Sie sind ziemlich arrogant", urteilte Lisa. „Staatsanwalt, Richter, Geschworener und Scharfrichter – alles in einer Person? Und was ist mit dem Gesetz?"

Er lächelte. „Das ist das Gesetz. Wer mir in die Quere kommt, merkt das verdammt schnell."

Lisa schüttelte den Kopf. „Wir machen das nach meinen Regeln, okay? Wir finden den Kerl und nehmen ihn fest."

„Ich habe doch bereits erklärt, dass ich damit einverstanden bin." Er gähnte und schloss die Augen. „Wecken Sie mich, wenn wir dort sind."

*DIESMAL wird es Wachen geben. Folglich wird es diesmal sehr schwierig sein. Aber nicht unmöglich. Dass die Wachen berücksichtigt werden müssen, macht die ganze Sache etwas interessanter. Eine Herausforderung, mit der du fertig werden musst.*

*Was sind das für Leute? Der erste Eindruck ist, dass du es in diesem hintersten Winkel mit dümmlichen Ortspolizisten zu tun hast. Aber hier am Ende der Welt gibt es nicht genug Bullen für eine Bewachung rund um die Uhr. Deshalb werden sie Unterstützung anfordern, und du weißt genau, dass diese Unterstützung vom FBI kommen wird. Deiner Einschätzung nach wird es so laufen: Die Ortspolizisten werden tagsüber Dienst tun, die FBI-Leute bei Nacht.*

*Wenn du die Wahl hast, legst du dich nicht mit dem FBI an. Du machst es tagsüber, wenn du nur mit einem einheimischen Dickwanst in einem Auto voller Cheeseburger-Einwickelpapier fertig werden musst, um ans Ziel zu kommen. Der Tag ist die elegantere Lösung. Dir gefällt diese Wendung. „Das Verbrechen wurde am helllichten Tag verübt", flüsterst du vor dich hin.*

*Am helllichten Tag an den Ortspolizisten vorbeizukommen wird nicht allzu schwierig sein. Du musst jedoch einige Zeit darauf verwenden, sorgfältig und geduldig zu observieren. Das wird nicht schwer zu bewerkstelligen sein. Die Gegend ist bergig, also versteckst du dich einfach hoch oben auf einem Gipfel oder einer Anhöhe. Dann machst du es dir bequem und passt auf. Und wartest.*

Ein FBI-Wagen holte Reacher und Lisa am Flughafen La Guardia ab. Nachdem der Fahrer die Agentin zu ihrem Hotel gebracht hatte, fuhr er Reacher zu Jodies Wohnung.

Reacher schloss sich die Wohnungstür selbst auf, denn Jodie war noch nicht zu Hause. Er legte sich im Wohnzimmer aufs Sofa und schloss die Augen. Er erwachte, als Jodie sich über ihn beugte und ihn auf die Wange küsste.

„Hallo, Reacher", begrüßte sie ihn sanft.

Er zog sie zu sich herunter. Sie streifte ihren Mantel ab und ließ ihn fallen. Das Seidenfutter knisterte. Jodie trug ein Wollkleid, dessen Reißverschluss über den ganzen Rücken ging. Reacher zog ihn langsam herunter und spürte unter dem Kleid die Wärme ihres Körpers. Jodie fingerte an seinem Hemd herum, während er das Kleid von ihren Schultern schob.

Sie stand auf, und das Kleid fiel zu Boden. Als sie die Hand ausstreckte, ergriff er sie. Jodie zog ihn in Richtung Schlafzimmer; im Gehen entledigten sie sich ihrer Kleidung.

Sie legte ihm die Hände auf die Schultern und drückte ihn aufs Bett. Mit der Gewandtheit einer Turnerin setzte sie sich auf ihn, gierig und energiegeladen. Am Ende waren sie schweißgebadet und von zerwühlten Laken umgeben. Ihr Gesicht lag an seiner Schulter, und er spürte, wie sie lächelte. Die Form ihres Mundes. Sie war unbeschreiblich schön. Voller Energie und Leidenschaft, sprühend vor nimmermüder Intelligenz.

„Wie war dein Tag?", erkundigte sich Reacher.

Sie legte die flache Hand auf seinen Brustkorb, drückte sich hoch und stützte sich auf den Ellbogen. „Prima. Ein weiteres Mitglied soll in die Sozietät aufgenommen werden."

Er grinste. „Wer denn?"

Sie grinste ebenfalls. „Rate mal.“

Er tat so, als dächte er nach. „Sie haben da bestimmt eine außergewöhnliche Person im Auge, nicht wahr? Den cleversten und tüchtigsten von allen Mitarbeitern?“

„So läuft das in der Regel.“

Er nickte. „Ich gratuliere, mein Schatz. Du hast es verdient.“

Sie lächelte glücklich und legte die Arme um seinen Hals. „Mit dreißig Kompagnon zu werden – das habe ich mir immer gewünscht.“

„Du hast es verdient“, wiederholte Reacher.

„Es wird eine Party geben. Kommst du?“

„Wenn du möchtest. Ich will aber nicht, dass dein Image Schaden nimmt.“

„Du könntest einen Anzug kaufen. Und deine Orden anlegen.“

Reacher schwieg eine Weile und ließ sich die Sache mit dem Anzug durch den Kopf gehen. Er hatte noch nie einen getragen.

„Hast du erreicht, was du dir vorgestellt hast?“, wollte sie wissen.

Er schlang die Arme um sie. „Im Moment?“

„Nein, ganz allgemein.“

„Ich möchte das Haus verkaufen“, gestand er. „Es ist zu viel für mich.“

Einen Augenblick blieb Jodie still liegen, dann erwiderte sie: „Meine Genehmigung brauchst du dazu natürlich nicht, aber du solltest es dir gut überlegen. Es ist der einzige Vermögenswert, den du hast.“

„Für mich ist das Haus nichts als eine Belastung. Und das Geld, das ich dafür bekomme, würde mir bis an mein Lebensende reichen.“

Jodie schwieg.

„Ich werde auch mein Auto verkaufen“, fuhr Reacher fort.

„Ich dachte, es gefällt dir.“

„Es ist okay, aber auf Besitztümer bin ich nicht scharf.“

„Wie willst du dann reisen?“

„Wie ich's früher gemacht habe – per Anhalter oder mit Bussen.“

„Okay, dann verkaufe das Auto. Aber behalte das Haus.“

Er schüttelte den Kopf. „Es geht mir auf die Nerven.“

Er spürte, wie sie lächelte. „Außer dir kenne ich niemanden, der obdachlos sein möchte. Die meisten Leute tun ihr Äußerstes, damit das nicht passiert."

„Ich wünsche mir nichts sehnlicher", entgegnete Reacher. „Du möchtest unbedingt in die Sozietät aufgenommen werden, und ich möchte ungebunden sein."

„Auch im Hinblick auf mich?", fragte sie leise.

„Im Hinblick auf das Haus", antwortete er. „Es ist eine Belastung. Du nicht. Das Haus macht mir Kummer. Du machst mir Freude."

„Du würdest also das Haus verkaufen, aber in der New Yorker Gegend bleiben?"

Er schwieg einen Moment, dann antwortete er: „Ein wenig rumreisen würde ich wohl schon. Du bist ja meist sehr beschäftigt. Es würde schon klappen mit uns."

„Wir würden uns auseinander leben."

Er schüttelte den Kopf. „Das glaube ich nicht."

Jodie blieb stumm.

„Es wird sich nichts ändern", versicherte er.

„Warum tust du es dann?"

„Weil ich muss."

In einer etwas melancholischen Stimmung schliefen sie eng umschlungen ein.

AM MORGEN blieb keine Zeit für ein Gespräch. Jodie ging zur Arbeit, ohne dass sie Reacher gefragt hätte, was er vorhatte oder wann er zurück sein würde. Er duschte und zog sich an. Dann schloss er das Apartment ab und nahm den Fahrstuhl. Als er auf die Straße trat, sah er, dass Lisa bereits auf ihn wartete. Sie lehnte sich gegen den Kotflügel des FBI-Autos.

„Alles okay?", erkundigte sie sich.

„Jaja."

„Dann mal los."

Der Fahrer kämpfte sich zwanzig Blocks durch den Verkehr und bog dann in die Tiefgarage ab, die Reacher schon kannte. Sie nahmen denselben Aufzug in der Ecke und fuhren zum 21. Stock. Derselbe graue Korridor. Der Fahrer ging voran und zeigte mit der linken Hand auf eine Tür.

„Da kommt ja der selbst ernannte Ordnungshüter wieder“, sagte Cozo, als sie den Raum betraten. Er klappte eine Akte zu und schob sie weg. „Also, was wollen Sie?“

„Adressen“, antwortete Reacher. „Von Petrosians Männern.“

„Von den beiden, die Sie krankenhausreif geschlagen haben? Die werden sich aber gar nicht freuen, Sie wiederzusehen. Wollen Sie ihnen wieder wehtun?“

„Schon möglich.“

Cozo nickte. „Soll mir recht sein, Kumpel.“

Er zog ein Dossier aus einem Stapel hervor und blätterte darin. Dann drehte er die aufgeschlagene Akte auf dem Schreibtisch herum und legte einen Zettel und einen Bleistift dazu.

„Sie haben eine gemeinsame Wohnung. Sie sind Brüder. Notieren Sie sich die Adresse. Ich möchte nicht, dass irgendwo meine Handschrift zu erkennen ist, weder im wörtlichen noch im übertragenen Sinn.“

Die Wohnung befand sich in der 66. Straße, unweit der Fifth Avenue.

„Schöne Gegend“, bemerkte Reacher. „Teuer.“

Cozo lächelte. „Lukrative Geschäfte, zumindest bis zu dem Zeitpunkt, als Sie sich in Chinatown betätigten.“ Er wandte sich an Lisa. „Nehmen Sie ein Taxi. Und halten Sie sich raus. Offiziell hat das FBI nichts damit zu tun, okay?“

SIE NAHMEN ein Taxi und stiegen in der 60. Straße aus.

„Das letzte Stück gehen wir“, entschied Reacher.

„Wir?“, fragte Lisa. „Gut, ich möchte sowieso ganz gern dabei sein.“

„Das müssen Sie auch. Ohne Sie komme ich nicht weiter.“

Um zu der Adresse zu gelangen, mussten sie noch sechs Blocks weit gehen. Es handelte sich um ein schlichtes Wohnhaus mittlerer Höhe. Unter den Fenstern waren Klimaanlagen in die Wand eingebaut. Kein Portier, aber alles sauber und gepflegt.

Die Lobby war schmal, und in ihrer hinteren Ecke befand sich nur ein einziger Fahrstuhl. Sie betraten ihn, und Reacher drückte den Knopf für die achte Etage.

„Sie klopfen an die Tür und sorgen dafür, dass aufgemacht wird“, wies er Lisa an. „Wenn ich durchs Guckloch zu sehen bin, bleibt die Tür zu.“

Sie nickte. Der Fahrstuhl hielt im achten Stock an. Sie traten auf einen öden Flur hinaus und erreichten das Apartment, das sie suchten.

Reacher drückte sich an die Wand, als Lisa an die Tür klopfte. Drinnen rasselte eine Kette, und die Tür ging einen Spaltbreit auf.

„Hausverwaltung“, sagte Lisa. „Ich muss die Klimaanlage überprüfen.“

Die falsche Jahreszeit, dachte Reacher. Lisa war jedoch über einsachtzig groß und hatte langes blondes Haar. Die Kette rasselte wieder, die Tür ging auf, und Lisa trat ein.

Reacher stieß sich von der Wand ab und folgte ihr nach drinnen, bevor die Tür wieder zuging. Im Wohnzimmer erblickte er ein Sofa und zwei Sessel sowie die beiden Typen, die er zuletzt in dem Gässchen neben dem Restaurant gesehen hatte.

„Hallo, Jungs“, begrüßte er sie.

Beide trugen breite Streifen Verbandmull an der Stirn, die ein wenig größer als die Etiketten waren, die Reacher dort festgeklebt hatte. Außerdem hatte der eine Mann bandagierte Hände. Sie waren gleich angezogen: Pullis und Golfhosen. Ohne die unförmigen Mäntel sahen sie kleiner aus. Ängstlich schauten sie Reacher an.

Dieser spürte, wie seine Aggressivität verschwand. „Setzt euch!“, befahl er.

Sie ließen sich auf dem Sofa nieder. „Petrosian ist tot“, murmelte der mit den bandagierten Händen.

„Das wissen wir bereits“, erwiderte Reacher.

Der mit den verbundenen Händen war der ältere der beiden Brüder. Er war der Sprecher. „Was wollen Sie?“, fragte er.

„Informationen. Dann verzichte ich darauf, euch zurück ins Krankenhaus zu schicken.“

„Okay“, stimmte der Mann zu.

Lisa grinste. „Das war einfach.“

„Die Situation hat sich geändert“, erklärte der Typ. „Petrosian ist tot.“

„Woher stammen die Waffen, die ihr dabeihattet?“, wollte Reacher wissen.

„Wir haben sie von Petrosian bekommen“, antwortete der jüngere Bruder.

„Und woher hat er sie bezogen?“

„Das wissen wir nicht“, erwiderte der ältere Bruder.

Reacher lächelte. „Sie stammten von der Armee.“

„Er hat sie gekauft und uns gegeben.“

Reacher wedelte mit dem Zeigefinger. „Das stimmt nicht. Er hat euch den Auftrag gegeben, sie irgendwo abzuholen. Vermutlich mit dem Mercedes, den ihr kürzlich benutzt habt.“

Nachdenklich starrten die Brüder an die Wand, als müssten sie eine Entscheidung treffen. „Wer sind Sie?“, fragte der ältere schließlich.

„Ein Niemand“, antwortete Reacher. „Kein Bulle, auch nicht vom FBI oder sonst woher. Ihr habt jetzt zwei Möglichkeiten. Die eine: Ihr erzählt mir, was Sache ist. Dann behalte ich es für mich. Ich bin an der Armee interessiert, ihr aber nicht. Die andere: Ihr erzählt mir nichts. Allerdings habe ich’s dann nicht darauf abgesehen, euch vor Gericht zu bringen, wo ihr diverse Bürgerrechte in Anspruch nehmen könnt. Ich hab’s dann darauf abgesehen, euch Arme und Beine zu brechen.“

Stille trat ein.

„New Jersey“, sagte der ältere Bruder nach einer Weile. „Durch den Lincoln-Tunnel. Wo die Route 3 in die Autobahn mündet, steht ein Rasthaus mit einer Bar. MacSoundso. Könnte ein irischer Name sein.“

„Wen habt ihr dort getroffen?“

„Einen Typ namens Bob.“

„Wie läuft das ab?“

„Man geht in die Bar, macht ihn ausfindig und gibt ihm Bargeld. Man geht mit ihm auf den Parkplatz, und dort holt er die Knarren aus seinem Auto.“

„Ein Cadillac“, fügte der jüngere Bruder hinzu. „Ein alter DeVille, dunkle Farbe.“

„Was für Knarren?“

„Berettas."

„Zu welcher Tageszeit?"

„Am Abend so um acht ist er immer dort. Das haben wir von Petrosian erfahren."

„Und wie sieht Bob aus?"

„Wie Sie", antwortete der ältere Bruder. „Groß und fies."

„Was nun?", fragte Lisa, als sie die Fifth Avenue in südlicher Richtung entlangfuhr.

Um eine gewisse Distanz zwischen dem FBI und Reachers Aktivitäten zu schaffen, hatte Cozo die Dienstlimousine und den Fahrer gestrichen und Lisa die Schlüssel für einen schwarzen Nissan ausgehändigt.

„Bob taucht erst gegen acht Uhr auf", erwiderte Reacher. „Wir haben den ganzen Nachmittag zur freien Verfügung."

„Und was machen wir?"

„Als Erstes essen wir was. Ich habe nicht gefrühstückt."

Sie fuhren in eine Tiefgarage an der West Ninth und setzten sich in ein Bistro mit Blick auf den Washington Square Park.

„Ich habe Jodie erzählt, dass ich das Haus verkaufen will", berichtete Reacher.

Lisa schaute ihn an. „Und wie hat sie darauf reagiert?"

Er zuckte mit den Achseln. „Besorgt. Aber ich verstehe das nicht. Wie kann es ihr Kummer bereiten, wenn es mich glücklich macht?"

„Weil Sie dann ungebunden sind. Sie müssen Jodie davon überzeugen, dass Sie bleiben werden, auch wenn Sie das Haus verkauft haben."

„Ich habe ihr auch gesagt, dass ich ein bisschen rumreisen möchte."

Sie blickte ihm ins Gesicht. „Das ist nicht sehr beruhigend."

„Sie verreist ja auch des Öfteren. Sie war dieses Jahr zweimal in London. Ich habe deswegen kein großes Getue gemacht."

„Werden Sie viel unterwegs sein?"

„Na ja, ab und zu schon."
„Dann werden Sie sich auseinander leben."
„Das hat Jodie auch gesagt."
„Das überrascht mich nicht."
Reacher erwiderte nichts. Er trank einfach seinen Kaffee und aß seine Kekse.
„Sie müssen sich entscheiden", sagte Lisa, als sie die Rechnung an sich nahm. „Wollen Sie umherziehen oder sesshaft werden? Beides zusammen geht nicht."

*DEINER Einschätzung nach wird die Aufgabe von der Ortspolizei und dem FBI jeweils zur Hälfte wahrgenommen, wobei sie sich um acht Uhr abends und um acht Uhr morgens ablösen. Du hast es gestern Abend um acht mitverfolgt, und heute Morgen bist du wieder zur Stelle, um den zweiten Wechsel zu beobachten.*

*Du bist nicht so dumm, dass du irgendwo in der Nähe ein Zimmer nimmst. Du kurvst durch die Berge und stellst den Wagen in knapp einem Kilometer Entfernung auf einer geschotterten Ausweichstelle ab.*

*Du steigst eine etwa dreißig Meter hohe Erhebung hinauf. Überall stehen verkümmerte Bäume. Sie haben keine Blätter, aber das Gelände bietet genügend Deckung. Du gehst auf die Knie und kriechst zu der Stelle, wo zwei gewaltige Felsen aneinander stoßen und eine dreieckige Lücke lassen, die einen schönen Blick auf Leutnant Rita Scimecas Haus bietet. Das FBI-Auto, ein dunkelblauer Buick, steht davor. Ein Agent sitzt drin. Du nimmst deinen Feldstecher. Der Typ ist immer noch wach. Er schaut sich nicht viel um, starrt meist vor sich hin und langweilt sich zu Tode.*

*Ein Drahtzaun umgibt das Grundstück. Er lässt eine kurze Auffahrt frei, die zu einem Garagentor führt. Es befindet sich unterhalb der vorderen Verandaseite. Das FBI-Auto ist bei der Einmündung der Auffahrt am Gehweg geparkt und zeigt bergab. Auf diese Weise hat der Fahrer den Pfad im Blick. Eine wohl überlegte Position. Wenn du den Hügel zum Haus hinaufgehst, sieht er dich kommen. Wenn du dich von hinten näherst, sieht er dich vermutlich im Rückspiegel. Und wenn du den gewundenen Pfad entlanggehst, sieht er dich sofort.*

*Ein schwarz-weißer Crown Victoria taucht auf der Straße auf und hält neben dem Buick an. Du siehst es zwar nicht, aber du kannst es dir denken: Sie begrüßen sich und tauschen Informationen aus.*

*Der schwarz-weiße Wagen fährt ein Stück bergauf und wendet. Der Buick fährt bergab davon. Der Schwarz-weiße rollt herbei und hält. Genau dort, wo der Buick stand. Wenn der Cop den Kopf nach rechts wendet, hat er genau denselben Blick auf den Pfad wie der FBI-Mann. Er ist wohl doch nicht so dämlich.*

Lisa wollte die Stadt sehen. Reacher ging mit ihr durch den Washington Square Park und weiter zum World Trade Center. Das war eine Strecke von zweieinhalb Kilometern. Sie schlenderten langsam dahin. Die Sonne stand am Himmel, und die Stadt war voller Leben.

„Wir könnten zum Restaurant hinauffahren", schlug Reacher vor. „Das FBI könnte mir ein Mittagessen spendieren."

„Ich habe Ihnen erst vorhin das Mittagessen bezahlt", erwiderte Lisa.

„Nein, das war ein spätes Frühstück."

Sie gaben ihre Mäntel in der Lobby ab und fuhren zur Spitze des Gebäudes hinauf. Als Lisa ihre Dienstmarke vorzeigte, bekamen sie einen Tisch für zwei Personen an einem Fenster, das direkt auf den West Broadway ging.

Der Blick war atemberaubend. Weit unter ihnen lag die City, in kakifarbenes Herbstlicht getaucht. Dicht gedrängte Gebäude voller geschäftiger Menschen.

„Irgendwo dort draußen ist Bob", sagte Lisa. „Aber er ist nicht der, den wir wirklich suchen, stimmt's?"

„Er ist ein kleiner Ganove", antwortete Reacher. „Er betreibt seine Geschäfte aus dem Kofferraum seines Autos heraus, und da steht nicht so viel auf dem Spiel, dass er Morde begehen muss."

„Wie kann er uns dann behilflich sein?"

„Indem er Namen nennt. Er hat seine Lieferanten und weiß, wer noch mit dabei ist. Er wird uns eine neue Richtung aufzeigen."

*DU WARTEST und beobachtest ihr Haus. Du hältst das Fernglas an die Augen und passt auf. Inzwischen bist du sicher, dass der Cop in dem schwarz-weißen Auto auf Dauer da ist. Er isst im Wagen und geht nur von Zeit zu Zeit auf ihre Toilette. Entweder muss er von dort weg, oder du musst direkt an ihm vorbei. Wie könnte man ihn von dort wegbekommen? Ein schwerer Autounfall an der Straßenkreuzung. Aber das wäre nicht leicht zu inszenieren.*

*Wie wär's mit einer Bombendrohung? Aber wo? In der Polizeiwache? Das würde nichts nutzen. Der Cop würde die Anweisung bekommen, an Ort und Stelle zu bleiben, bis alles überprüft ist. Eine Bombendrohung würde außerdem einen Telefonanruf erfordern. Von wo? Anrufe können zurückverfolgt werden. Und Telefonzellen gibt es hier nicht, wo du dich zusammenkauerst. Dein Handy kannst du nicht benutzen, weil der Anruf auf deiner Abrechnung auftauchen würde.*

*Aber je mehr du darüber nachdenkst, desto mehr rückt das Telefon in den Mittelpunkt deiner Strategie. Es gibt eine Person, die deine Stimme ruhig hören darf. Aber es gibt ein geometrisches Problem. Vierdimensional. Zeit und Raum. Du musst von hier aus telefonieren, im Freien, mit Blick auf das Haus. Aber dein Handy darfst du nicht benutzen. Du steckst in einer Sackgasse.*

REACHER fuhr am Abend aus der City hinaus, da sich Lisa bei Dunkelheit und während der Hauptverkehrszeit lieber nicht ans Steuer setzen wollte. Und der Verkehr war wirklich schlimm. Er kam in Manhattan kaum voran und stockte am Eingang des Tunnels. Unter dem Hudson schlichen sie zentimeterweise voran.

Schließlich kamen sie auf die Route 3, die sich in nördlicher Richtung zum New Jersey Turnpike hinzog. Links und rechts Werbeplakate und Neonreklamen.

Das Rasthaus, das sie suchten, war mit der Neonreklame einer Brauerei und dem Schriftzug MACSTIOPHAN'S versehen. Reacher wusste, das dies auf Gälisch Stevenson's bedeutete. Er parkte den Nissan in der Nähe der Tür, stieg aus und schaute sich um.

„Kein Cadillac DeVille", teilte er Lisa mit. „Er ist noch nicht eingetroffen."

„Wir sind ein bisschen früh dran", erwiderte sie. „Warten wir eben ein Weilchen."

„Ich gehe mal rein. Sie können hier bleiben, wenn Ihnen das lieber ist."

Lisa schüttelte den Kopf. „Ich bin schon an schlimmeren Orten gewesen."

Reacher konnte sich kaum vorstellen, wann und wo das der Fall gewesen sein sollte. Die Außentür führte in einen Vorraum, der mit einer abgenutzten Sisalmatte ausgelegt war. Die Innentür öffnete sich in einen dunklen Raum, der nach Bier und Rauch stank.

Dort saßen acht Gäste hinter ihren Biergläsern. Lauter Männer, und keiner von ihnen war ein Soldat.

Reacher trat an die Bar und rückte für Lisa einen Hocker zurecht.

„Was gibt's vom Fass?", fragte er den Barmann.

Der Typ war grau im Gesicht, dickbäuchig und um die fünfzig. „Sie hab ich hier noch nie gesehen", sagte er.

Lisa lächelte. „Ja, wir sind zum ersten Mal hier."

„Also, was darf's sein?"

„Zwei Bier", antwortete Reacher.

„Und was noch? Wenn Leute wie Sie in mein Lokal kommen, brauchen sie sonst noch was."

„Wir warten auf Bob", erklärte Lisa.

„Was für 'n Bob?"

„Bob mit dem alten Cadillac DeVille", erläuterte Reacher. „Der Soldat. Er kommt doch jeden Abend um acht hierher."

Der Typ lächelte. Gelbe Zähne mit ein paar Lücken. „Na, da müssen Sie lange warten." Er stellte zwei Gläser Bier auf die Theke.

Lisa zog ihre Geldbörse hervor und ließ einen Zehndollarschein zwischen die Gläser fallen. „Stimmt so. Und wieso müssen wir auf Bob lange warten?"

Der Barmann schob den Geldschein in die Tasche. „Weil er im Knast sitzt."

„Wieso denn?"

„Hat was mit der Armee zu tun. Einzelheiten weiß ich nicht. Die Militärpolizei hat ihn hier drin hochgenommen. Vor zwei Monaten."

Sie liessen das Bier stehen, kehrten zum Parkplatz zurück und stiegen in den Nissan.

„Vor zwei Monaten – das ist schlecht", schimpfte Lisa. „Damit scheidet er aus."

„Er kam sowieso nicht in Betracht, aber wir sollten trotzdem mit ihm reden."

„Wie sollen wir das anstellen? Er ist jetzt irgendwo im Militärapparat drin."

Reacher schaute sie an. „Ich war dreizehn Jahre lang Militärpolizist. Wenn ihn einer ausfindig machen kann, dann ich. Das regionale Hauptquartier der MP befindet sich in Fort Armstrong außerhalb von Trenton. Das sind weniger als zwei Stunden Fahrt."

„Halten Sie zuerst mal Rücksprache." Sie öffnete ihre Tasche und zog ein Handy hervor, welches das Format einer Zigarettenschachtel hatte. „Nehmen Sie das", bot sie ihm an.

*Du sitzt in der Cafeteria des Flughafens und beobachtest eine junge Frau Mitte zwanzig. Sie trägt bequeme Kleidung, als hätte sie einen langen Flug vor sich, und lehnt sich in ihrem Sessel zurück, den Kopf nach links gedreht und das Handy zwischen Schulter und Kinn geklemmt. Sie lächelt beim Sprechen. Offenbar plaudert sie gemütlich mit einer Freundin.*

*In der Nähe ihrer Füße steht ihr Gepäckstück auf dem Boden, ein Rucksack, der mit Riemchen und Reißverschlüssen versehen ist. Sie zu schließen ist ihr offenbar zu mühsam, und deshalb hat sie sie offen gelassen. Die Frau beendet die Unterhaltung, klappt das Handy zu und steckt es in ihren Rucksack. Sie nimmt ihre Handtasche und steht auf, um sich einen Kaffee zu holen.*

*Du bist sofort auf den Beinen und hältst die Autoschlüssel in der Hand. Du eilst quer durch die Cafeteria, wedelst mit den Schlüsseln und tust so, als hättest du etwas Wichtiges zu erledigen. Die Frau hat sich angestellt und wird in Kürze bedient werden. Du lässt die Schlüssel fallen. Während du dich bückst, um sie aufzuheben, fährst du mit der Hand über den Rucksack. Du richtest dich wieder auf, in der Hand die Schlüssel und das Handy. Die Schlüssel steckst du wieder in die Tasche. Das Handy behältst du in der Hand. Eine Person, die mit einem Handy durch die Flughafenhalle geht, fällt überhaupt nicht auf. Du lächelst. Der fragliche Anruf wird nun jemand anders in Rechnung gestellt werden.*

Der Anruf beim Dienst habenden Offizier in Fort Armstrong erbrachte nichts Konkretes, aber die Ausflüchte des Mannes waren so gehalten, dass Reacher in ihnen eine Bestätigung sah.

„Er ist dort", sagte er zu Lisa. „Ich garantiere es."

An der nächsten Raststätte tankten sie und kauften eine Landkarte.

„Wir sind auf der falschen Straße", stellte Reacher beim Betrachten der Karte fest. „Route 1 wäre besser."

Lisa beugte sich herüber. „Okay, wir nehmen die nächste Ausfahrt." Mit dem Finger glitt sie die Route 1 entlang und entdeckte Fort Armstrong. „Das ist ja ganz in der Nähe von Fort Dix, wo wir kürzlich waren."

Knapp zwei Stunden später stoppten sie an einer Schranke, neben der sich ein zweigeschossiges Wachhaus befand. Ein Posten spähte aus dem Fenster und kam zu dem Auto heraus. Reacher ließ sein Seitenfenster herunter.

„Sind Sie der Bursche, der den Hauptmann angerufen hat?", fragte die Wache.

Reacher nickte.

Der Mann grinste. „Der Hauptmann hat sich gedacht, dass Sie auftauchen würden. Fahren Sie durch." Er ging ins Wachhaus zurück und öffnete die Schranke.

Reacher fuhr auf ein niedriges symmetrisches Gebäude zu. Es hatte in der Mitte eine Doppeltür, zu der weiß getünchte Stufen hinaufführten. „Das Büro des wachhabenden Offiziers", erklärte Reacher.

Die Türen gingen auf, und ein uniformierter Mann trat heraus.

„So sah ich vor langer Zeit auch mal aus", murmelte Reacher.

Der Hauptmann erwartete sie oben an der Treppe, wo er gegen den Nieselregen geschützt war. Er war einen Kopf kleiner als Reacher, hatte aber breite Schultern und machte einen sportlichen Eindruck. Seine Uniformjacke war zugeknöpft, doch sein Gesichtsausdruck wirkte offen. Reacher stieg aus und ging um den Nissan herum. Lisa gesellte sich am Fuß der Treppe zu ihm.

„Bleiben Sie nicht im Regen stehen, kommen Sie rein!“, rief der Offizier mit einem städtischen Ostküstenakzent. Reacher ging die Treppe als Erster hinauf, und Lisa folgte ihm.

„Das ist Lisa Harper vom FBI“, stellte Reacher sie vor.

„Freut mich, Sie kennen zu lernen“, erwiderte der Hauptmann. „Mein Name ist John Leighton.“

Er schüttelte seinen Besuchern die Hand. Dann führte er sie einen Korridor entlang zu seinem Dienstzimmer, das mit Papierkram voll gestopft war.

„Wir möchten Ihre Zeit nicht zu lange in Anspruch nehmen“, begann Reacher.

„Machen Sie sich deswegen keine Gedanken. Nach Ihrem Anruf habe ich natürlich ein bisschen rumtelefoniert. Ein Freund eines Freundes riet mir, Sie nach Kräften zu unterstützen. Also, wie kann ich Ihnen behilflich sein?“ Mit einer Handbewegung forderte Leighton sie auf, Platz zu nehmen.

Lisa ging alles von Anfang an durch. Leighton hörte aufmerksam zu und unterbrach sie gelegentlich.

„Über die Frauen weiß ich Bescheid“, sagte er. „Wir haben davon erfahren.“

Zum Schluss erwähnte Lisa Reachers Theorie von der Verschleierungstaktik, die mutmaßlichen Diebstähle in der Armee und die Spur, die von Petrosians Männern in New York zu Bob in New Jersey geführt hatte.

„Sein voller Name lautet Bob McGuire“, erläuterte Leighton. „Quartiermeister-Feldwebel. Aber er ist nicht der, den Sie suchen. Er ist zu beschränkt.“

„Das haben wir uns bereits gedacht“, erwiderte Lisa. „Wir hofften jedoch, er könnte uns vielleicht Namen nennen und uns zu einem dickeren Fisch führen. Einem, der so große Geschäfte macht, dass es sich lohnt, Zeugen umzubringen.“

Leighton nickte. „Theoretisch könnte es so eine Person geben.“

„Fällt Ihnen da ein Name ein?“

Leighton schüttelte den Kopf. „Seit wir mit Computern ausgestattet sind, haben wir alles viel besser im Griff als früher. Wir wissen beispielsweise, wie viele Beretta M-9 geliefert wurden, wie viele ordnungsgemäß ausgegeben wurden und wie viele eingelagert sind. Wenn diese Zahlen nicht übereinstimmten, würden wir uns Gedanken machen."

„Die Zahlen stimmen also überein?"

„Jetzt tun sie's, das steht absolut fest. In den letzten anderthalb Jahren wurde in der Armee von niemandem eine Beretta M-9 geklaut."

„Und was machte McGuire vor zwei Monaten?", fragte Reacher.

„Er verkaufte die letzten Berettas, die er noch auf Lager hatte. Er hat mindestens zehn Jahre lang Diebstähle begangen, und zwei Dutzend andere haben dies auch getan, an verschiedenen Orten. Die Computeranalyse brachte es ans Licht. Uns fehlten eine ganze Menge Waffen. Wir leiteten Maßnahmen ein, um die Diebstähle zu unterbinden, und nahmen zwei Dutzend Leute fest. Von da an gab es keine Fehlbestände mehr."

„Konnten Sie alle schnappen?", erkundigte sich Lisa.

„Alle miteinander. Es war eine umfassende, weltweite Aktion. Den Erfolg verdanken wir den Computern."

„Nun, damit wäre diese Theorie hinfällig", seufzte Lisa.

„Nicht unbedingt", widersprach Leighton. „Wir haben eine eigene Theorie. Wie ich schon sagte, steht zwei Dutzend Leuten der Prozess bevor. Wir haben sie geschnappt, indem wir Undercoveragenten als Kaufinteressenten zu ihnen schickten. McGuire zum Beispiel verkaufte in einer Bar in New Jersey Berettas an zwei von unseren Leutnants."

„MacStiophan's – dort waren wir heute", warf Lisa ein.

„Richtig", bestätigte Leighton. „Unsere Männer kauften zwei M-9 aus dem Kofferraum seines Wagens, das Stück zu 200 Dollar. Wir nahmen also McGuire fest und begannen, nach dem Geld zu suchen. Wir fanden etwa die Hälfte davon. Ein Teil lag auf Bankkonten, mit dem Rest hatte er Anschaffungen getätigt."

„Und weiter?", fragte Reacher.

„Das war zunächst einmal alles. Wir sammelten aber weitere Informationen und stellten fest, dass der Sachverhalt überall ähnlich war. Bei all diesen Typen fehlte etwa die Hälfte des Geldes."

„Und das deutet theoretisch auf den dicken Fisch hin", murmelte Reacher.

„Genau. Wie ist das sonst zu erklären? Wir kamen auf den Gedanken, dass es im Hintergrund einen großen Macher geben könnte, der alles organisiert und ihnen Schutz gewährt, wenn sie die Hälfte des Profits abliefern."

„Oder die Hälfte der Waffen."

„Richtig", erwiderte Leighton. „So wurden die Abzocker abgezockt."

„Das leuchtet mir ein", meinte Lisa. „So ein Typ ist clever und geschickt. Er muss an verschiedenen Orten mit Problemen zurechtkommen. Das könnte die Erklärung dafür sein, dass er es auf so viele Frauen abgesehen hat. Nicht weil sie ihn kennen, sondern weil vielleicht jede von ihnen einen seiner Kunden kannte. Wer kann das nur sein?"

Leighton rieb sich die Augen. „Wir haben keine Ahnung. Wir haben zwei Dutzend Typen hinter Gittern, die alle den Mund halten. Wir glauben, der große Macher hat ihnen eine Heidenangst eingejagt."

In dem Büro wurde es still.

„Wir müssen rauskriegen, wie er heißt", sagte Reacher schließlich. „Wenn Sie nichts dagegen haben, rede ich mal mit McGuire."

Leighton lächelte. „Ich dachte mir schon, dass Sie so etwas sagen würden. Und ich hatte mir vorgenommen, es zu untersagen, weil es unzulässig ist. Aber inzwischen habe ich's mir anders überlegt."

WIE IMMER in regionalen Hauptquartieren war der Zellenblock unterirdisch angelegt. Leighton betätigte an einem Eisentor einen altmodischen Klingelzug. Eine Sekunde später ging es auf und gab den Blick auf einen hellen Korridor und einen riesigen Hauptfeldwebel frei, der dort stand. Leighton ging voran.

Auf der rechten Seite befand sich ein kleiner Büroraum. Auf einem ausladenden Schreibtisch waren Videorekorder aufgetürmt, die aus zwölf Zellen flimmernde Bilder aufzeichneten. Elf Zellen waren unbesetzt. In der zwölften lag eine zusammengekrümmte Gestalt unter einer Decke auf dem Bett.

„Nicht viel los im ‚Hilton' heute Nacht", bemerkte Reacher.

Leighton nickte. „McGuire ist zurzeit unser einziger Gast."

„Die Videoaufzeichnung ist vermutlich ein Problem", meinte Reacher.

„Oft funktioniert sie nicht", stimmte Leighton zu. Er beugte sich über den Schreibtisch und drückte einen Schalter. Die Rekorder hörten auf zu summen. „Sehen Sie? Ein sehr unzuverlässiges System."

„Es dauert ein paar Stunden, bis das repariert ist", fügte der Feldwebel hinzu. „Mindestens."

Er nahm einen Schlüsselbund von einem Holzbrett, ging zur Innentür, schloss sie auf und öffnete sie. Reacher ging hindurch, und der Feldwebel folgte ihm und verschloss die Tür hinter ihnen wieder. Er zeigte auf eine Treppe. „Nach Ihnen."

Die Treppe führte zu einer weiteren Tür hinunter, die ebenfalls verschlossen war. Dann kam ein Flur mit drei ebenfalls verschlossenen Türen, die zu drei Zellenblocks führten. Der Feldwebel schloss die mittlere Tür auf und drückte einen Schalter. Neonlicht erhellte einen zwölf Meter langen und sechs Meter breiten weißen Bereich. Ein Drittel davon wurde von einem Vorraum eingenommen, den Rest füllten vier Zellen aus. Drei von ihnen waren leer. In der vierten setzte sich McGuire überrascht auf.

„Sie haben Besuch!", rief der Feldwebel. In der Ecke des Vorraums standen zwei hohe hölzerne Hocker. Der Feldwebel holte einen davon herbei und stellte ihn vor McGuires Zelle. Dann ging er zurück und setzte sich auf den anderen. Reacher ignorierte den Hocker und blickte schweigend durch die Gitterstangen.

McGuire schob seine Decke beiseite und stellte seine Füße auf den Boden. Er trug ein olivgrünes Unterhemd und olivgrüne Shorts, war über einsachtzig groß und wog mindestens neunzig Kilo. Er war sehr muskulös, hatte einen dicken Hals sowie kräftige Arme und Beine. Kurz geschnittenes schütteres Haar, kleine Augen und ein paar Tätowierungen.

„Wer zum Teufel sind Sie?" Seine tiefe Stimme passte zu seiner Erscheinung. Reacher gab keine Antwort. Er ging zu dem Hauptfeldwebel hinüber und flüsterte ihm etwas ins Ohr. Der Unteroffizier nickte, stand auf und reichte Reacher den Schlüsselbund. Dann ging er hinaus und machte die Tür hinter sich zu, während Reacher zu McGuires Zelle zurückkehrte.

„Was wollen Sie?“, fragte der Häftling.

„Ich möchte rausfinden, wie dumm Sie tatsächlich sind.“

McGuire kniff die Augen zusammen. „Auf der anderen Seite vom Gitter können Sie gut das Maul aufreißen“, knurrte er.

Reacher trat einen Schritt vor. „Soll ich die Zellentür aufmachen? Chancengleichheit herstellen? Ich habe die Schlüssel bei mir.“

McGuire kniff die Augen noch mehr zusammen. „Ja, machen Sie auf!“

Reacher schloss die Tür auf und öffnete sie. McGuire rührte sich nicht vom Fleck. Reacher machte ein paar Schritte und hängte den Schlüsselbund an den Griff der Verbindungstür. Dann machte er eine Handbewegung. „Setzen Sie sich. Der Hocker dort ist für Sie gedacht.“

McGuire kam aus der Zelle. „Was wollen Sie?“

„Die Sache ist kompliziert“, antwortete Reacher. „Sie müssen verschiedene Punkte berücksichtigen.“

„Was für Punkte?“, fragte McGuire verdutzt.

„Punkt eins: Ich bin inoffiziell hier, verstanden? Das bedeutet: Ich bin weder Militärpolizist noch sonst ein Bulle. Ich bin eigentlich gar nicht da. Wenn ich Sie zum Krüppel schlage, kann mir nichts passieren. Zeugen gibt es nicht. Punkt zwei: Ganz gleich, was für schlimme Sachen der große Macher angedroht hat – ich habe schlimmere für Sie parat.“

„Was für ’n großer Macher?“

Reacher grinste ihn grimmig an. „Jetzt wird’s knifflig. Der dritte Punkt lautet: Wenn Sie mir sagen, wie der Mann heißt, verschwindet er für immer. Sie nennen seinen Namen, und er kann Ihnen nie mehr was antun. Verstehen Sie?“

„Was für einen Namen? Von was für einem Mann?“

„Von dem Mann, dem Sie die Hälfte Ihrer Einnahmen gegeben haben.“

„Den gibt’s gar nicht.“

Reacher schüttelte den Kopf. „Das zieht nicht. Wir wissen nämlich, dass es ihn gibt. Also bringen Sie mich nicht dazu, dass ich Sie verdresche, noch bevor wir das Wichtigste besprochen haben."

McGuire fuhr hoch. Dann holte er tief Luft und beruhigte sich wieder.

„Also, passen Sie auf", sagte Reacher. „Sie müssen Folgendes begreifen: Wenn Sie ihn verpfeifen, sind Sie für den Rest Ihres Lebens in Sicherheit. Er wird nämlich wegen ein paar Sachen gesucht, die erheblich schlimmer sind als Diebstähle bei der Armee."

„Was hat er denn angestellt?"

Reacher lächelte. Der Kerl existierte also wirklich.

„Er hat vier Frauen umgebracht. Wenn Sie mir sagen, wie er heißt, kommt er für immer hinter Gitter. Niemand wird ihn nach anderen Sachen fragen."

McGuire schwieg und dachte nach. Das dauerte.

„Letzter Punkt", fuhr Reacher fort. „Sie müssen begreifen, dass Sie's mir sowieso früher oder später mitteilen werden. Sie können's mir jetzt sagen oder erst in einer halben Stunde, nachdem ich Ihnen Arme und Beine gebrochen habe."

„Sie werden mir überhaupt nichts tun", erwiderte McGuire.

Reacher wandte sich um, griff nach dem hölzernen Hocker und drehte ihn um. Er legte die Hände um zwei von den Beinen und hielt den Hocker in Brusthöhe. Er packte fest zu und ließ seine Ellbogen nach hinten schnellen. Die Beine lösten sich aus den Querleisten, die klappernd zu Boden fielen. Reacher drehte den Hocker wieder um, packte die Sitzfläche mit der linken Hand, zog mit der rechten ein Bein heraus, hielt es fest und ließ die Trümmer fallen. Das Hockerbein hatte etwa das Gewicht und die Größe eines Baseballschlägers.

„Jetzt machen Sie das Gleiche", forderte er McGuire auf.

Dieser drehte seinen Hocker um und packte die Beine. Seine Muskeln spannten sich, die Tätowierungen dehnten sich, aber er erreichte nichts.

„Schade", bemerkte Reacher. „Ich wollte Ihnen eine faire Chance geben."

„Er war bei den Spezialeinheiten", kapitulierte McGuire. „Ein ganz harter Bursche."

„Das spielt keine Rolle. Wenn er Widerstand leistet, schießt ihn das FBI über den Haufen. Dann ist das Problem erledigt."

McGuire schwieg.

Reacher schwang das Hockerbein durch die Luft. „Welchen Arm soll ich Ihnen zuerst brechen? Den linken oder den rechten?"

„LaSalle Kruger", seufzte McGuire. „Kommandeur eines Nachschubbataillons. Er ist Oberst."

*DAS HANDY zu stehlen war kinderleicht, aber die Planungsarbeit ist ganz schön schwierig. Den richtigen Zeitpunkt zu finden ist von größter Wichtigkeit. Du musst warten, bis es völlig dunkel ist, bis die letzte Stunde der Tagschicht angebrochen ist. Die letzte Stunde ist eindeutig besser geeignet als die erste Stunde nach der Ablösung. Dann hat die Aufmerksamkeit nachgelassen. Langeweile hat sich eingestellt.*

*Du hast also einen Zeitraum von etwa vierzig Minuten, von 19 Uhr bis 19.40 Uhr. Du fährst vom Flughafen zurück und näherst dich auf der Durchfahrtsstraße. An der Kreuzung drei Straßen von ihrem Haus entfernt biegst du ab. Du hältst zweihundert Meter weiter nördlich auf einem Parkplatz für Wanderer an. Du steigst aus und arbeitest dich in westlicher und dann nördlicher Richtung durch leicht bewaldetes Gelände vor. Du bist ungefähr auf gleicher Höhe mit deiner früheren Position, aber diesmal nicht vor, sondern hinter ihrem Haus.*

*Du zwängst dich durch das Unterholz und erreichst den Zaun. Du stehst regungslos im Dunkel und beobachtest. Die Vorhänge sind zu. Ganz schwach kannst du hören, wie Klavier gespielt wird. Das Haus steht am Hang, im rechten Winkel zur Straße. Die Schmalseite liegt dir gegenüber. Dort gibt es Fenster, aber keine Tür. Du schiebst dich am Zaun entlang und betrachtest die Rückseite des Hauses. Auch dort gibt es keine Tür. Einen Zugang gibt es nur durch die Vordertür an der Veranda oder durch das Garagentor, das der Straße zugewandt ist. Nicht ideal, aber du hast entsprechende Pläne. Du hast alle Eventualitäten berücksichtigt.*

„OKAY, Oberst Kruger, jetzt bist du dran", murmelte Leighton.

Sie waren wieder in seinem Dienstzimmer. Der Hauptmann scrollte auf seinem Computermonitor ein Menü durch, während Reacher und Lisa nebeneinander vor seinem Schreibtisch saßen.

„Er steht auf der Personalliste", informierte Leighton sie.

„Hat er sich was zuschulden kommen lassen?", fragte Reacher.

„Das kann ich noch nicht sagen. Meinen Sie, dass die MP eine Akte über ihn haben könnte?"

„Irgendetwas muss passiert sein", erwiderte Reacher. „Zuerst war er bei den Spezialeinheiten, und jetzt ist er beim Nachschub? Was soll das?"

„Das ist nicht ganz einleuchtend. Möglicherweise eine Disziplinarmaßnahme. Leider kann ich Ihnen keinen Einblick in unsere Computerdaten geben. Sie wissen doch, wie das ist, nicht wahr? Das könnte sowieso die ganze Nacht in Anspruch nehmen."

„Könnten Sie nachforschen, wo Tarnfarbe verschwunden ist?", wollte Lisa wissen.

„Theoretisch müsste das schon gehen", antwortete Leighton.

„Elf Frauen stehen auf seiner Liste. Also geht es um zirka 1100 Liter. Mich interessiert, ob es zwischen Kruger und der Farbe einen Zusammenhang gibt. Dann könnten Sie noch rausfinden, ob er dienstfrei hatte, als die Frauen umgebracht wurden. Und machen Sie einen Abgleich der betreffenden Orte. Liefern Sie die Bestätigung, dass es an den Standorten, an denen die Frauen dienten, Diebstähle gab. Weisen Sie nach, dass die Frauen etwas bemerkt haben."

Leighton schloss die Personalliste und klickte auf ein anderes Menü. Nach einer Weile sagte er: „Die Armee wird nicht sehr begeistert sein von mir. Kruger ist ein Fall für uns, und ich rackere mich hier die ganze Nacht lang ab, damit wir ihn dem FBI übergeben können."

„Tut mir Leid", bedauerte Lisa. „Aber an der Zuständigkeit kann es keinen Zweifel geben. Mord hat Vorrang vor Diebstahl."

*NACHDEM du dir das Haus lange genug angeschaut hast, entfernst du dich vom Zaun und verschwindest im Unterholz. Du schlägst dich im Dunkel zu deinem Auto durch, steigst ein und fährst über die Kreuzung zurück. Du hast etwa zwanzig Minuten für den zweiten Teil deiner Aufgabe. Drei Kilometer westlich der Kreuzung steht ein altmodisches eingeschossiges Einkaufszentrum, das aus einem Mittelbau und zwei Flügeln besteht. Im Mittelbau befindet sich ein Supermarkt. Rechts und links von ihm ziehen sich kleine Läden hin.*

*Du fährst auf den Parkplatz und schaust dich um. Von allen Schaufenstern hat man den Parkplatz direkt im Blick. Das gefällt dir nicht. Deshalb fährst du hinter den Flügelbau. Du lächelst. Dort gibt es eine Reihe Ausweichplätze, die an die Rückfront der Läden grenzen, die nur einige Türen für die Warenanlieferung hat. Hier ist es genau richtig.*

*Du fährst auf den großen Parkplatz zurück und hältst bei einer Gruppe anderer Fahrzeuge. Du wartest zehn Minuten und passt auf. Dann siehst du den Buick mit dem FBI-Mann vorbeifahren, der jetzt seinen Dienst antritt.*

*„Wünsche eine angenehme Nacht“, flüsterst du vor dich hin.*

LEIGHTON empfahl ein Motel, das anderthalb Kilometer entfernt an der Route 1 Richtung Trenton lag. Es sei billig und sauber und die einzige Übernachtungsmöglichkeit in der näheren Umgebung. Lisa setzte sich ans Steuer, und sie fanden das Motel ohne Schwierigkeiten.

„Nummer zwölf ist ein nettes Doppelzimmer“, sagte der Mann an der Rezeption.

Lisa nickte. „Okay, das nehmen wir.“

„Wirklich?“, fragte Reacher. „Ein Doppelzimmer?“

„Wir reden später drüber“, erwiderte Lisa.

Sie zahlte bar, und der Mann reichte ihr den Schlüssel.

„Was ist denn?“, fragte sie, als sie zu dem Zimmer gingen. „Wir wollen doch nicht übernachten, wir warten nur auf Leightons Anruf. Und hier ist das Warten angenehmer als im Auto.“

Reacher zuckte nur mit den Achseln. Lisa schloss die Tür auf, und sie gingen hinein.

Es war ein Motelzimmer mit dem üblichen Standard. Ein Tisch und zwei Stühle standen am Fenster. Reacher setzte sich auf den rechten Stuhl, legte die Ellbogen auf den Tisch und stützte den Kopf auf die Hände. Er sagte keinen Ton.

„Was haben Sie denn?", fragte Lisa. „Was geht Ihnen durch den Kopf?"

Er schaute sie an. „Um die Wahrheit zu sagen: Ich bin nicht gern mit Ihnen in einem Zimmer, in dem ein Bett steht."

Sie lächelte spitzbübisch. „Geraten Sie etwa in Versuchung?"

„Ich bin auch nur ein Mensch."

„Dasselbe gilt für mich", erwiderte sie. „Aber wenn ich mich beherrschen kann, schaffen Sie das sicher auch."

Reacher sagte nichts.

„Ich werde jetzt duschen gehen", verkündete Lisa.

„Fein", murmelte er.

*Es ist ein Standard-Motelzimmer wie tausend andere, die du hierzulande gesehen hast. Du hängst dein Jackett in den Schrank, behältst jedoch die Handschuhe an, denn du willst nicht überall Fingerabdrücke hinterlassen.*

*Du gehst durch das Zimmer und setzt dich auf einen der beiden Stühle. Du lehnst dich zurück, schließt die Augen und denkst nach. Es muss morgen sein. Du planst das Timing vom Schluss her. Wenn du hinausgehst, sollte es dunkel sein. Aber du möchtest, dass der Bulle von der Tagschicht sie findet. Der Einfall kommt dir schrullig vor, aber was soll's? Ein bisschen Ulk muss einfach mit dabei sein, sonst macht das Leben keinen Spaß. Du musst also raus, nachdem die Dunkelheit eingesetzt hat, aber bevor der Bulle zum letzten Mal auf die Toilette geht. So gegen halb sechs.*

*Okay, halb sechs. Dämmerung, aber das ist akzeptabel. Du setzt für diese Frau eine halbe Stunde an. Also musst du um fünf drin sein und anfangen. Du denkst es aus ihrem Blickwinkel durch, und es wird deutlich, dass du den Anruf gegen zwei Uhr machen musst.*

Als Lisa aus dem Bad kam, war sie nur in ein Handtuch gehüllt. Ihr Gesicht war gerötet und ihr Haar nass. Kornblumenblaue Augen, weiße Zähne. Ohne Make-up sah sie wie vierzehn aus, nur war sie über einsachtzig. Und bei dieser Größe war ein normales Motel-Badetuch reichlich knapp.

„Ich rufe jetzt besser Blake an", sagte sie. „Ich sollte mich wirklich bei ihm melden."

„Drücken Sie sich möglichst vage aus, okay? Wenn Quantico jetzt ins Spiel kommt, wird man Leighton ablösen. Er ist nur ein Hauptmann. Man wird einen Esel mit zwei Sternen darauf ansetzen, und dann werden wir die Fakten nie erfahren. Sagen Sie einfach, wir würden morgen jemanden treffen, der uns weiterbringen könnte."

„Ich werde vorsichtig sein", versprach Lisa und holte das Handy aus ihrer Tasche.

„Ich glaube, ich werde jetzt auch duschen", sagte Reacher derweil.

Sie lächelte. „Viel Spaß. Ich verspreche Ihnen, dass ich nicht reinkommen werde."

Er ging ins Bad und schloss die Tür. Lisas Kleidung hing an einem Haken. Ihre Unterwäsche war weiß und spitzenbesetzt. Er überlegte, ob er nicht eiskalt duschen sollte, aber dann beschloss er, sich auf seine Willenskraft zu verlassen. Also stellte er den Hebel auf heiß und zog sich aus. Er duschte lange und versuchte, sich zu entspannen. Dann gab er auf und drehte den Hebel auf kalt. Nach Luft schnappend, hielt er ihn fest. Eine Minute. Zwei. Dann stellte er das Wasser ab und griff nach einem Tuch.

Lisa klopfte an die Tür. „Sind Sie fertig? Ich brauche meine Kleider."

Reacher nahm ihre Sachen vom Haken, öffnete die Tür einen Spaltbreit und reichte sie durch. Er trocknete sich ab und zog sich an. Dann klapperte er mit dem Türgriff und ging in das Zimmer. Halb angezogen stand Lisa neben dem Bett. Die übrigen Kleidungsstücke hingen über der Lehne des Sessels, der bei der Frisierkommode stand. Ihr Haar war zurückgekämmt. Das Handy lag neben dem Eiskübel.

„Was haben Sie ihm erzählt?"

„Dass wir am Morgen jemanden treffen werden. Keine Einzelheiten."

Lisa hatte nur ihr Hemd an, der BH und die Krawatte hingen über der Lehne. Ihre Anzughose ebenfalls. Sie hatte lange, schlanke Beine.

„Hatte er irgendetwas mitzuteilen?"

„Poulton ist in Spokane", antwortete sie. „Die Firma Hertz ist am dortigen Flughafen auf eine Vermietung von ganz kurzer Dauer gestoßen, um die zwei Stunden. Genau an dem Tag, als Alison starb. Es hat sich jedoch herausgestellt, dass es sich um eine Frau handelte, die geschäftlich unterwegs war. Allerdings meint der UPS-Fahrer, da sei etwas gewesen. Er schaut die Unterlagen durch."

„Der Name LaSalle wird da nicht auftauchen, das ist sicher."

Sie setzte sich auf den Rand des Bettes und wandte ihm dabei den Rücken zu. „Wahrscheinlich nicht, aber das spielt doch keine Rolle mehr, oder? Wir haben ihn gefunden. Das sollten wir feiern."

Reacher stellte die Kissen am Kopfende des Bettes auf und setzte sich. Er lehnte sich zurück und schaute zur Decke hinauf.

Lisa wandte sich ihm zu. Die beiden obersten Knöpfe ihres Hemds waren geöffnet.

„Es ist wegen Jodie, nicht wahr?", fragte sie unvermittelt.

Er schluckte. „Klar."

„Wenn sie nicht wäre, würden Sie wollen, oder?"

„Ich will", antwortete Reacher. „Aber ich werde nichts tun. Ihretwegen."

Lisa lächelte. „Standhaftigkeit – das gefällt mir bei einem Mann."

Er sagte nichts. Sie seufzte ein klein wenig und rückte ein Stückchen ab. Genug, um die Situation zu entschärfen.

„Dann wollen Sie also in der New Yorker Gegend bleiben?", fragte sie.

„So ist es geplant."

„Jodie wird verärgert sein wegen des Hauses. Ihr Vater hat es Ihnen vermacht."

„Kann schon sein, dass sie verärgert ist, aber sie muss sich damit abfinden", erwiderte Reacher. „Meiner Meinung nach hat mir ihr Vater die Wahl gelassen, das Haus zu behalten oder es zu Geld zu machen. Er wusste ja, wie ich bin. Er wäre nicht im Geringsten überrascht oder verärgert."

Im Zimmer wurde es still. „Mir ist immer noch nach Feiern zumute", flüsterte Lisa nach einer Weile. „Ein Kuss zur Belohnung. Mehr nicht, das verspreche ich."

Er schaute sie an, legte den linken Arm um sie, zog sie an sich und küsste sie auf die Lippen. Sie legte den Kopf in den Nacken und öffnete den Mund. Er spürte, wie ihre Zunge tief in seinen Mund drang. Fordernd. Es war ein gutes Gefühl. Er öffnete die Augen und sah undeutlich, dass ihre geschlossen waren. Er ließ sie los und rückte schuldbewusst von ihr ab.

„Ich muss dir was gestehen", begann er.

Sie war außer Atem. „Was denn?"

„Ich habe dir nicht die volle Wahrheit gesagt."

„Inwiefern?"

„Ich glaube nicht, dass Kruger unser Mann ist. Für Leighton ist er der Richtige, aber nicht für uns. Ich habe das auch nie angenommen."

„Doch, das hast du. Von Anfang an. Das mit der Waffenschieberei war doch deine eigene Theorie."

Reacher zog die Schultern hoch. „Die habe ich mir ausgedacht. Ich wollte eine plausible Ausrede, um aus Quantico wegzukommen. Damit ich Zeit zum Nachdenken hatte. Ich wollte auch sehen, wer diese Theorie unterstützen und wer sie ablehnen würde. Ich wollte sehen, wer wirklich darauf aus ist, dass diese Sache aufgeklärt wird."

„Das verstehe ich nicht. Das wollen wir doch alle."

In diesem Moment war ein lautes, hartnäckiges Klopfen zu hören. Reacher stand auf und ging zur Tür. „Ich komme schon!", rief er.

Als er die Tür öffnete, stand Leighton auf der Schwelle, mit offener Uniformjacke und Regentropfen auf den Schultern.

„Kruger ist unser Mann", teilte er Reacher mit und schob sich an ihm vorbei ins Zimmer. „Oh, Verzeihung", entschuldigte er sich überrascht, als er sah, wie Lisa ihr Hemd zuknöpfte.

„Es ist heiß hier", murmelte sie und schaute weg.

„Er ist unser Mann", wiederholte der Offizier. „Alles passt genau zusammen."

Unvermittelt fing Lisas Handy an zu klingeln. Leighton hielt inne und bedeutete ihr, dass er warten könne. Sie klappte das Handy auf und lauschte. Reacher sah, wie die Farbe aus ihrem Gesicht wich. Sie klappte das Handy wieder zu.

„Man ruft uns nach Quantico zurück", teilte sie Reacher mit. „Sie haben jetzt die kompletten Unterlagen von Caroline Cooke. Du hast es also gerade ernst damit gemeint, was du über die Theorie gesagt hast. Sie hatte nie etwas mit Waffen zu tun. Nicht im Entferntesten."

„Genau das wollte ich Ihnen ja mitteilen", sagte Leighton. „Kruger ist unser Mann, aber nicht Ihrer. Zuerst mal: Es gab keine Liste." Er schaute zu Lisa hinüber. „Sie baten mich, die Einsatzorte, an denen die Frauen tätig waren, auf Diebstähle von Farbe hin zu überprüfen. Dazu brauchte ich eine Liste der Frauen, aber ich versuchte vergeblich, eine zu finden. Ich machte einige Anrufe und erfuhr Folgendes: Als Ihre Leute vor einem Monat zu uns kamen, mussten wir versuchen, von jetzt auf nachher eine Liste zusammenzustellen. All diese Unterlagen zu durchforsten erwies sich als sehr mühsam. Da hatte jemand einen Einfall, wie man die Sache vereinfachen konnte. Er rief eine der Frauen unter einem Vorwand an. Wir glauben, dass es sich dabei um Alison Lamarr handelte. Und sie lieferte die Namen. Die Frauen hatten offenbar untereinander eine große Selbsthilfegruppe eingerichtet."

„Rita Scimeca sprach mal von ihren Schwestern", warf Reacher ein. „Erinnern Sie sich, Lisa? Sie sagte, sie stehe mit zehn ihrer Schwestern, von denen vier schon tot seien, auf einer Abschussliste."

„Dann trafen Krugers Akten ein. Bei den Zeitpunkten und den Orten ergab sich keine Übereinstimmung. Nicht die geringste." Leighton holte Luft. „Also prüfte ich nach, wieso er von den Spezialeinheiten zu einem Nachschubbataillon gegangen ist. Er nahm am Golfkrieg teil, als Major. Er war ein Ass. Einmal waren sie draußen in der Wüste und suchten nach mobilen Scud-Abschussrampen. Eine kleine Einheit mit schlechter Funkverbindung. Als der Artilleriebeschuss losging, geriet Krugers Einheit ins eigene Feuer. Er wurde schwer verwundet. Anschließend wurde er zum Oberst befördert und auf einen Posten versetzt, bei dem seine Behinderung keine Rolle spielte. So bekam er den Schreibtischjob beim Nachschub. Ich vermute, dass er mit den Schiebereien anfing, weil er sich rächen wollte. An der Armee. Er hat beide Beine verloren und sitzt im Rollstuhl. Er ist bestimmt nicht in der Lage, die Treppe zu einem Badezimmer hinaufzusteigen."

Lisa starrte die Wand an. „Okay, das war keine gute Idee."

„Tut mir Leid. Jetzt muss ich Ihnen noch Näheres über die Farbe erzählen. Der einzige Bericht über verschwundene grüne Tarnfarbe war in einer vertraulichen Akte versteckt. Ein Diebstahl von 110 Zwölfliterdosen. Ein Feldwebel aus einer Versorgungseinheit in Utah wurde dafür verantwortlich gemacht."

„Wie lautet sein Name?"

„Es handelte sich um eine Frau", antwortete Leighton. „Um Feldwebel Lorraine Stanley."

Völlige Stille trat ein.

„Das ist unmöglich", stammelte Lisa. „Sie zählt zu den Opfern."

Leighton hob bedauernd die Arme. „Ich rief in Utah an und sprach mit dem Offizier, der die Ermittlungen geleitet hatte. Er sagte, Stanley sei eindeutig die Täterin gewesen. Man habe von einer Strafverfolgung abgesehen, weil es kurz zuvor die Belästigungssache gegeben hatte. Man habe sie im Auge behalten, bis sie dann ihren Abschied nahm."

„Eines der Opfer stahl die Farbe?", wiederholte Reacher. „Und ein anderes stellte die Namensliste zur Verfügung?"

„So war es, glauben Sie mir."

REACHER fuhr schnell. Von dem Außenbezirk Trentons bis nach Quantico brauchten sie etwas weniger als drei Stunden.

Er schaltete den Motor und die Lichter aus und schaute Lisa an, bevor sie aus dem Auto stiegen. In dem Gebäude war es still. Sie nahmen den Fahrstuhl zu Blakes unterirdischem Büro und trafen ihn an seinem Schreibtisch sitzend an. Er starrte auf ein Blatt Papier und sah niedergeschlagen und verwirrt aus.

„Ein Fax von UPS", erklärte er leise. „Raten Sie mal, wer die Farbe an Alison Lamarr und die anderen verschickt hat!"

„Lorraine Stanley", antwortete Reacher.

„Stimmt. Von einer Adresse in Utah, die sich als SB-Lagerhalle entpuppte. Und noch etwas: Sie schickte einen der Kartons an sich selbst. Als sie die Farbe in der Lagerhalle unterbrachte, hatte sie aber noch gar keine eigene Wohnung. Sie wartete, bis sie sich niedergelassen hatte, und ging dann zurück nach Utah, um den Versand abzuwickeln. Was halten Sie davon?"

„Ich weiß nicht, was ich dazu sagen soll", erwiderte Reacher.

„Außerdem hat Poulton eben aus Spokane angerufen. Er hat den UPS-Fahrer vernommen. Der erinnert sich recht gut an die Auslieferung. Alison war zu Hause, als er ankam. Sie hörte sich in der Küche eine Sportübertragung im Radio an. Sie bat ihn herein und schenkte ihm Kaffee ein. Gemeinsam verfolgten sie die Sportreportage. Dann trank er noch einen Kaffee, und schließlich teilte er Alison mit, er habe einen großen, schweren Karton für sie."

„Und?"

„Und sie sagte: ‚Aha, gut' und machte in der Garage Platz. Er brachte den Karton herein, stellte ihn ab, und sie lächelte erfreut."

„Als hätte sie ihn erwartet?"

Blake nickte. „Das war der Eindruck, den der Mann hatte. Sie zog die Plastikhülle mit den Dokumenten vom Karton ab und trug sie in die Küche. Der Fahrer folgte ihr, um seinen Kaffee auszutrinken. Alison zog die Versanddokumente aus der Plastikhülle, riss sie in kleine Stücke und warf sie zusammen mit der Hülle in den Mülleimer."

„Was schließen Sie daraus?"

Blake schürzte die Lippen. „Ich habe keine Ahnung."

„Es tut mir Leid", sagte Reacher. „Meine Theorie hat uns nicht weitergebracht."

Blake verzog das Gesicht. „Einen Versuch war es wert."

„Ist Lamarr in der Gegend? Ich möchte mich auch bei ihr entschuldigen."

Blake schüttelte den Kopf. „Sie ist zu Hause. Ist noch nicht wieder da gewesen. Sie sagte, sie sei am Ende, und da hatte sie Recht. Ich kann ihr keinen Vorwurf machen."

„Eine Menge Stress. Sie sollte mal verreisen."

„Wohin denn?" Blake stöhnte. „Sie steigt ja in kein Flugzeug. Und ich möchte nicht, dass sie in ihrem Zustand mit dem Auto herumfährt." Dann verhärtete sich sein Gesichtsausdruck. „Ich werde mich nach einem anderen Berater umsehen. Sobald ich einen gefunden habe, können Sie gehen. Sie haben nichts erreicht. Wie Sie mit den Kollegen in New York zurechtkommen, ist Ihre Sache."

„Okay", erwiderte Reacher.

Lisa verstand den indirekten Wink, den Blake ihr gegeben hatte.

Sie begleitete Reacher aus dem Büro und zum Fahrstuhl. Sie fuhren zur dritten Etage hinauf und gingen zu der vertrauten Tür.

„Wieso hat Alison den Karton mit Farbe erwartet?“, nahm Lisa den Faden wieder auf. „Die anderen erwarteten ihn nicht.“

Reacher zuckte mit den Achseln. „Ich weiß es nicht.“

Lisa öffnete seine Tür. „Okay, dann gute Nacht.“

„Bist du böse auf mich?“

„Du hast 36 Stunden vergeudet.“

„Nein, ich habe 36 Stunden investiert.“

„In was?“

„Das weiß ich noch nicht.“

„Du bist ein merkwürdiger Kerl.“

„Das hört man allgemein.“ Er küsste sie auf die Wange und betrat das Zimmer. Sie schloss die Tür ab und ging zum Fahrstuhl zurück.

Reacher legte sich aufs Bett. Sein Jackett behielt er an. Es war drei Uhr morgens. Zu spät, um mit Jodie zu telefonieren. Er starrte zur Decke hinauf und versuchte, sich Jodie vor Augen zu rufen. Er sah aber nur Lisa Harper und Rita Scimeca. Er dachte über Ritas Gesicht nach, den Schmerz in ihren Augen. Über ihre neue Existenz dort draußen in Oregon – die Blumen, den Flügel, die abgeschirmte Häuslichkeit. Er schloss die Augen. Dann öffnete er sie wieder und starrte abermals den weißen Verputz über sich an. Er rief sich Lisas Körper in Erinnerung, ihren Gang, das arglose Lächeln, ihren offenen, gewinnenden Blick. Er drehte sich um, griff nach dem Telefon und wählte die Nummer ihres Handys.

„Ich möchte dich sehen“, sagte er, als sie sich meldete. „Gleich jetzt.“

Lisa klopfte nicht an, sondern schloss einfach mit ihrem Schlüssel auf und trat ein. Sie war hemdsärmelig. „Was ist los?“

„Ich möchte dich was fragen“, erwiderte Reacher. „Was wäre geschehen, wenn wir bereits über die Farblieferung Bescheid gewusst und Alison danach gefragt hätten? Was hätte sie gesagt?“

„Vermutlich das Gleiche wie bei dem UPS-Mann.“

„Nein“, widersprach Reacher. „Sie hätte uns angelogen.“

„Wirklich? Wieso denn?“

„Weil sie uns alle angelogen haben. Wir haben mit sieben Frauen gesprochen, und alle haben die Unwahrheit gesagt. Die Geschichten, die uns aufgetischt wurden: von einer Mitbewohnerin, von Irrtümern – alles Quatsch. Wenn wir Alison vorher aufgesucht hätten, dann hätte sie uns so was Ähnliches vorgemacht."

„Woher weißt du das?"

„Weil wir von Rita Scimeca angelogen wurden. Das ist mir eben aufgegangen. Sie hatte keine Mitbewohnerin. Das passt nicht zu ihr. Du hast gesehen, wie sie wohnt. Alles makellos sauber und gepflegt. Eine obsessive Putzwut. Unter diesen Umständen hätte sie es nicht ertragen können, ihr Haus mit jemandem zu teilen. Und wegen des Geldes brauchte sie keine Mitbewohnerin. Du hast den großen Wagen gesehen und den Flügel. Weißt du, was so ein Flügel kostet?"

„Und was willst du damit sagen?"

„Das soll heißen, dass sie die Lieferung erwartete, genau wie Alison. Und alle anderen. Als die Kartons eintrafen, sagten sie: ‚Aha, gut.' Genau wie Alison. Und dann verstauten sie die Kartons."

„Das ist doch nicht möglich. Wieso sollten sie das tun?"

„Weil der Täter sie irgendwie in der Hand hatte. Er brachte Alison dazu, ihm ihre eigene Namensliste auszuhändigen. Er brachte Lorraine Stanley dazu, die Farbe zu stehlen und diese zum richtigen Zeitpunkt zu verschicken. Er brachte jede von ihnen dazu, die Lieferung anzunehmen und die Unterlagen sofort zu vernichten. Und er brachte sie auch noch dazu, dass sie sich freuten."

Lisa schaute ihn mit großen Augen an. „Aber wie? Wie hat er das bloß gemacht?"

„Keine Ahnung", antwortete Reacher.

„Erpressung? Drohungen? Angst?"

„Ich weiß nicht. Die Frauen waren nicht besonders ängstlich."

„Und was soll ich jetzt tun?"

„Weiter nachdenken. Blake hört nicht mehr auf mich. Bei ihm habe ich meine Glaubwürdigkeit verspielt."

Lisa setzte sich neben ihm aufs Bett. Er betrachtete sie.

„Läuft die Kamera?"

Sie schüttelte den Kopf. „Davon halten sie nichts mehr. Warum?"

„Weil ich dich wieder küssen möchte."

Sie errötete. „Nur ein Kuss und nichts weiter?“

Er nickte.

„Na gut.“

Sie wandte sich ihm zu. Er nahm sie in die Arme und küsste sie. Wie in dem Motel legte sie den Kopf in den Nacken und schob die Zunge in seinen Mund. Mit der Hand fuhr er über ihre Hüfte. Sie küsste ihn heftiger. Dann legte sie die Hand auf seine Brust und drückte sich weg. „Jetzt sollten wir aufhören“, sagte sie.

„Das glaube ich auch.“

Sie stand auf und warf ihr Haar nach hinten. „Ich verschwinde jetzt. Wir sehen uns dann morgen.“

Als Lisa gegangen war, streckte sich Reacher auf dem Bett aus. Er fand keinen Schlaf. Er machte sich Gedanken über Gehorsam und Ergebenheit, über Motive und Gelegenheiten. Und über Wahrheit und Lügen.

Lisa kam um acht Uhr morgens zurück, frisch geduscht und in einem anderen Anzug. Sie sah energiegeladen aus. Reacher dagegen war übermüdet, stand aber fertig angekleidet an der Tür und wartete auf sie. Sein Herz klopfte vor Tatendrang.

„Gehen wir!“, drängte er. „Gleich jetzt.“

Blake saß wie zuvor in seinem Büro am Schreibtisch. „Reacher, heute gehen Sie die Akten nochmals durch!“, befahl er.

„Nein. Ich muss nach Portland. Können Sie mir das Flugzeug zur Verfügung stellen?“

„Das Flugzeug? Sind Sie übergeschnappt? Das kommt überhaupt nicht infrage.“

„Auch gut.“ Reacher ging zur Tür, warf einen letzten Blick auf das Büro und trat auf den Gang hinaus.

Lisa schob sich an ihm vorbei. „Wieso nach Portland?“

Er schaute sie an. „Wegen der Wahrheit und wegen der Lügen.“

„Was soll das heißen? Was hast du vor?“

„Im Moment ist es nur ein Kartenhaus. Du würdest es wegwischen und die anderen auch. Du musst das mit eigenen Augen sehen. Menschenskind, ich muss es selbst mit eigenen Augen sehen! Ich möchte dich jedoch dabeihaben, wegen der Festnahme.“

„Was für eine Festnahme? Rück doch raus damit.“
Er schüttelte den Kopf. „Wo ist dein Auto?“
„Auf dem Parkplatz.“
„Also, los geht’s.“

In Rita Scimecas gesamter Dienstzeit war um sechs Uhr Wecken gewesen, und daran hielt sie sich auch im Zivilleben. Von Mitternacht an schlief sie immer sechs Stunden, also ein Viertel ihres Lebens. Dann stand sie auf, um die anderen drei Viertel zu bewältigen.

An diesem Tag hatte sie sich vorgenommen, sich mit Bach zu beschäftigen. Sie versuchte, die zweistimmigen Inventionen zu meistern. Rita gefiel, wie sich diese mit unausweichlicher Logik immer weiter voranbewegten, bis sie schließlich dort endeten, wo sie begonnen hatten. Die Stücke zu spielen erwies sich jedoch als sehr schwierig.

Das fünfte Stück gehört zu den schwierigsten, war aber ihr liebstes. Sie spielte es zweimal durch und war mit dem Ergebnis einigermaßen zufrieden. Sie beschloss, drei Stunden lang zu spielen und dann zu frühstücken.

*Du beziehst deine Stellung schon so früh, dass du dich eingerichtet hast, als um acht Uhr die Ablösung stattfindet. Es ist dasselbe wie gestern. Der FBI-Mann ist noch wach, aber nicht mehr sehr aufmerksam.*

*Der Ortspolizist trifft ein. Sie tauschen von Fenster zu Fenster ein paar Nettigkeiten aus. Der Buick rollt den Hügel hinunter, und der Wagen des Ortspolizisten kurvt auf seinen Platz. Der Motor geht aus, und der Mann wendet den Kopf. Er lässt sich tief in seinen Sitz sinken, und seine letzte Schicht als Bulle beginnt. Von morgen an werden sie ihm nicht mal mehr zutrauen, dass er am Polarkreis den Verkehr regeln kann.*

„Also, wie kommen wir hin?“, fragte Lisa, als sie in ihren kleinen gelben Zweisitzer kletterte. Reacher fiel auf, dass er ihn noch nie zu Gesicht bekommen hatte. Er klemmte sich auf den Beifahrersitz, und sie stellte ihre Tasche auf seinen Schoß. Viel Bewegungsfreiheit gab es nicht.

„Wir müssen einen normalen Linienflug nehmen“, antwortete er. „Am besten fährst du zum National Airport. Hast du Kreditkarten dabei?“

Sie schüttelte den Kopf. „Die sind alle überzogen. Man wird sie nicht akzeptieren. Wie sieht's bei dir aus?“

„Ich bin stets pleite“, antwortete er und dachte scharf nach. Er öffnete ihre Tasche und holte das Handy heraus. Er schloss die Augen und rief sich in Erinnerung, wie er in Jodies Küche gesessen und die Nummer gewählt hatte. Er strengte sich an, sich der Zahlenfolge zu entsinnen. Dann gab er sie langsam ein und hörte das Klingelzeichen. Schließlich nahm jemand ab.

„Oberst John Trent“, meldete sich eine tiefe Stimme.

„Trent, hier spricht Reacher. Sind wir noch gute Freunde?“

„Wie meinen Sie das?“

„Ich brauche eine Mitfluggelegenheit für zwei Personen. Von Andrews nach Portland, Oregon.“

„Wann sollte das sein?“

„Jetzt gleich. Sofort.“

„Soll das ein Witz sein?“

„Nein. Wir sind schon unterwegs. In einer halben Stunde treffen wir ein.“

Trent schwieg einen Moment. „Okay“, sagte er dann und legte auf.

„Macht er es?“, erkundigte sich Lisa.

Reacher nickte. „Er schuldet mir was. Also los.“

Lisa fuhr vom FBI-Parkplatz, fegte den Zubringer entlang und gelangte auf die I-95.

„Und was ist nun der Schlüssel zu allem?“, fragte sie.

„Die Mittel, das Motiv und die Gelegenheit. Die Heilige Dreifaltigkeit der Polizeiarbeit. Wir wissen alles, was wir wissen müssen. Manches ist uns schon seit Tagen bekannt. Aber wir haben alles vermurkst. Wir haben schwere Fehler gemacht und sind von falschen Annahmen ausgegangen."

„Was für Fehler? Und welche Annahmen meinst du?"

„Ganz gravierende Fehler", entgegnete Reacher. „Aber daran sind wir nicht allein schuld. Ich glaube, wir haben uns auch ein paar dicke Lügen auftischen lassen. Es waren dermaßen dreiste Lügen, dass niemandem etwas auffiel."

NACH ihrer Ankunft auf dem Luftwaffenstützpunkt Andrews wurden sie von einem Hauptmann in einen Warteraum geführt. Er war karg eingerichtet und wurde von Neonröhren erhellt.

„Sag es mir", bat Lisa, als der Offizier gegangen war. „Um was geht es?"

„Fangen wir mit dem Motiv an", erwiderte Reacher. „Wer hat ein Motiv?"

„Das weiß ich nicht."

„Geh mal zurück zu Amy Callan. Angenommen, sie wäre das einzige Opfer gewesen. Bei wem würdest du dann ein Motiv vermuten?"

„Bei ihrem Mann. Wenn die Ehefrau umgebracht wird, verdächtigt man immer den Mann. Weil die Motive oft persönlicher Natur sind."

„Gut, nehmen wir mal an, Amy Callans Mann sei der Täter. Was macht er, um den Verdacht von sich abzulenken?"

„Er kann nichts machen."

„Doch. Er kann ihn von sich ablenken, indem er eine Anzahl Frauen findet, die gewisse Ähnlichkeiten mit seiner Frau aufweisen, und sie ebenfalls umbringt. Er kann die Aufmerksamkeit von sich ablenken, indem er die persönliche Verbindung durch eine Gruppe verdeckt. Wo kann man ein Sandkorn am besten verstecken?"

„Am Strand."

„Genau", bestätigte Reacher.

„Du meinst also, dass alle bis auf eine Lockvögel sind. Sand am Strand."

„Tarnung. Vernebelungstaktik."

„Und um welche geht es? Welche ist das eigentliche Ziel?"

Reacher schwieg.

Der Hauptmann kam zurück und führte sie hinaus zu einem wartenden Dienstwagen. Das Auto fuhr sie zu einer nagelneuen Boeing, die allein auf dem Vorfeld stand. Der Hauptmann hatte ihnen erklärt, es handele sich um ein Transportflugzeug, das sich auf einem Testflug befinde und nun nach Portland umgeleitet werde. An der vorderen Kabinentür befand sich eine fahrbare Gangway, an deren oberem Ende die uniformierte Besatzung mit Klemmbrettern voller Unterlagen stand.

„Willkommen an Bord", begrüßte sie der Kopilot. „Einen freien Platz werden Sie schon finden." Es gab 260 freie Plätze.

Reacher machte sich auf drei Sitzen breit und lehnte den Kopf gegen das Fenster, während Lisa hinter ihm Platz nahm und den Sicherheitsgurt anlegte.

„Also, welche Frau ist das eigentliche Ziel?", fragte sie noch einmal.

„Darauf kannst du von selbst kommen", antwortete Reacher.

Das Flugzeug rollte zur Startbahn. Eine Minute später war es schon in der Luft und begann seinen Steigflug.

*Es ist zwei Uhr. Der Ortspolizist befindet sich weiterhin vor ihrem Haus. Zeit für den Anruf. Du nimmst das gestohlene Handy und wählst ihre Nummer. Du hörst, wie die Verbindung zustande kommt. Du hörst das Klingelzeichen. Du duckst dich hinter deinem Felsen und machst dich bereit.*

*Sie nimmt ab. „Hallo?", meldet sie sich.*

*„Hallo, Rita", erwiderst du.*

*Sie hört deine Stimme. Du merkst, wie sie sich entspannt. „Ja?", fragt sie.*

*Du sagst ihr, was sie tun soll.*

„Die erste Frau sollte uns von der Fährte abbringen", überlegte Lisa. „Und mit der zweiten ergab sich ein gewisses Muster."

„Das meine ich auch", erwiderte Reacher. „Mit Callan und Cooke fängt die Vernebelungstaktik an."

„Aber allzu lange warten würde er nicht", fuhr Lisa fort. „Ihm käme es darauf an, seine Zielperson zu erledigen, bevor irgendetwas aufgedeckt wird."

„Das meine ich auch", bestätigte Reacher erneut.

„Also ist es die Dritte oder die Vierte."

Reacher nickte, sagte aber nichts.

„Aber welche von diesen beiden?", fragte Lisa. „Wo findet man die Antwort?"

„In allem, wie immer", antwortete er. „Bei den Anhaltspunkten. Den geographischen Gegebenheiten. Der Farbe. Der gewaltlosen Vorgehensweise."

„Lorraine Stanley stahl die Farbe", fasste Lisa zusammen. „Das gewaltlose Vorgehen zeigt, dass der Täter etwas vortäuscht. Die geographischen Gegebenheiten verdeutlichen seine Reichweite."

„Sowie Schnelligkeit und Mobilität", fügte Reacher hinzu. „Vergiss die Mobilität nicht."

„Warum ist die so wichtig?"

„Weil das eine von den Lügen ist. Wir sind voll darauf reingefallen."

DAS FRÜHSTÜCK bestand aus einem kalten, runzligen Apfel und einem Stück Schweizer Käse. Mehr hatte Ritas Kühlschrank nicht zu bieten.

Als sie den Teller abwusch, klingelte es an der Tür. Es war der Polizist, der wieder aufs Klo gehen wollte. Sie wartete im Flur, bis er aus dem Badezimmer kam, und schaute zu, wie er zum Wagen zurückging. Dann schloss sie die Tür wieder ab und ging ins Wohnzimmer. Sie setzte sich an den Flügel und spielte noch anderthalb Stunden.

Ihr Anschlag wurde immer besser. Er war so gut wie nie. Sie konzentrierte sich ganz auf die Noten und schaffte es, dass ihr Spiel nur ein klein wenig langsamer als die angegebene Tempobezeichnung war. Es klang jedoch herrlich. Sie war zufrieden.

Sie schob den Hocker zurück, massierte ihre Finger und spreizte sie. Anschließend ging sie zur Garderobe und holte ihre Jacke hervor. Sie schloss die Tür zum Untergeschoss auf und stieg hinunter in die Garage. Mit der Fernbedienung am Schlüsselbund entriegelte sie ihr Auto, dann drückte sie auf den Knopf des Garagenöffners. Während das Tor nach oben rumpelte, stieg sie in den Wagen und ließ den Motor an.

Sie fuhr rückwärts in die Auffahrt und drückte den Knopf, um das Tor wieder zu schließen. Als sie sich umdrehte, sah sie, dass ihr das Polizeiauto den Weg versperrte. Sie stieg aus und ging auf den Wagen zu.

„Ich fahre in den Supermarkt", erklärte sie. „Ich werde ungefähr eine Stunde weg sein."

„Okay, aber ich bleibe hier", erwiderte der Polizist. „Wir bewachen nur das Haus, nicht Sie persönlich. Uns geht es um Verbrechen, die in den Häusern verübt wurden."

„Ist gut. In dem Geschäft wird mir niemand was antun."

*Du siehst, wie das Garagentor aufgeht. Du siehst, wie der Wagen herauskommt. Du siehst, wie das Tor wieder zugeht. Du siehst, dass sie in der Auffahrt anhält und aussteigt. Du beobachtest sie bei ihrem Gespräch mit dem Ortspolizisten. Du siehst, wie der Bulle mit seinem Wagen zurückstößt und wie sie rückwärts auf die Straße rollt und den Hügel hinunterfährt. Du lächelst vor dich hin und stehst auf. Du machst dich an die Arbeit.*

Am Fuss des Hügels fuhr Rita nach links, dann nach rechts auf die Straße Richtung Portland. Nach drei Kilometern bog sie links zum Einkaufszentrum ab, stellte ihr Auto auf den leeren Parkplatz hinter den Geschäften und ging auf den Supermarkt zu.

Drinnen nahm sie einen Einkaufswagen. Sie schob ihn durch alle Gänge und nahm die Waren mit, von denen sie annahm, dass sie bei ihr zur Neige gingen. Sie bekam so wenig zusammen, dass sie zur Schnellkasse gehen konnte.

Das Mädchen steckte alles zusammen in eine Papiertüte. Rita bezahlte bar und ging mit der Tüte im Arm hinaus. Sie wandte sich auf dem schmalen Gehsteig nach rechts und ging zu dem Eisenwarenladen hinüber.

Sie zog die Tür auf. An der Kasse stand ein älterer Mann in einem braunen Arbeitskittel. Rita ging an den Werkzeugen und den Nägeln vorbei und kam zu den Farben. Sie stellte die Tüte mit den Lebensmitteln auf den Boden und nahm eine Farbmusterkarte von einem Regal.

„Kann ich Ihnen behilflich sein?“, erkundigte sich der Mann.

„Ist diese Farbe wasserlöslich?“

Er nickte. „Es ist Latex, und das bedeutet, dass es auf Wasserbasis hergestellt wurde.“

„Ich glaube, ich nehme die olivgrüne Farbe. Ich möchte, dass sie etwas Militärisches hat.“

„Okay“, erwiderte der Verkäufer. „Wie viel brauchen Sie?“

„Eine Vierliterdose.“

Er trug die Dose für sie zur Kasse und tippte den Preis ein. Sie bezahlte bar. Zusammen mit einem hölzernen Rührlöffel brachte der Mann die Dose in einer Tragetasche unter.

„Danke schön.“ Rita nahm die Lebensmitteltüte mit der einen Hand und die Tragetasche mit der anderen und ging an den Geschäften vorbei. Nach dem letzten bog sie um das Gebäude und kam wieder zu dem kleinen Parkplatz auf der Rückseite. Sie eilte zu ihrem Auto, stellte die Einkäufe auf den Rücksitz, stieg ein und ließ den Motor an.

DER ORTSPOLIZIST sah die Gestalt den Hügel heraufkommen, als sie noch hundert Meter entfernt war. Der Mann war groß und hatte volles graues Haar, das säuberlich nachgeschnitten und gebürstet war. Er trug eine Armeeuniform. Adler auf den Achselklappen und an den Aufschlägen: ein Oberst. Statt des üblichen Hemds und einer Krawatte trug er jedoch einen runden Kragen. Der Mann, der rasch den Gehweg entlangkam, war also ein Feldgeistlicher, ein Militärpfarrer.

Einen Meter vom rechten Scheinwerfer des Polizeiautos entfernt blieb er auf dem Gehweg stehen und schaute zu Rita Scimecas Haus hinauf.

Der Polizist ließ das Fenster auf der Beifahrerseite herunter. „Kann ich Ihnen behilflich sein?“, rief er.

Der Militärpfarrer streckte den Kopf durch das offene Fenster. „Ich möchte die Dame des Hauses besuchen.“

„Sie ist kurz weggegangen“, erwiderte der Polizist. „Und wir haben hier eine besondere Situation.“

„Was für eine Situation?“

„Sie wird bewacht. Den Grund kann ich Ihnen nicht nennen. Ich muss Sie jedoch bitten, in den Wagen zu kommen und sich auszuweisen."

Der Militärpfarrer zögerte einen Moment. Dann öffnete er die Beifahrertür und stieg ein. Er steckte die Hand in seine Uniformjacke und holte eine Brieftasche hervor. Er klappte sie auf und zog einen abgegriffenen Dienstausweis heraus.

Der Polizist überprüfte ihn. „In Ordnung, Herr Oberst. Wenn Sie möchten, können Sie hier drin warten."

Rita bog von der Hauptstraße nach links und dann nach rechts in ihre Straße ab. Das Polizeiauto war wieder quer über ihre Auffahrt geparkt. Neben dem Polizisten saß jemand. Rita stoppte mitten auf der Straße, bereit zum Abbiegen und in der Hoffnung, dass der Polizist begreifen und Platz machen würde. Stattdessen öffnete er seine Tür und stieg aus, als müsste er mit ihr reden. Sie kurbelte ihr Fenster herunter, und er kam zu ihr herüber.

„Hier ist jemand, der Sie sprechen möchte. Ein Militärpfarrer. Er hat sich ausgewiesen."

„Wimmeln Sie ihn ab!"

Der Polizist schien verwundert. „Er ist aus Washington angereist."

„Das ist mir egal. Ich möchte nichts mit ihm zu tun haben."

Der Polizist sagte nichts, schaute nur über seine Schulter nach hinten. Der Militärpfarrer kletterte aus dem Wagen, erhob sich auf dem Gehweg zu seiner vollen Länge und kam herbei. Rita stieg nun ebenfalls aus.

„Rita Scimeca?", fragte der Pfarrer, als er nahe genug herangekommen war.

„Was wollen Sie?"

„Ich möchte hören, wie es Ihnen geht. Nach Ihren Problemen."

„Meinen Problemen?"

„Nach der Vergewaltigung."

„Und wenn es mir nicht gut geht?"

„Dann kann ich Ihnen vielleicht helfen." Er hatte eine tiefe, warme, volle Stimme. Eine Kirchenstimme.

„Sind Sie von der Armee hergeschickt worden?", fragte Rita. „Ist es amtlich?"

„Leider nicht. Ich habe mich deswegen oft mit den zuständigen Leuten auseinander gesetzt."

„Wenn sie Beratung anbieten, geben sie zu, dass sie haftbar sind."

„So sehen die das auch", erwiderte der Militärpfarrer. „Deswegen handelt es sich hier um einen privaten Besuch, entgegen den Befehlen. Aber mein Gewissen zwingt mich dazu."

Rita schaute weg und zog ihre Jacke fester um sich. „Warum besuchen Sie ausgerechnet mich? Es gibt doch eine ganze Anzahl betroffener Frauen."

„Sie sind die Fünfte", erwiderte er. „Ich fing mit denen an, die offenbar allein leben, die meine Hilfe eventuell am dringendsten benötigen. Ich bin im ganzen Land herumgereist. Einige Besuche waren nützlich, andere umsonst. Ich möchte mich nicht aufdrängen. Ich meine jedoch, dass ich guten Willen zeigen muss."

„Nun, ich fürchte, Sie haben wieder eine Reise umsonst gemacht", entgegnete sie in kühlem Ton. „Ich muss Ihr Angebot ablehnen. Ich brauche Ihre Hilfe nicht."

„Sind Sie sicher? Bitte überlegen Sie sich's. Ich habe einen weiten Weg zurückgelegt."

Statt zu antworten, schaute Rita den Polizisten ungeduldig an. Der Beamte trat von einem Bein aufs andere und versuchte, die Aufmerksamkeit des Pfarrers auf sich zu lenken. „Sir, ich muss Sie jetzt leider bitten zu gehen", sagte er schließlich.

„Das Angebot gilt weiterhin", versicherte der Geistliche. „Ich könnte Sie jederzeit erneut aufsuchen." Damit wandte er sich um und ging den Hügel hinunter.

Rita blickte ihm eine Weile nach, bevor sie wieder in ihr Auto stieg. Der Polizist ging zu seinem Streifenwagen zurück und fuhr rückwärts den Hügel hinauf. Rita bog in ihre Auffahrt ein und drückte den Knopf des Garagenöffners. Das Tor rumpelte in die Höhe. Sie fuhr hinein und drückte den Knopf erneut. Bevor das Tor herunterkam und sie in Dunkelheit hüllte, sah sie noch, wie das Polizeiauto wieder seinen alten Platz einnahm.

Als sie die Wagentür öffnete, ging die Innenbeleuchtung an. Sie betätigte den kleinen Hebel für den Kofferraum, stieg aus, holte ihre Einkäufe vom Rücksitz und schaffte sie nach oben. Sie stellte sie in der Küche auf die Arbeitsplatte, setzte sich auf einen Hocker und wartete.

*Das Auto hat eine flache, lang gezogene Form. Der Kofferraum ist deshalb zwar tief und breit, aber nicht sehr hoch. Daher liegst du zusammengekrümmt auf der Seite. Hineinzukommen war kein Problem. Sie hat den Wagen unverschlossen stehen lassen, genau wie du sie angewiesen hattest. Du hast zugeschaut, wie sie zum Supermarkt gegangen ist. Dann bist du einfach hinübergeschlendert, hast die Fahrertür aufgemacht und den Hebel für den Kofferraum betätigt. Dann hast du die Tür wieder zugemacht, bist nach hinten gegangen und hast den Deckel hochgezogen. Niemand hat zugeschaut. Du hast dich hineingewälzt und den Deckel zugezogen. Es war einfach.*

*Du musst lange warten da drinnen. Du merkst aber, dass sie wieder einsteigt und den Motor anlässt. Du führst dir vor Augen, wo sie abbiegt, und weißt, wann sie wieder bei sich zu Hause eintrifft. Du hörst den Bullen reden. Da gibt's ein Problem. Dann hörst du, wie ein dämlicher Militärpfarrer auf sie einredet. Du wirst nervös. Wenn sie ihn nun hereinbittet? Sie weist ihn jedoch ab. Du lächelst im Dunkel, als du spürst, dass das Auto wieder anfährt. Dann geht der Motor aus, und es wird sehr still. Sie denkt daran, den Kofferraum zu entriegeln. Du warst dir dessen sicher, weil du sie gebeten hast, das ja nicht zu vergessen. Dann hörst du, wie sie weggeht, wie die Tür zum Untergeschoss geöffnet und geschlossen wird. Du drückst den Kofferraumdeckel hoch und kletterst raus. Du streifst deine Handschuhe über.*

„Hallo, Rita", sagte die Person.

Rita schaute auf und erblickte den erwarteten Besuch am Ende der Treppe, die zur Garage führte. „Hallo", erwiderte sie.

Die Person schaute sie fragend an. „Hast du die Farbe gekauft?"

„Ja", antwortete sie.

„Also, bist du bereit?"

„Ich weiß nicht recht."

Die Person lächelte. „Ich glaube schon, dass du bereit bist. Was meinst du?"

Rita nickte langsam. „Ich bin bereit."

Die Person schwieg eine ganze Weile und betrachtete sie genau. „Das mit dem Geistlichen hast du gut gemacht."

„Er wollte mir helfen."

„Dir kann niemand helfen."

„So ist es wohl", stimmte Rita zu.

Die Person ging in die Küche. „Zeig mir die Farbe."

Rita holte die Dose aus der Tragetasche und hielt sie am Metallhenkel hoch. „Olivgrün. Der ähnlichste Farbton, den es dort gab."

Die Person nickte. „Gut. Das hast du fein erledigt. Jetzt möchte ich, dass du dich konzentrierst, denn ich werde dir sagen, was du zu tun hast."

„In Ordnung", erwiderte Rita.

„Zuerst einmal: Du musst mir ein Lächeln zeigen. Das ist sehr wichtig."

Rita bekam ein schwaches, schüchternes Lächeln zustande, das sie mühsam beibehielt.

„Das ist nett", bedankte sich die Person. „Du musst froh an die Arbeit gehen. Wir brauchen etwas, womit wir die Dose aufmachen können. Hast du einen Schraubenzieher?"

„Natürlich", antwortete Rita. „Ich habe acht oder neun verschiedene."

„Hol mir einen großen. Und vergiss das Lächeln nicht."

NACH der Landung auf dem Portland International Airport hielten Reacher und Lisa nach einem Taxi Ausschau. An der Spitze der Schlange wartete ein zerbeulter Caprice, der an der Seite einen Streifen mit einem Schachbrettmuster aufwies. Der Fahrer machte sich in östlicher Richtung zu dem Dorf an den Hängen des Mount Hood auf. Als die Steigung zunahm, neigte sich das Heck des alten Wagens, und er rumpelte bergauf.

„Wer ist es?", fragte Lisa.

„Poultons Bericht aus Spokane hat den Schlüssel dazu geliefert."

„Tatsächlich?“

Reacher nickte. „Es ist sonnenklar. Es dauerte aber eine ganze Weile, bis ich's gemerkt habe.“

„Die Sache mit UPS? Die haben wir doch schon besprochen.“

Er schüttelte den Kopf. „Nein, davor. Der Mietwagen von Hertz.“

Rita kam mit einem großen Schraubenzieher in der Hand zurück. „Ich glaube, das ist der Beste für diesen Zweck.“

Die Person betrachtete ihn. „Der ist gut. Und wo ist dein Badezimmer?“

„Oben.“

„Nimm die Farbe mit und den Schraubenzieher.“

Rita griff nach der Dose. „Brauchen wir den Rührlöffel auch?“

Die Person zögerte. Bei einer neuen Prozedur braucht man auch eine neue Technik.

„Ja, nimm ihn mit.“

Rita ergriff auch noch den Schraubenzieher und den Rührlöffel und ging voran die Treppe hinauf. Dann trat sie durch ihr Schlafzimmer ins Bad. „Da wären wir.“

Die Person zog einen schwarzen Müllsack aus der Manteltasche. „Stell die Sachen auf den Boden. Ich möchte, dass du alles, was du anhast, in diesen Sack steckst.“

Rita nickte schwach. „Okay.“

„Mit dem Lächeln bin ich nicht zufrieden, Rita“, tadelte die Person. „Du möchtest doch, dass ich zufrieden bin, nicht wahr? Also steck deine Kleider in den Sack, und lächle.“

Rita zog ihren schweren Strickpullover aus, beugte sich zur Seite und ließ ihn in den Sack fallen. Sie knöpfte ihre Jeans auf, schob sie hinunter und kickte ihre Schuhe weg, bevor sie aus der Hose stieg. Sie rollte sie um die Schuhe und steckte das Bündel in den Sack. Danach zog sie ihre Socken und ihre Unterwäsche aus und warf alles in den Sack. Schließlich stand sie nackt da und wartete.

„Lass das Bad einlaufen!“, wies die Person sie an.

Rita beugte sich nieder und drückte den Stöpsel ins Abflussloch. Dann öffnete sie den Warmwasserhahn zu drei Vierteln und den Kaltwasserhahn zu einem Viertel.

„Mach die Farbe auf, und gieß sie in die Wanne!“, sagte die Person. „Aber sei vorsichtig. Ich möchte nicht, dass was bekleckert wird.“

Rita stemmte den Deckel auf, nahm die Dose zwischen die Handflächen und trug sie zur Wanne. Sie beugte sich vor und goss die Dose aus. Die Farbe war dickflüssig. Sie roch nach Ammoniak. Als das aus den Hähnen sprudelnde Wasser sie erfasste, bildete sie einen spiralförmigen Wirbel und sank nach unten. Rita kippte die Dose vollends auf den Kopf und hielt sie fest, während der dicke Strahl dünner wurde und schließlich ganz versiegte. Dann drehte Rita die offene Seite wieder nach oben und stellte die leere Dose vorsichtig neben den Deckel.

„Hol jetzt den Rührlöffel, und misch alles durch.“

Rita nahm den Löffel, kniete am Rand der Wanne nieder, schob ihn in die abgesunkene Masse und begann sie umzurühren. Als die Farbe sich auflöste, änderte sich ihr Ton von Dunkeloliv zu der Farbe von Gras, das in einem feuchten Wäldchen wächst.

„Okay, das genügt. Pack den Löffel und den Schraubenzieher in die Dose.“

Rita zog den Rührlöffel aus dem Wasser und schüttelte ihn vorsichtig aus. Dann stellte sie ihn zusammen mit dem Schraubenzieher senkrecht in die Dose.

„Mach den Deckel wieder drauf.“

Sie fasste den Deckel am Rand an und setzte ihn auf die Dose. Er wölbte sich ein wenig nach oben, weil der Rührlöffel ein bisschen zu lang war.

„Jetzt kannst du die Wasserhähne zumachen.“

Sie stellte das Wasser ab, das nun fünfzehn Zentimeter vom Rand der Wanne entfernt war.

„Jetzt möchte ich, dass du die Dose ins Untergeschoss trägst“, sagte die Person. „Dorthin, wo der Karton war. Kannst du das erledigen?“

Rita nickte. „Ja, das kann ich machen.“

Sie zog den Metallhenkel an dem schlecht sitzenden Deckel vorbei nach oben. Dann trug sie die Dose vor sich her – die Treppe hinab, den Flur entlang, hinunter zur Garage und weiter in den Keller.

Als sie ein wenig außer Atem ins Badezimmer zurückkehrte, sagte die Person: „Jetzt musst du in die Wanne steigen."

Rita ging zur Wanne, hob den Fuß und tauchte ihn ins Wasser. Dann verlagerte sie ihr Gewicht auf den im Wasser befindlichen Fuß und zog den anderen nach. Als sie in der Wanne stand, ging ihr die Farbe bis an die Waden.

„Jetzt setz dich vorsichtig."

Sie legte die Hände auf den Wannenrand und ließ sich hinunter.

„Die Arme einziehen!"

Sie ließ die Wanne los und legte die Hände an ihre Oberschenkel.

„Gut", lobte die Person. „Gleite langsam und vorsichtig ins Wasser."

Rita lehnte sich zurück und streckte sich aus. Dabei spürte sie, wie die Wärme an ihrem Körper entlangkroch, und sie nahm wahr, wie das Wasser über ihre Schultern schwappte.

„Den Kopf zurück."

Sie wandte das Gesicht der Decke zu und fühlte, wie ihr Haar im Wasser schwebte.

„Hast du schon mal Austern gegessen?", fragte die Person.

Rita nickte. „Ab und zu."

„Erinnerst du dich, wie die sich anfühlen? Wenn sie in deinem Mund sind und du sie dann auf einmal am Stück hinunterschluckst? Einfach hinunterwürgst?"

Sie nickte erneut. „Das hat mir gefallen."

„Tu so, als wäre deine Zunge eine Auster", sagte die Person.

Rita warf ihr einen verwunderten Blick zu. „Das verstehe ich nicht."

„Ich möchte, dass du deine Zunge schluckst. Ich möchte, dass du sie ganz schnell hinunterwürgst, als wäre sie eine Auster."

„Ich weiß nicht, ob ich das schaffe."

„Schieb sie mit deinem Finger nach hinten. Die anderen haben es auch geschafft."

„Okay." Rita hob die Hand und öffnete den Mund.

„Schieb den Mittelfinger genau unter die Zunge", erklärte ihr die Person. „Und dann drückst du sie kräftig nach hinten."

Rita machte den Mund noch weiter auf und drückte die Zunge energisch nach hinten.

„Und jetzt schluck sie runter!“

Sie tat es – und riss die Augen in panischer Angst weit auf.

Kühler an Kühler mit dem Streifenwagen hielt das Taxi an. Reacher stieg als Erster aus, teils weil er angespannt war, teils weil Lisa zuerst noch den Fahrer bezahlen musste.

„Alles in Ordnung?“, erkundigte sich Reacher bei dem Polizisten.

„Wer sind Sie?“, fragte dieser zurück.

„FBI. Ist alles in Ordnung hier?“

„Kann ich mal ’ne Dienstmarke sehen?“

„Lisa, zeig ihm deine Marke!“, rief Reacher.

Das Taxi fuhr rückwärts auf die Straße und wendete in einem weiten Bogen. Lisa griff in ihre Tasche und holte ihre vergoldete Dienstmarke hervor. Der Polizist warf einen Blick darauf und entspannte sich.

„Es ist alles ruhig hier“, sagte er durch sein Fenster.

„Ist Rita Scimeca drinnen?“, fragte Reacher.

„Sie ist gerade vom Einkaufen zurückgekommen.“ Der Polizist zeigte dabei auf die Garage.

„Sie war weg?“

„Ich kann sie nicht davon abhalten.“

„Haben Sie ihr Auto überprüft?“

„Sie saß allein drin mit zwei Einkaufstüten. Ein Militärpfarrer wollte sie besuchen, um sie zu beraten. Sie hat ihn weggeschickt.“

„Das passt zu ihr. Sie ist nicht religiös.“ Reacher wandte sich Lisa zu. „Okay, wir gehen rein.“

Sie eilten den Fußweg entlang und die Stufen zur Tür hinauf. Lisa drückte auf die Klingel, wartete zehn Sekunden und drückte noch mal. Der Nachhall, dann Stille. „Wo ist sie?“, fragte Lisa.

Reacher betrachtete das große, schwere Schloss an der Tür aus

Kiefernholz. Er trat bis an den Rand der Veranda zurück. Dann machte er einen Satz und ließ seinen Fuß gegen das Schloss krachen. Er spürte, wie das Holz nachgab.

„Was zum Teufel soll das?“, rief Lisa.

Ungerührt trat er noch dreimal gegen die Tür. Der Rahmen zerbrach. Ein Teil davon fiel mit der Tür in die Eingangsdiele.

„Nach oben!“, keuchte Reacher.

Er raste hinauf, Lisa hinter ihm. Sie rannten ins Schlafzimmer. Ein gemachtes Bett, Kissen mit kleinen Vertiefungen, ein Telefon, ein Wasserglas auf dem Nachttisch. Eine Verbindungstür, die einen Spaltbreit offen stand. Reacher durchquerte den Raum und stieß die Tür auf. Er erblickte das Badezimmer.

Eine Wanne voll mit scheußlich grünem Wasser.

Rita Scimeca im Wasser.

Und neben ihr Julia Lamarr.

Auf dem Rand der Wanne hockend, wirbelte diese nun herum, erhob sich und starrte Reacher an. Sie trug einen Pullover, eine Hose und schwarze Lederhandschuhe. Ihr Gesicht war weiß vor Hass und Angst. Reacher packte sie an ihrem Pullover, riss sie herum und versetzte ihr einen brutalen Schlag gegen den Unterkiefer. Ihr Kopf wurde nach hinten geschleudert. Sie fiel um, als wäre sie von einem Laster angefahren worden. Reacher wandte sich der Wanne zu. Verkrümmt lag Rita in der Brühe, nackt, steif, den Kopf im Nacken, mit hervorquellenden Augen, den Mund im Todeskampf aufgerissen.

Sie bewegte sich nicht. Sie atmete nicht.

Reacher schob seine rechte Hand unter ihren Nacken und hielt ihren Kopf hoch. Dann streckte er die Finger seiner linken Hand und stieß sie in Ritas Mund. Er stocherte in ihrer Kehle herum, krümmte einen Finger um ihre Zunge und zog diese nach vorn. Er beugte sich nieder, um sie zu beatmen, aber als sein Gesicht an ihres herankam, begann sie krampfartig auszuatmen und zu husten. Dann hob sich ihr Brustkorb heftig, und sie machte tiefe Atemzüge. Reacher legte den Arm um ihren Kopf. Sie schnaufte laut. Aus ihrer Kehle drang ein gequältes Pfeifen.

„Stell die Dusche an!“, rief Reacher Lisa zu.

Sie rannte zur Duschkabine und ließ das Wasser laufen, während er einen Arm um Ritas Schultern und den anderen unter ihre Knie legte, sie hochhob und zurücktrat. So stand er mitten im Badezimmer. Die grüne Brühe rann auf den Boden.

„Schau, dass du dieses Zeug von ihr abkriegst", sagte er hilflos.

„Ich nehme sie", erwiderte Lisa mit sanfter Stimme.

Sie packte Rita unter den Armen und schleppte sie in die Dusche. Dort drückte sie sich in eine Ecke und hielt die schlaffe Gestalt wie einen Betrunkenen aufrecht. Unter der Dusche wurde die Farbe hellgrün. Als sie abgespült wurde, kam gerötete Haut zum Vorschein. Das dauerte einige Minuten. Lisa war jetzt klatschnass, und ihre Kleidung war mit grüner Farbe verschmiert. Sie hatte nicht mehr viel Kraft.

„Bring Tücher", keuchte sie. „Such nach einem Bademantel!"

Die Handtücher hingen an einer Reihe von Haken direkt über der Stelle, an der Julia Lamarr nach wie vor regungslos am Boden lag. Reacher nahm zwei Tücher. Als Lisa aus der Duschkabine taumelte, breitete er das eine Tuch aus und fing Rita darin auf. Er wickelte sie ein und trug sie aus dem Bad ins Schlafzimmer, wo er sie auf das Bett legte. Dann beugte er sich über sie und strich das nasse Haar aus ihrem Gesicht. Sie schnaufte noch immer stark. Ihre Augen standen offen, doch ihr Blick war leer.

Reacher nahm ihr Handgelenk und tastete nach ihrem Puls. Er war schnell und stark. „Sie ist okay. Der Pulsschlag ist gut."

„Wir sollten sie ins Krankenhaus bringen!", rief Lisa. „Sie muss ruhig gestellt werden. Was da passiert ist, hat sie bestimmt total umgehauen."

„Hier ist sie besser aufgehoben", entgegnete Reacher. „Sie wird aufwachen und sich an nichts mehr erinnern."

Lisa brachte einen Bademantel herbei. „Soll das ein Witz sein?"

Er schaute zu ihr auf. „Sie war unter Hypnose. Auf diese Weise hat Lamarr alles bewerkstelligt. Schritt für Schritt, die ganze verdammte Chose. Sie ist ja auf diesem Gebiet die größte Expertin des FBI."

„Seit wann weißt du das?"

„Seit gestern Nacht wusste ich's genau."

„Aber wie bist du draufgekommen?"

Reacher nahm den Bademantel und deckte Rita damit zu. Ihr

Atem ging immer noch schnell, wurde allmählich aber ruhiger. Sie sah aus, als läge sie in tiefem Schlaf.

„Ich habe mir alles immer wieder durch den Kopf gehen lassen", erläuterte Reacher. „Von Anfang an, ein Tag nach dem anderen. Ich grübelte fort und fort, bis ich fast den Verstand verlor. Ich wusste, dass das FBI beim Motiv falsch lag. Das wusste ich die ganze Zeit. Aber ich konnte nicht verstehen, dass diese cleveren Leute so einen Blödsinn machten. Wieso?, fragte ich mich. Wieso nur?"

„Du wusstest, dass Julia diejenige war, die das falsche Motiv propagierte und zur Richtschnur machte", sagte Lisa. „Weil es eigentlich ihr Fall war. Und deshalb kam sie dir verdächtig vor."

„Genau. Als Alison starb, musste ich unweigerlich an Lamarr als Täterin denken, weil zwischen ihnen eine enge Verbindung bestand. Wie du selbst gesagt hast: Nahe Verwandte sind immer relevant. Dann überlegte ich: Könnte sie nicht alle Morde begangen haben? Sind die ersten drei vielleicht die Tarnung für ein persönliches Motiv? Ich konnte mir aber nicht erklären, wie sie das getan haben sollte und aus welchem Grund. Es gab keine Differenzen in der Familie. Keine Benachteiligung bei der Erbschaft zum Beispiel, also kein Grund zur Eifersucht. Außerdem benutzte Lamarr kein Flugzeug. Wie konnte sie die Täterin sein?"

„Aber?"

„Aber dann ging mir ein Licht auf. Ich erinnerte mich wieder an etwas, was Alison gesagt hatte: dass Schwestern ‚zueinander stehen sollten'. Ich habe erst gedacht, sie meinte damit moralische Unterstützung. Aber dann dachte ich: Hat sie das vielleicht anders gemeint? Sollte das heißen, dass sie bereit war, ihre Stiefschwester finanziell zu unterstützen? Weil sie wusste, dass sie selbst die Alleinerbin sein würde? Weil Lamarr nichts erhielt und deswegen erbost war? Sie hatte mir jedoch erzählt, sie würden gleich behandelt, sie sei jetzt schon reich, weil ihr Stiefvater so freigebig und fair sei. Und plötzlich fragte ich mich: Hat sie da vielleicht gelogen? War er gar nicht so freigebig und fair? Ist sie gar nicht reich? Sie macht jedenfalls nicht den Eindruck. Und dann dachte ich: Was, wenn alles eine Lüge ist? Was, wenn sie über ihre Flugangst gelogen hätte? Was, wenn das auch eine große Lüge wäre, so groß und einleuchtend, dass niemand auch nur zweimal darüber nachdenken würde? Du hast gesagt, bei der Arbeit habe sich jeder damit arrangiert. Wir alle taten das. Wie sie es beabsichtigt hatte."

„Es ist nicht möglich, dass alles gelogen war. Wer eine Aversion gegen das Fliegen hat, kann daran nichts ändern."

„Früher flog sie schon", erwiderte Reacher. „Sie hat es mir selbst erzählt. Aber dann bekam sie vermutlich eine starke Abneigung und hörte damit auf. Das war sehr überzeugend. Keiner, der sie kannte, sah sie je in einem Flugzeug. Deshalb glaubten ihr alle. Aber als es darauf ankam, stieg sie in ein Flugzeug. Als es sich für sie lohnte. Sie hatte das beste Motiv, das man sich denken kann: Alison sollte alles bekommen, und sie wollte es selbst haben."

„Mich hat sie jedenfalls damit reingelegt", seufzte Lisa.

„Sie hat alle reingelegt. Zu diesem Zweck nahm sie zuerst die Orte, die am weitesten voneinander entfernt lagen. Alle sollten sich mit den geographischen Gegebenheiten, der Reichweite, den Entfernungen beschäftigen. Sie selbst nahm sich auf diese Weise vollkommen von der Bildfläche."

„Aber sie war so außer sich", gab Lisa nach einer Weile zu bedenken. „Sie weinte vor uns allen. Weißt du noch?"

Reacher schüttelte den Kopf. „Sie war nicht außer sich. Sie hatte Angst. Zu diesem Zeitpunkt war sie in größter Gefahr. Erinnerst du dich daran, wie sie sich weigerte freizunehmen? Sie wusste, dass sie unbedingt präsent sein musste für den Fall, dass die Obduktion etwas ergeben sollte. Als ich anfing, das Motiv in Zweifel zu ziehen, war sie ganz aufgebracht, weil die Gefahr bestand, dass ich die richtige Fährte finden würde. Aber dann behauptete ich, es hinge mit Waffendiebstählen zusammen, und sie weinte. Aber nicht, weil sie außer sich war. Sie weinte vor Erleichterung."

„Sie unterstützte deine These, dass es einen Zusammenhang mit den Waffendiebstählen geben müsse."

„Genau. Sie sprang auf den fahrenden Zug auf, weil sie merkte, dass er in die falsche Richtung fuhr. Sie überlegte schnell und improvisierte, aber sie überlegte nicht scharf genug. Meine These war von vornherein Unsinn. Sie enthielt eine Ungereimtheit, die nicht zu übersehen war."

„Nämlich?“

„Dass die elf Zeuginnen alle allein lebten, war einfach eine unmögliche Übereinstimmung. Ich wollte damit zum Teil ein Experiment machen. Ich wollte sehen, wer die These nicht unterstützen würde. Nur Poulton wandte sich gegen sie. Blake hielt sich zurück. Er war ganz betroffen, weil Lamarr außer sich war. Sie selbst jedoch war voll und ganz dafür. Und dann ging sie angeblich nach Hause, und alle hatten Mitgefühl mit ihr. Sie ging aber gar nicht heim. Sie kam direkt hierher und machte sich ans Werk.“

Lisa wurde blass. „Sie hat sogar zugegeben, dass sie ihre Schwester umgebracht hat. Das war genau damals, bevor sie ging. Erinnerst du dich? Sie sagte, ihre Schwester sei zu Tode gekommen, weil sie selbst so viel Zeit vergeudet habe. Sie habe sie umgebracht. Das stimmte aber wirklich! Es war ein makabrer Witz.“

„Sie spinnt total. Um an das Vermögen ihres Stiefvaters ranzukommen, brachte sie vier Frauen um. Und sie hat das auch noch genossen. Außerdem ist sie sehr clever. Kannst du dir vorstellen, wie viel Planung da nötig war? Sie muss vor zwei Jahren damit angefangen haben. Ihr Stiefvater erkrankte zu der Zeit, in der ihre Schwester den Dienst quittierte. Lamarr bereitete sich sorgfältig vor. Von ihrer Schwester bekam sie die Namensliste der Selbsthilfegruppe. Sie wählte die elf Frauen aus, die offensichtlich allein lebten. Dann besuchte sie alle. Sie bekam überall Zugang, denn sie war eine Frau und konnte eine Dienstmarke des FBI vorweisen – bei dir und dem Bullen lief es vorhin ähnlich. Und dann erzählte sie ihnen vermutlich, dass das FBI dem Militär endlich auf die Finger klopfen wolle. Dass sie mit einer umfassenden Untersuchung angefangen habe. Dann fragte sie die Frauen, ob sie sie hypnotisieren dürfe, um Hintergrundinformationen zu diesem Thema zu erhalten. Sie brachte Alison sogar dazu, zu diesem Zweck nach Quantico zu kommen. Erinnerst du dich? Alison erzählte, sie sei nach Quantico geflogen, damit Julia sie habe hypnotisieren und bestimmte Dinge hervorholen können. Aber darum ging es gar nicht. Es ging darum, Alison Anweisungen zu erteilen. Wie sie sich zu verhalten habe. Bei allen anderen machte Lamarr es genauso. Lorraine Stanley war damals noch bei der Armee. Daher trug Lamarr ihr auf, die Farbe zu stehlen und zu verstecken. Die anderen wies sie darauf hin, dass ein Karton eintreffen werde und dass sie ihn aufbewahren sollten. Sie teilte allen mit, sie werde einen weiteren Besuch machen. Falls in der Zwischenzeit irgendwelche Fragen gestellt würden, sollten sie alles abstreiten."

Lisa schloss die Augen. „Als Alison starb, hatte Julia dienstfrei. Es war ein Sonntag. In Quantico war es still. Darüber habe ich mir nie Gedanken gemacht."

„Sie ist sehr clever", bekräftigte Reacher.

Lisa öffnete die Augen wieder. „Und das ist wohl der Grund dafür, dass es keinerlei Spuren gab. Sie weiß genau, wonach wir an Tatorten suchen."

„Außerdem ist sie eine Frau. Auf ihre Anweisung hin suchten die Ermittler aber nach einem Mann. Bei den Leihwagen war es genauso. Lamarr wusste: Im Falle einer Überprüfung würde man auf den Namen einer Frau stoßen, aber man würde dieser Information keine Bedeutung beimessen. Und genau das passierte auch."

„Aber unter welchem Namen machte sie das? Als sie einen Leihwagen nahm, musste sie sich ja ausweisen."

„Bei den Fluglinien auch", erwiderte Reacher. „Ich bin sicher, dass sie eine Schublade voller Ausweise hat. Von Frauen, die das FBI in den Knast befördert hat."

Lisa schaute schuldbewusst drein. „Ich habe die Nachricht von Hertz weitergeleitet, weißt du noch? Ich sagte, da sei nichts dran: nur eine Frau, die geschäftlich unterwegs gewesen sei."

Reacher nickte. „Sie ging sehr schlau vor. Ich glaube, sie zog sich sogar genauso an wie ihre Opfer, als sie diese aufsuchte. Heute zum Beispiel trägt sie einen alten Pullover, genau wie Rita. Zurückgebliebene Fasern werden dann nicht näher beachtet. Erinnerst du dich, dass sie von uns wissen wollte, wie Alison angezogen war? Sie fragte: ‚Ist sie immer noch wie ein Cowboy angezogen? Gebräunt, hübsch und sportlich?' Wir bestätigten das, und deshalb ging sie bestimmt in Jeans und Stiefeln dorthin."

„Und zerkratzte Alisons Gesicht, weil sie ihre Stiefschwester hasste."

„Nein", widersprach Reacher. „Ich fürchte, da bin ich dran schuld. Ich kam immer wieder auf das gewaltlose Vorgehen zu sprechen.

Und deshalb lieferte sie beim nächsten Mal Anzeichen von Gewaltausübung. Ich hätte die Klappe halten sollen.“

Lisa warf einen Blick auf die Tür zum Badezimmer. Ein Schauder überlief sie, und sie schaute wieder weg. „Wie bist du auf die Hypnose gekommen?“

„So, wie ich auf alles andere gekommen bin. Wer es aus welchem Grund heraus getan hatte, glaubte ich zu wissen, aber das Wie war mir weiterhin unverständlich. Es dauerte lange, bis ich draufkam. Es war letztlich die einzige Erklärung, die es gab – für die Passivität, den Gehorsam, die Willfährigkeit. Lamarr stellte einfach die Suggestion wieder her und sagte ihnen, was sie zu tun hatten. Schritt für Schritt. Die Opfer machten alles selbst, sie schluckten sogar die eigene Zunge. Das Einzige, was Lamarr machte, war das, was ich auch getan habe: Sie zog die Zunge nachher wieder zurück, damit die Pathologen keinen Verdacht schöpften.“

„Aber wie bist du draufgekommen, dass die Zunge etwas damit zu tun hatte?“

Reacher schwieg einen Moment. „Dadurch, dass ich dich geküsst habe“, antwortete er schließlich.

„Dass du mich geküsst hast?“

Er lächelte. „Du hast eine große Zunge. Durch sie kam ich ins Überlegen. Zu Stavelys Autopsiebefunden passten nur Zungen. Ich dachte aber zunächst, man könne niemanden dazu bringen, die eigene Zunge zu schlucken. Dann fiel mir ein, dass sich Lamarr auf Hypnose verstand. Nun stimmte alles überein.“

Lisa fröstelte. „Wie lange hätte sie wohl noch weitergemacht?“

„Vielleicht noch eine. Sechs hätten genügt. Als Sandkörner am Strand.“ Reacher schaute in Richtung Badezimmer. „Sorg dafür, dass sie zu sich kommt. Nimm sie fest, und fang mit der Befragung an. Du hast viel Arbeit vor dir.“

Lisa ging ins Bad. Im Schlafzimmer wurde es still. Nur Ritas Atemzüge waren zu hören, sonst kein Ton. Dann kam Lisa zurück. Sie war ganz weiß im Gesicht. „Sie wird nicht mit mir reden“, sagte sie.

„Woher weißt du das? Du hast sie ja gar nichts gefragt.“

„Weil sie tot ist.“

Stille.

„Du hast ihr das Genick gebrochen, Reacher."

In der Eingangsdiele waren laute Schritte zu hören. Dann kamen sie die Treppe herauf und in den Flur.

Der Polizist trat ins Schlafzimmer. „Was zum Teufel geht hier vor?"

SIEBEN Stunden danach wurde Reacher in der FBI-Außenstelle in Portland in eine Haftzelle gesperrt. Dort war es heiß. Nach einer Stunde war seine Kleidung trocken. Sie war steif wie ein Brett und mit olivfarbenen Flecken bedeckt. Sonst passierte nichts. Reacher nahm an, dass die Zuständigen einige Zeit brauchen würden, um hierher zu kommen.

Nach Mitternacht ging es los. Er hörte Geräusche im Gebäude. Leute trafen ein, es wurde aufgeregt diskutiert. Nelson Blake war die erste Person, die Reacher zu Gesicht bekam. Er musste in dem Learjet hergeflogen sein.

Blake ging an den Gitterstäben entlang und warf einen Blick in die Zelle. Diesmal hast du echt Scheiße gebaut, besagte sein Gesichtsausdruck.

Kurz nach ein Uhr traf Alan Deerfield aus New York ein. Er kam schweigend herein, mit der gleichen nachdenklichen Miene, die er schon in jener Nacht aufgesetzt hatte. Dann erschien ein einheimischer Agent, der die Tür aufschloss. „Jetzt wird geredet", sagte er.

Er führte Reacher aus dem Zellenblock und geleitete ihn in einen Besprechungsraum. Auf der einen Seite eines großen Tisches saßen Deerfield und Blake. Auf der gegenüberliegenden Seite stand ein Stuhl, auf dem Reacher Platz nahm.

Blake beugte sich vor. „Ich muss mich mit dem Tod einer Agentin beschäftigen", knurrte er. „Und das gefällt mir gar nicht."

Reacher blickte ihn an. „Es geht auch um den Tod von vier anderen Frauen", entgegnete er. „Eine Fünfte wäre beinahe dazugekommen."

„Wir hatten die Lage unter Kontrolle. Julia war vor Ort, um die fünfte Frau zu retten. Da kamen Sie und brachten unsere Agentin um."

In dem Raum wurde es still. Reacher nickte langsam. „Ist das Ihre Sicht der Dinge?“, fragte er.

Deerfield schaute auf. „Es ist eine einleuchtende Interpretation. In ihrer dienstfreien Zeit gelingt es Julia Lamarr, einen Durchbruch zu erzielen, sie überwindet ihre Angst vorm Fliegen und trifft gerade noch rechtzeitig am Ort des Geschehens ein. Sie will erste Hilfe leisten, da platzen Sie herein und schlagen sie nieder. Lamarr ist eine Heldin, und Sie kommen vor Gericht, weil Sie eine Bundesagentin umgebracht haben.“

„Hat der Dorfbulle gesehen, wie sie ins Haus ging?“

Deerfield zuckte mit den Achseln. „Wir nehmen an, dass er geschlafen hat. Man weiß ja, wie diese Jungs vom Lande sind.“

„Er hat mit einem Militärpfarrer gesprochen, der Rita besuchen wollte. Da war er wach.“

Deerfield schüttelte den Kopf. „Die Armee wird angeben, dass kein Militärgeistlicher dorthin beordert wurde. Der Polizist muss das geträumt haben.“

„Wie ist Lamarr ins Haus gekommen?“

„Sie klopfte an die Tür und scheuchte den Kerl auf. Er stürzte an ihr vorbei ins Freie. Sie verfolgte ihn nicht, weil sie zuerst nach Rita Scimeca schauen wollte. Aus humanitären Gründen.“

„Hat der Bulle gesehen, wie der Kerl nach draußen rannte?“

„Er schlief immer noch.“

„Und Lamarr nahm sich die Zeit, die Tür wieder zu verschließen, obwohl sie aus humanitären Gründen schleunigst nach oben wollte?“

„Offensichtlich.“

Stille trat ein.

„Ist Rita schon zu sich gekommen?“, erkundigte sich Reacher.

Deerfield nickte. „Wir haben im Krankenhaus angerufen. Es geht ihr ganz gut. Wir wollen aber davon absehen, sie um eine Täterbeschreibung zu bitten. Nach allem, was sie erlebt hat, wäre dies nicht zu vertreten.“

„Und wo ist Lisa?“

„Suspendiert“, antwortete Blake.

„Weil sie von der Parteilinie abgewichen ist?“

„Romantische Anwandlungen haben sie ganz durcheinander gebracht. Sie hat uns eine unglaubliche Story erzählt."

„Merken Sie jetzt, wie problematisch Ihre Lage ist?", fragte Deerfield. „Sie haben Julia Lamarr von Anfang an gehasst. Also brachten Sie sie aus persönlichen Gründen um und erfanden als Tarnung eine Story. Die ist jedoch nicht sehr gut. Den Nachweis, dass sich Julia Lamarr in der Nähe irgendeines der Tatorte aufhielt, können Sie nicht erbringen."

„Wo ist ihr Auto?", hakte Reacher nach. „Sie fuhr mit einem Auto vom Flughafen zu Ritas Haus. Wo ist das?"

„Der Täter hat es gestohlen", antwortete Blake. „Sie überrascht ihn, und er macht sich in ihrem Auto davon."

„Werden Sie einen Mietvertrag auftreiben, der auf ihren wirklichen Namen ausgestellt ist?"

„Wahrscheinlich. Das, was wir brauchen, finden wir meist."

„Merken Sie, wie problematisch Ihre Lage ist?", wiederholte Deerfield.

Reacher räusperte sich. „Ich glaube, das bedeutet, dass ich keine Bezahlung bekomme."

„Das ist kein Witz, Reacher. Damit wir uns recht verstehen: Sie stecken in großen Schwierigkeiten. Sie können behaupten, Sie hätten Verdachtsmomente gehabt. Aber das wird Ihnen niemand abnehmen. Und es wird sowieso keine Rolle spielen, weil unser Anwalt darlegen wird, dass Sie sich, selbst wenn Sie aufrichtige, aber letztlich unbegründete Verdachtsmomente gehabt haben sollten, sofort um Rita Scimeca hätten kümmern müssen und dass Sie Julia Lamarr Lisa Harper hätten überlassen sollen. Sie waren zwei gegen eine. Das hätte Ihnen Zeit gespart, wo Sie doch so besorgt um Ihre alte Bekannte waren."

„Damit hätte ich vielleicht eine halbe Sekunde gespart."

„Eine halbe Sekunde kann lebensentscheidend sein. Unser Anwalt wird das groß herausstellen. Er wird sagen: Wenn jemand wertvolle Zeit damit vergeudet, eine Person niederzuschlagen, beweist dies, dass eine persönliche Animosität vorliegt."

„Und dass es ein Unfall war, können Sie nicht behaupten", warf Blake ein. „Sie erzählten mir mal, wenn Sie jemandem den Schädel einschlagen wollten, wüssten Sie genau, wie Sie's anstellen müssten. Erinnern Sie sich? Da ging es um Petrosians Schläger. Und was für den Schädel gilt, gilt auch fürs Genick. Also war es kein Unfall, sondern Mord."

„Okay", sagte Reacher. „Was für einen Handel wollen Sie vorschlagen?"

„Es gibt keinen Handel", antwortete Deerfield. „Sie gehen ins Gefängnis."

„Es gibt immer einen Handel", widersprach Reacher.

„Nun, wir könnten uns vielleicht auf einen Kompromiss einlassen", meinte Blake. „Wir könnten bei Julia von einem Selbstmord sprechen. Dass sie die Ermordung ihrer Schwester nicht hat verhindern können, habe ihr schwer zu schaffen gemacht."

„Und Sie könnten Ihre große Klappe halten, Reacher", fügte Deerfield hinzu.

„Wieso sollte ich?"

„Weil Sie ein cleverer Bursche sind. Vergessen Sie nicht, dass gegen Julia Lamarr überhaupt nichts vorliegt. Sie könnten ein paar unbedeutende Indizien vorbringen, aber was sollen die Geschworenen damit anfangen? Ein großer Mann hasst eine kleine Frau. Er ist ein Gammler, sie eine Bundespolizistin. Er bricht ihr das Genick, und dann schiebt er die Schuld auf sie. Und erzählt auch noch eine fantastische Story über Hypnose. Das können Sie vergessen!"

„Also, finden Sie sich damit ab", sagte Blake. „Sie stehen jetzt auf unserer Seite."

Reacher winkte ab. „Nein danke."

„Dann wandern Sie in den Knast."

„Ich habe da noch eine Frage", sagte Reacher. „Habe ich auch Lorraine Stanley umgebracht?"

Blake schüttelte den Kopf. „Nein, haben Sie nicht."

„Woher wissen Sie das?"

„Das ist Ihnen bekannt. Wir haben Sie doch die ganze Woche überwacht."

„Und meiner Anwältin ließen Sie eine Kopie des Überwachungsberichts zugehen, nicht wahr?"

„Das stimmt."

Reacher lächelte. „Dann können Sie mich unter Umständen wegen Lamarr hinter Gitter bringen. Aber Sie werden nie behaupten können, ich sei derjenige, der die Frauen umgebracht hat. Weil meine Anwältin Ihren Bericht hat, aus dem hervorgeht, dass ich es nicht war."

„Na und?", erwiderte Blake. „Sie kommen so oder so in den Knast."

„Stellen Sie sich mal vor, wie das in Zukunft sein wird", gab Reacher zu bedenken. „Sie machen publik, ich sei es nicht gewesen. Und Lamarr auch nicht, beteuern Sie. Folglich muss man davon ausgehen, dass Sie weiter an der Sache dran sind. Aber stellen Sie sich mal die negativen Schlagzeilen vor: NACH ZEHNJÄHRIGER SUCHE: FBI-ELITEEINHEIT TAPPT WEITER IM DUNKELN. Das müssten Sie schlucken. Außerdem müssten Sie die Bewachung aufrechterhalten, und die Kosten der Suche würden von Jahr zu Jahr größer werden. Wollen Sie wirklich so verfahren?"

Eine Weile herrschte Stille.

„Nein, so werden Sie nicht verfahren", fuhr Reacher fort. „Aber wenn Sie es nicht tun, geben Sie praktisch zu, dass Ihnen die Wahrheit bekannt ist. Lamarr ist tot, die Suche hat aufgehört, und ich war es nicht. Folglich war Lamarr die Täterin."

Wieder trat Stille ein. Reacher grinste. „Also, was nun?"

Allmählich erholten sich die beiden. „Wir sind das FBI", sagte Deerfield. „Wir können Ihnen jede Menge Schwierigkeiten machen."

„Mein Leben ist sowieso schon sehr hart", erwiderte Reacher. „Das können Sie nicht noch schwieriger machen. Aber Sie können sich die Drohungen sparen, weil ich das Geheimnis für mich behalten werde."

„Tatsächlich?"

„Mir bleibt doch gar nichts anderes übrig. Behalte ich es nicht für mich, dann muss Rita Scimeca die Konsequenzen tragen. Sie ist die einzige Zeugin, die noch am Leben ist. Sie würde keine ruhige Minute mehr haben. Alle würden sie bedrängen: die Staatsanwaltschaft, die Polizei, die Medien. Ich möchte nicht, dass es dazu kommt. Deshalb ist Ihr Geheimnis bei mir gut aufgehoben."

Blake starrte auf die Tischplatte. „Also gut", erwiderte er. „Ich gehe darauf ein."

„Wir werden Sie jedoch im Auge behalten", warnte Deerfield. „Immer."

„Aber sorgen Sie dafür, dass ich Sie nicht dabei erwische. Sie dürfen nämlich nie vergessen, was mit Petrosian passiert ist."

Es ENDETE mit einem Unentschieden, einer labilen Pattsituation. Reacher stand auf, verließ den Raum und fuhr im Fahrstuhl zum Ausgang hinunter. Niemand folgte ihm. Er drückte die Eichentüren auf und trat hinaus in die kühle Nacht.

„Hallo, Reacher!", rief Lisa.

Sie stand hinter ihm im Schatten einer Säule, die den Eingang flankierte. Als er sich umdrehte, sah er ihr glänzendes Haar und die weiße Hemdbrust.

„Grüß dich", sagte er. „Wie geht's dir denn?"

Sie kam zu ihm. „Es wird mir bald besser gehen. Ich werde um meine Versetzung bitten. Vielleicht nach Oregon. Hier gefällt es mir."

„Werden sie dich ziehen lassen?"

„Aber ja. Kein Mensch wird mehr ein Wort über die Sache verlieren."

„Wir sind übereingekommen, dass sie überhaupt nicht stattgefunden hat", berichtete Reacher.

„Dann hast du also nichts mehr von ihnen zu befürchten?"

„Nicht mehr als sonst auch."

„Ich habe mich für dich eingesetzt, so gut ich konnte", versicherte Lisa ihm.

„Das habe ich mir gedacht. Es müsste mehr von deiner Sorte geben."

„Nimm das!" Sie streckte ihm einen dünnen Papierstreifen entgegen. Es war ein Reisegutschein, ausgestellt in Quantico. „Damit kommst du nach New York."

„Und was ist mit dir?"

„Ich werde behaupten, ich hätte ihn verloren. Man wird mir einen anderen faxen." Lisa trat nah an ihn heran und küsste ihn auf die Wange. Dann machte sie sich auf den Weg. „Ich wünsche dir viel Glück!", rief sie ihm noch zu.

„Das wünsche ich dir auch!", rief er zurück.

WÄHREND des vierstündigen Fluges schlief Reacher. Bei der Landung in La Guardia war es ein Uhr mittags.

Sein letztes Kleingeld gab er für den Bus zur U-Bahn-Station und die Weiterfahrt nach Manhattan aus. Er stieg bei der Canal Street aus und ging in südlicher Richtung zur Wall Street. Kurz nach zwei erreichte er die Lobby des Bürogebäudes, in dem Jodie arbeitete. Am Empfang ihrer Kanzlei traf er niemanden an. Er ging durch eine offen stehende Tür und schlenderte einen Korridor entlang, den Regale mit juristischen Fachbüchern säumten. Links und rechts sah er unbesetzte Büros.

Er kam zu einer zweiflügeligen Tür und hörte auf der anderen Seite das Gemurmel von Unterhaltungen. Als er den rechten Flügel öffnete, brach der Lärm über ihn herein. Er erblickte einen Konferenzraum voller Leute in dunklen Anzügen, schneeweißen Hemden und dezenten Krawatten. Auf einem langen, mit einem schweren weißen Tuch bedeckten Tisch standen Reihen von funkelnden Gläsern und Champagnerflaschen. Zwei Kellner gossen das schäumende goldfarbene Getränk in die Gläser, so schnell sie nur konnten. Die Leute erhoben die Gläser und tranken und schauten dabei Jodie an.

Sie bewegte sich durch die Menge und zog dabei wie ein Magnet die Menschen an. Lächelnd wandte sie sich nach links und rechts und stieß mit den anderen an. Sie nahm Reacher an der Tür im selben Moment wahr, als er an der Wand sein Spiegelbild im Glasrahmen einer Zeichnung von Renoir erblickte. Er war unrasiert und hatte ein zerknittertes kakifarbenes Hemd an, das von grünen Flecken übersät war. Jodie trug ein sündhaft teures Kleid. Hundert andere Gesichter wandten sich Reacher ebenfalls zu, und im Raum wurde es still. Jodie zögerte einen Augenblick, dann bahnte sie sich ihren Weg durch die Menge und schlang die Arme um seinen Hals.

„Ich gratuliere dir zur Aufnahme in die Sozietät", sagte er. „Tut mir Leid, dass ich verspätet zu deiner Party komme."

Jodie führte ihn in die Menge, und die Leute drängten sich um sie. Reacher schüttelte zahllosen Anwälten die Hand, auf dieselbe Art, in der er einst Generälen fremder Streitkräfte die Hand geschüttelt hatte: Lass mich in Ruhe, dann lass ich dich auch in Ruhe. Der Seniorchef war ein etwa 65 Jahre alter Mann mit einem grauen Gesicht, das jetzt gerötet war. Sein Anzug musste mehr gekostet haben als alles, was Reacher im Laufe seines Lebens getragen hatte, aber in der Partystimmung gab der Senior sich recht jovial.

„Jodie ist ein großer Star", sagte er. „Ich bin froh, dass sie mein Angebot angenommen hat."

Reacher bemühte sich, den Lärm zu übertönen. „Sie ist die cleverste Anwältin, die mir je begegnet ist."

„Werden Sie mit ihr gehen?"

„Wohin denn?"

„Nach London. Hat sie Ihnen das nicht erläutert? Jeder neue Partner bekommt zuerst die Aufgabe, die europäische Niederlassung zwei Jahre lang zu leiten."

Jodie erschien wieder an Reachers Seite und zog ihn lächelnd fort. Die Menge zerfiel jetzt in kleine Gruppen, die geschäftliche Angelegenheiten besprachen. Jodie führte Reacher zu einem ruhigen Plätzchen in der Nähe des Fensters.

„Ich habe mit dem New Yorker FBI telefoniert", erzählte sie. „Weil ich mir Sorgen um dich machte und offiziell immer noch deine Anwältin bin. Ich ließ mich mit dem Büro von Alan Deerfield verbinden, aber dort wollte man mir nichts mitteilen."

„Es gibt auch nichts mitzuteilen. Sie sind quitt mit mir, und ich bin quitt mit ihnen."

„Du hast es also geschafft." Sie machte eine Pause. „Wird es einen Prozess geben?"

Er schüttelte den Kopf.

„Nur ein Begräbnis, stimmt's?"

Er zog die Schultern hoch. „Es gibt keine weiteren Verwandten. Das war ja der springende Punkt."

Sie zögerte wieder, als wäre gleich etwas Wichtiges zu besprechen. „Ich muss zwei Jahre lang in London arbeiten", verkündete sie dann.

„Ich weiß", erwiderte Reacher. „Der Senior hat es mir erzählt. Wann wirst du abreisen?"

„Ende des Monats."

„Und du möchtest nicht, dass ich mitkomme."

„Ich werde sehr viel zu tun haben. Wir haben wenig Personal und ein großes Arbeitspensum."

„Und London hat viel zu bieten."

„Das stimmt. Wärst du gern dabei?"

„Zwei Jahre lang? Das ist nichts für mich. Aber vielleicht könnte ich mal einen Besuch machen."

Sie lächelte schwach. „Das wäre nett."

Reacher erwiderte nichts.

„Es ist schon schlimm", fuhr Jodie fort. „Fünfzehn Jahre lang hatte ich das Gefühl, ich könnte ohne dich nicht leben. Und jetzt merke ich, dass ich mit dir nicht leben kann."

„Das ist mir klar, und die Schuld liegt ganz bei mir."

„Uns bleibt noch die Zeit bis zum Monatsende."

Er nickte. „Das ist immerhin etwas. Kannst du den Nachmittag freinehmen?"

„Na klar. Jetzt bin ich Teilhaberin. Ich muss niemanden um Erlaubnis bitten."

„Dann lass uns gehen!"

Sie ließen ihre leeren Gläser auf dem Fenstersims stehen und bahnten sich ihren Weg durch die Grüppchen. Alle schauten ihnen nach und wandten sich dann wieder ihren Überlegungen zu.

## LEE CHILD

18 Jahre war der 1954 in Coventry geborene Lee Child als Produktionstechniker für die preisgekrönte Fernsehspielabteilung eines englischen TV-Senders tätig. Dann wurden seine Dienste entbehrlich. Doch im Gegensatz zu vielen

Schicksalsgenossen entpuppte sich für ihn die Arbeitslosigkeit als Glücksfall. Er musste die Miete bezahlen – und wagte sich ans Bücherschreiben, denn: „Ich hatte zwei Jahrzehnte fürs Fernsehen gearbeitet und wollte einfach nicht damit aufhören, die Leute zu unterhalten."
Gesagt, getan: Bereits vier Monate später erschien 1997 sein erster Jack-Reacher-Roman. Zwei weitere Erfolgskrimis um den eigenbrötlerischen ehemaligen Militärpolizisten machten ihn schließlich zu einem der Topautoren im Spannungsgenre.
Wer sich wundert, dass ein Engländer Bücher schreibt, die in den USA spielen, dem erklärt Lee Child, dass ihm durch seine Frau, eine gebürtige New Yorkerin, die Staaten seit einem Vierteljahrhundert von über zwanzig Aufenthalten bereits vertraut waren, als er sich an die erste Zeile setzte. Sein Faible für das Land der nicht mehr ganz so unbegrenzten Möglichkeiten reicht ohnehin weit zurück. „Als Junge war meine Lieblingslektüre die Bilderbuchreihe ‚Ich wohne in Amerika'. Und daraus war mein absoluter Favorit ‚Mein Apartment in New York'." Dieser Kindheitstraum ging durch den Erfolg als Schriftsteller in Erfüllung: Seit 1998 lebt Lee Child mit seiner Familie nördlich von New York. Wie viele seiner Kollegen hat er doch sicher auch mit Schreibblockaden zu kämpfen? „Gewiss. Aber dann schaue ich mir meinen Steuerbescheid und die unbezahlten Rechnungen an, und in ein paar Sekunden ist der Spuk vorbei."